La Lune de l'Alpha

Renee Rose

Lee Savino

Traduction par
Marine Haven

Midnight
ROMANCE

Réalisé avec Vellum

Livre gratuit - La Vierge et le Vampire

Abonnez-vous à la newsletter de Renee e Lee

Abonnez-vous à la newsletter de Midnight Romance pour recevoir livre gratuit, des scènes bonus gratuites et pour être averti·e de ses nouvelles parutions ! https://dl.book funnel.com/5p8orhhczq

Livre gratuit de Renee Rose

Abonnez-vous à la newsletter de Renee

Abonnez-vous à la newsletter de Renee pour recevoir
livre gratuit, des scènes bonus gratuites et pour être averti·e
de ses nouvelles parutions !

https://BookHip.com/QQAPBW

Chapitre un

Porto Rico

Deke

La jungle de Porto Rico est dense et humide. La nuit, le chant du chœur de *coquís,* les grenouilles locales, résonne dans l'obscurité écrasante. Je progresse en silence sur les feuilles pourrissantes qui tapissent le sol de la forêt tropicale et me mets en position. Channing est déjà là, à plat ventre. Les yeux plissés, il regarde par la lunette de son fusil de précision.

« On a deux gardes sur le pont », murmure-t-il.

Grâce à notre ouïe métamorphe, nous n'avons besoin d'aucun moyen de communication pour nous entendre. Et je n'ai pas besoin de lunettes de vision nocturne non plus. C'est pour cette raison que le colonel Johnson a créé une équipe de forces spéciales entièrement composée de métamorphes. Il est l'un d'entre nous. Il savait de quoi nous serions capables si nous n'avions pas à dissimuler nos capacités à nos camarades humains.

D'un coup d'œil, je peux voir la silhouette de deux

membres du cartel. Ils se tiennent à l'entrée de la cabane, porte ouverte. Chacun tient une mitrailleuse.

« Qu'est-ce que tu en penses ? Des otages à l'intérieur ? demande Channing à voix basse. Attachés, bâillonnés ?

— Bâillonnés. Attachés avec des cordes. » Je suppose, en tout cas.

« Je ne vois pas de chiens, ajoute-t-il. Donc, on attend le signal de Rafe. »

Je hoche la tête et enlève ma couche supérieure de vêtements, y compris mes plaques militaires. Le colonel Johnson a fait confectionner une tenue de camouflage spécialement pour nous. Le tissu est assez élastique et flexible pour s'adapter à notre forme humaine comme à celle de notre loup. J'imagine que les supérieurs de l'armée ont pensé que nous serions plus vulnérables si, une fois de nouveau sous forme humaine, notre sexe se balançait entre nos jambes. Comme si nous en avions quelque chose à foutre d'être vus à poil.

Je mute, mais tente de garder un certain contrôle, de retenir mon loup. Il a hâte de se mettre en chasse. La triste vérité, c'est qu'après des années de conditionnement à la guerre, il est toujours prêt à tuer, surtout pour secourir des civils. Le besoin de protéger prend parfois le pas sur la raison.

Le signal convenu est un long coup de sifflet à ultrason canin, qu'aucun humain ne peut entendre. Dès qu'il retentit, je me précipite en avant avec Channing. Sous ma forme de loup, je suis plus rapide ; je prends de l'avance.

Nous sommes presque arrivés lorsque je détecte un vrombissement, un peu plus loin sur la route. Un problème se présente sous la forme d'une vieille camionnette diesel. Merde ! D'autres kidnappeurs qui arrivent pour monter la garde.

L'assourdissant coup de sifflet à ultrason me vrille les tympans. Deux sifflets courts, cette fois. Rafe nous dit de tourner les talons.

J'essaie d'obéir. De suivre les ordres. La partie en moi qui se souvient encore de la chaîne de commandement lutte pour conserver le contrôle.

Mais mon loup n'en a cure.

C'est trop tard... je sens l'odeur du colis. L'humaine effrayée qui a peut-être perdu tout espoir d'être secourue.

Il ne faut pas désobéir à un ordre. Même si nous n'appartenons plus aux forces spéciales, les loups aussi suivent leur chef, et Rafe est notre alpha. Mais je ne peux pas retenir mon loup. Il a besoin de sauver l'humaine. Je m'élance. Mes pattes avalent la distance qui me sépare de la cahute.

« On annule la mission », gronde Channing, mais je suis déjà trop loin. Telle une ombre silencieuse, je saute sur la plateforme en bois.

Le premier garde meurt presque en silence. Il s'affaisse sur la terrasse. L'autre homme fait volte-face. Il cherche la détente de sa mitrailleuse, mais un loup de près de cent kilos lui saute à la gorge. Il s'écroule, et je le réduis au silence de mes crocs.

De façon permanente.

Des coups de feu me font lever la tête. J'ai le museau mouillé et du sang dans la bouche. De l'autre côté de la cabane, notre équipe attaque le camion diesel. Je les y ai forcés en refusant de suivre les ordres. Désormais, c'est la seule option.

Des coups de feu supplémentaires, le grondement du loup de Lance et des hurlements noient un moment le chœur de *coquís*. Puis le moteur du camion est coupé, et le silence retombe.

« Putain de merde, Deke ! » lance Channing à voix basse. Toujours sous sa forme humaine, il grimpe sur la terrasse, prêt à tirer. « Tu étais censé suivre les ordres. »

Mon loup lui montre les dents.

« Merde. Complètement *loco* », marmonne-t-il en passant à côté de moi. Il suit le protocole : il inspecte chaque coin sombre avant de pénétrer dans la cabane. Quelques secondes plus tard, je l'entends essayer de rassurer l'otage à mi-voix.

Je suis content qu'il puisse le faire ; je lui ficherais la trouille de sa vie.

Je me retourne avec un grondement. La truffe au sol, je m'assure que toutes les menaces ont été éliminées.

Gangsters : morts. Otage : secourue. Mission accomplie. Le seul problème ? L'action s'est terminée en moins de quatre-vingt-dix secondes. Mon loup en veut plus.

Je descends de la terrasse en trottant et contourne la cabane pour m'approcher du camion. La cabine est maculée de sang. Le cadavre de l'un des membres du gang est assis à la place du conducteur. Un autre se trouve à quelques mètres de la portière passager.

Non loin, Lance démonte les semi-automatiques des cibles. Il ne porte que sa sous-tenue de camouflage. Ses plaques scintillent sur son torse nu. Il n'a pas eu le temps de les retirer avant de muter.

« Putain, Deke, dit-il en guise de salut. J'ai foutu en l'air un fute neuf à cause de toi. » Il sépare les pièces métalliques de l'arme et les laisse tomber dans un sac ouvert à ses pieds.

Pour me rendre utile, je vais récupérer son sac, resté à son poste de surveillance en haut de la colline. Nous emportons une tenue de rechange supplémentaire pour les cas de figure de ce genre. Lance n'avait pas prévu de muter, mais le comportement de mon loup l'y a forcé pour mener la mission à bien. Quoi qu'il arrive, je peux toujours compter sur mes frères de meute.

« Merci », grogne Lance à mon retour. Il s'habille rapidement.

« On bouge. Channing est déjà parti avec le colis. » Le *colis*, c'est l'otage. En tant que mercenaires, nous avons reçu une somme conséquente pour la secourir. Le contrat provenait de quelqu'un de haut placé au gouvernement qui ne souhaitait pas risquer une équipe militaire pour cette mission. « On se retrouve au QG. »

Un craquement dans les buissons derrière moi me prévient de l'arrivée de mon alpha.

« Putain, c'était quoi, ça, soldat ? » demande Rafe en grondant, même si techniquement, nous ne sommes plus des soldats.

Je baisse la tête.

« Je pense que ça s'est bien passé, sergent, avance Lance avant d'enfiler son T-shirt.

— On t'a rien demandé ! Bouge, maintenant », lâche notre alpha en montrant la colline.

Lance prend son sac à dos et obéit.

Quatre heures plus tard, nous sommes de retour au QG, un hangar d'avion désaffecté. Un petit charter arrivera bientôt pour nous ramener discrètement chez nous. Lance m'a aidé à me débarrasser du sang sur ma fourrure à l'aide d'un tuyau d'arrosage, même si mon loup rechignait à effacer toute trace de sa tuerie. Je suis d'abord allé courir pour essayer de me défouler. J'ai attendu le dernier moment pour reprendre forme humaine.

Channing arrive au QG en dernier. Il ne prend pas la peine d'utiliser le tuyau ; il plonge directement la tête dans un seau d'eau, puis se sert d'un chiffon pour effacer la peinture de camouflage sur son visage. « Le colis a été livré, annonce-t-il. Tout est bien qui finit bien.

— Pas si vite. On a un problème. » Rafe rentre dans le hangar après avoir passé un coup de fil à notre contact. Il me pointe du doigt. « Ton loup devient incontrôlable, Deke. » Il n'a pas tort. J'ai désobéi à un ordre direct.

« Oui, sergent. » Ma voix est rocailleuse, gutturale, comme si ma gorge n'était pas habituée à prononcer des mots humains. Nous ne sommes plus militaires, mais nous appelons toujours Rafe *sergent*.

« Tu avais reçu l'ordre de tuer, Deke ? »

Une vague de nausée me noue le ventre. C'est pour ça que Rafe a décidé que nous devions quitter l'armée l'année dernière. À chaque chasse, je devenais plus sauvage. Nous le devenions tous. Rafe a dit que nous devions partir avant de tous perdre notre humanité et de devoir être abattus.

« Pour la défense de Deke, il n'a éliminé que les cibles », dit Channing.

Rafe se tourne vers lui et lui montre les dents. Channing baisse la tête et lève les mains en signe de soumission.

« On n'avait pas l'ordre de tuer, gronde Rafe.

— Le colonel Johnson ne nous contracterait pas s'il ne s'attendait pas à des victimes, remarque Lance.

— Seulement parce que Deke devient incontrôlable ! »

Le poids s'intensifie dans ma poitrine.

Merde.

Rafe se met à faire les cent pas. Ses bottes frappent le béton en un rythme discontinu. Il pourrait se déplacer en silence s'il en avait envie. Il fait du bruit pour appuyer ses propos. Je me prépare à ce qui va suivre.

Ça arrive bien trop tôt. Rafe s'arrête devant moi et donne un coup de sifflet à ultrason. Au garde-à-vous, je m'efforce de ne pas laisser le son aigu me faire grimacer. Channing et Lance se couvrent les oreilles.

« Qu'est-ce que ça signifie, soldat ? aboie Rafe.

— Les signaux sont au vert, chef ! »

Rafe recommence. Deux courts sifflets. « Et ça ?

— Mission annulée, chef ! »

Rafe s'approche jusqu'à ce qu'il soit nez à nez avec moi. Il plonge ses yeux jaunes dans les miens. Je fixe un point au loin, malgré une pulsion fébrile de bondir et d'attaquer.

Il s'agit d'un test. Si je tiens tête à mon alpha, c'est le signe qu'il est trop tard pour moi. Ce que ma meute redoute depuis quelques années.

Je dois réussir ce test.

Je me force à penser à des chiots. À d'innocents bambins. À des humaines... C'est une nouvelle pensée, mais elle se présente. Comme si je pouvais rechercher du plaisir pour me récompenser si je passe ce test.

Comme si c'était possible.

Mon équipe ne me laisse pas approcher les humains. Pas après le combat dans ce bar, l'année dernière. Mon loup est bien trop imprévisible et agressif. Trop assoiffé de sang.

Mais penser à de fragiles créatures suffit. Il se détend.

Mon alpha se tient à quelques centimètres de moi. Il sent le changement dans mon corps et hoche la tête. Mais il n'en reste pas là pour autant.

« La discipline, soldat, gronde-t-il dans mon oreille qui siffle. C'est tout ce qui nous protège du mal de lune.

— Oui, chef », dis-je lorsque je parviens à desserrer les dents.

Chapitre deux

Sadie

Sadie, tu vas sur la place ? J'y serai aussi. On pourrait se voir après ta soirée entre filles. Mon ventre se noue fermement lorsque le message fait sonner mon portable. Il a peut-être l'air amical, mais mon corps le ressent comme une agression.

J'en ai marre de Scott Sears et ses tentatives pour me reconquérir.

Qu'est-ce qu'il n'a pas compris dans : « C'est terminé entre nous » ?

Je lève les yeux au ciel et range le téléphone dans mon sac. Après avoir replacé mon précieux et ridicule paquet sous mon bras, je traverse la rue en direction du restaurant de Taos. Il est bondé.

C'est l'heure du dîner, et il y a école demain. La plupart du temps, je préfèrerais rentrer me détendre chez moi après avoir fait classe à des élèves de maternelle toute la journée, mais aujourd'hui, c'est mercredi.

Le jour où on se plaint en buvant du vin, comme mes

copines et moi aimons l'appeler. Et ces mercredis sont sacrés.

« Sadie, par ici ! » Assise à une table en terrasse, Adèle secoue la main. Les muscles de ma nuque se décontractent un chouia dès que je la vois, attablée avec le reste de mes amies. Tabitha et Charlie sont affalées sur leurs sièges, mais elles se redressent un peu à mon arrivée. Adèle reste assise, le dos droit comme un i.

Mes amies sont les meilleures. Nous sommes toutes différentes, mais notre amitié fonctionne.

Adèle est la beauté sophistiquée, toujours bien mise. Elle est propriétaire de la chocolaterie locale. C'est notre mère poule, toujours impeccable dans ses tenues vintage. Ce soir, elle porte une robe trapèze inspirée des années 1950, dont la couleur vert mousse met parfaitement en valeur sa peau brune et ses yeux verts. Au lieu d'une veste, elle porte un châle taupe brodé de fils dorés. C'est la plus élégante de notre groupe, et elle prend son rôle à cœur.

Tabitha porte souvent des habits vintage, elle aussi, surtout des années 1920, 1960 et 1970. Elle est capable de porter une robe des années 1920 à sequins un jour, et un jean *oversize* à pattes d'éléphant le lendemain. Aujourd'hui, elle porte un bandeau en perles et une combinaison jaune. Encore une tenue qui rend hommage à Cher. Elle lui ressemble, avec son teint olive et son visage pointu.

Charlie… est Charlie. C'est la plus petite d'entre nous, et la plus mince. La plupart du temps, je la vois vêtue d'une chemise bleue et d'un short ou d'un pantalon bleu marine épais — sa tenue de postière. Grâce à son emploi, sa peau est toujours bronzée, complimentée par ses courts cheveux blonds. Ce soir, son T-shirt porte l'inscription effacée : *Pour ma défense, on m'a laissée sans surveillance.*

Et moi, je suis Sadie Diaz, tout simplement. Originaire de Taos, institutrice de maternelle. Les yeux et les cheveux bruns, une taille moyenne, un poids moyen. Tout de moyen. Tabitha dit que je m'habille comme une institutrice de maternelle. Je ne sais pas ce que ça veut dire, mais mes élèves adorent mes boucles d'oreilles en forme de chats et mes ballerines aux couleurs vives.

« Contente que tu aies pu venir », me dit Charlie en souriant. Une margarita est déjà posée devant elle. J'essaie de ne pas laisser transparaître ma jalousie.

Je pose la boîte noire du jouet sur la table. « Désolée pour mon retard. Je devais aller chercher un colis.

— Qu'est-ce que c'est que ce truc ? » demande Tabitha avec une grimace. Elle parle assez fort pour que plusieurs clients dans le restaurant tournent la tête dans notre direction, mais elle s'en fiche. Le nez plissé, elle s'adosse à sa chaise et examine le jouet.

Je comprends sa réaction. La peluche dans la boîte est à mi-chemin entre un démon et un lièvre, avec des yeux rouges, des cornes et des crocs.

« C'est un *jackalope* », dis-je sur un ton d'excuse. Mes trois meilleures amies se penchent pour regarder la peluche de plus près.

Charlie soulève la boîte et grimace en lisant le texte écrit en noir. « Oh, j'en ai entendu parler. C'est le jouet le plus populaire, cette année. Il est en rupture de stock dans la plupart des États.

— J'ai commandé le mien il y a des mois. Mes élèves ne parlent que de lui. Certains parents sont prêts à commettre un meurtre pour s'en procurer un. C'est pour ça que je l'ai apporté. Je viens de le recevoir, et je ne le quitterai pas des yeux.

— Comment est-ce qu'il fonctionne ? Ah, oui. » *Essaie-moi !* est inscrit sur le plastique transparent à côté d'un bouton rouge. Charlie appuie dessus. Un rire effrayant s'élève de la boîte. Le monstrueux jouet se met à vibrer, et ses yeux rouges s'allument. « Tu ne veux pas jouer ? demande-t-il d'une voix tout droit sortie de *Poltergeist*.

— Merde ! s'étrangle Tabitha. C'est quoi, ce bordel ?

— Oh, quelle horreur. » Adèle secoue la tête, ce qui fait rebondir les boucles brunes autour de son visage. Elle lève la main. « C'est trop flippant », ajoute-t-elle en frissonnant. Elle s'enveloppe dans son châle. Il commence à faire frais dès que le soleil se couche.

« C'est vrai qu'il est flippant, dis-je en examinant le jouet plus attentivement. La première fois que j'ai appuyé sur le bouton, j'ai failli lâcher la boîte. Alors que je savais ce qui allait se passer.

— Recommence », dit Tabitha avec un sourire malicieux. Adèle lève les yeux au ciel.

« Tu es sûre ? demande Charlie en approchant son pouce du bouton.

— Vas-y. » L'expression de Tabitha n'est pas sans rappeler celle du *jackalope*.

Les dents serrées, Charlie s'exécute. « Tu ne veux pas jouer ? » murmure une voix sinistre dans la boîte.

Tabitha et Adèle poussent un cri. « Range-le », réclame cette dernière. Tabitha a l'air d'avoir envie de continuer à appuyer sur le bouton.

Charlie place la boîte un peu plus loin sur la table, hors de portée. « Merde. Les enfants jouent vraiment avec ce truc ? »

Je hausse les épaules.

« Les enfants de nos jours... Ils sont bien plus intéressés

par les trucs effrayants que je ne l'ai jamais été, dit Adèle en replaçant ses couverts autour de son assiette vide pour la cinquième fois.

— Au moins, ce n'est pas un bébé Cthulhu. Ils étaient très à la mode l'année dernière. » La serveuse arrive avec un plateau plein de boissons. Je range avec soin le jouet dans son sac.

« Alors, tu en as acheté un pour ta classe ? me demande Adèle.

— Oui. Un seul, ils devront partager.

— Tu es l'instit de maternelle la plus gentille au monde, dit Tabitha en levant sa margarita à la framboise. Et c'est dire quelque chose. La barre est haute.

— À la douce Sadie, ajoute Charlie en levant sa bière, une *Fat Tire,* pour porter un toast.

— À Sadie », répètent Tabitha et Adèle. Elles lèvent à leur tour leurs verres.

Les joues rouges, je bois une gorgée de margarita à la mangue en même temps qu'elles. Mes amies sont ce que j'ai de meilleur dans ma vie, en ce moment. Même si nous pourrions difficilement être plus différentes les unes des autres, je les aime comme des sœurs.

« Tu ne voulais pas de margarita ? demande Tabitha à Adèle.

— Non », répond celle-ci du bout des lèvres en faisant tourner le vin rouge dans son verre.

Tabitha repousse sa longue chevelure rousse sur son épaule. « Elles sont vraiment bonnes, chantonne-t-elle.

— Non, merci. » Adèle penche son verre. Elle ferme les yeux et respire le bouquet du vin sans cesser de le faire tourner.

« Snob, la raille gentiment Tabitha.

— Laisse-la tranquille. » Charlie parle un peu fort, mais ce n'est pas dû à l'alcool. Elle aime être bruyante, c'est tout. Elle se balance sur sa chaise, la maintient un instant en équilibre sur deux pieds, puis la laisse retomber avec fracas. « Il faut bien que quelqu'un boive du vin, dit-elle. Après tout, on est mercredi. Le jour où on se plaint en buvant du vin.

— Juste le jour où on se plaint, la contredit Tabitha. Quand on a lancé cette tradition, on s'est mises d'accord. On n'est pas obligées de boire du vin, seulement de se plaindre. Bon, qui commence ?

— Sadie. » Par-dessus son verre à pied, les yeux verts d'Adèle me transpercent. Rien n'échappe à notre mère poule officielle.

« Sadie, tout va bien ? demande Tabitha.

— Qui est-ce que je dois tuer ? s'enquiert Charlie en posant les coudes sur la table. Scott ? Je vais le défoncer. » Elle est sérieuse.

Je pose ma margarita sur la table et soupire. « Tout va bien.

— Non. Allez, accouche. » Tabitha remue la main pour m'encourager à parler. « Qu'est-ce qu'il a fait, cette fois ?

— Vous vous êtes remis ensemble ? demande Charlie, les sourcils froncés. Je pensais qu'après... l'incident...

— L'incident ? C'est comme ça qu'on appelle une tromperie, maintenant ? lâche Tabitha en récoltant le sel autour du bord de son verre au bout de son index.

— On est toujours séparés. Mais il aimerait qu'on se remette ensemble. Il vient de m'envoyer un message pour me demander si on peut se voir ce soir.

— Sérieusement ? Il t'a trompée ! » Charlie et Tabitha ont l'air sur le point d'exploser.

Adèle lève la main. « Chhh. Calmez-vous, Sadie parle.

— Merci, dis-je avec un sourire en coin. On ne se remettra pas ensemble. Je lui ai dit non, mais il se montre très persistant. » Je baisse les yeux vers mon sac, où j'ai rangé mon portable. Je l'ai éteint après le dernier message pour avoir la paix. Si ça se trouve, j'ai plusieurs appels en absence et des messages de Scott.

« C'est-à-dire, persistant ? demande Tabitha sur un ton soupçonneux.

— Il m'appelle, m'envoie des messages. Des cadeaux. Il m'a fait livrer des fleurs, des chocolats.

— Il t'a acheté les chocolats ? » demande Charlie à Adèle.

Elle secoue la tête sans me quitter des yeux. « Non. Il sait que s'il entre dans ma boutique, il en sortira en mauvais état. » Elle parle d'une voix douce, mais je n'ai aucun doute sur le fait qu'elle ressortirait gagnante d'une prise de bec avec Scott.

« D'accord. Donc, Scott t'a acheté du chocolat bas de gamme », dit Tabitha. Elle met l'accent sur *bas de gamme*, comme s'il s'agissait du péché le plus scandaleux. Et, dans notre groupe, ça l'est. « Et ensuite ?

— Il n'arrête pas de me contacter. L'autre jour, il était devant l'école avec mon père. Scott prétend que c'était pour une réunion professionnelle, mais je pense qu'il l'a programmée exactement au moment où mes élèves sont en récréation.

— Ça craint, dit Charlie.

— C'est Scott tout craché. Tout sauf sincère. Comment fait ton père pour ne pas s'en rendre compte ? s'agace Tabitha.

— Parce que le père de Sadie est comme lui, dit Adèle

avec fermeté. Ils font la paire. » Elle hausse un fin sourcil brun en me regardant droit dans les yeux.

Je garde le silence, parce qu'elle a raison. Mon père adore Scott et ses idées de développement immobilier bien plus que ça n'a jamais été mon cas. Il avait tout prévu pour notre mariage. Pour qu'ils puissent ensuite régner ensemble sur le secteur immobilier de la région. Adèle a raison. Scott est la copie conforme de mon père.

« Tu vas résister, n'est-ce pas ? me demande Tabitha en se mordillant la lèvre. Tu ne le reprendras pas ?

— Non. » Je n'ai aucune intention de me remettre avec Scott un jour. « Mais il refuse de lâcher l'affaire. Tu le connais, il n'accepte pas les refus.

— Ça craint », répète Charlie avant de vider sa bière. Nous terminons nous aussi nos verres. Lorsque la serveuse passe près de notre table, nous commandons une autre tournée en même temps que nos plats.

« On peut t'aider ? demande Tabitha une fois que la serveuse s'est éloignée. On pourrait peut-être lui parler.

— Non, ne faites pas ça. Connaissant Scott, ça ne ferait qu'aggraver la situation. Il a l'habitude d'avoir ce qu'il veut, c'est tout.

— On ne peut pas faire confiance à ces promoteurs immobiliers, marmonne Charlie, la bouche pleine de chips de tortilla. Ils sont tellement insistants. Ils passent leurs journées à conclure des contrats, et quand ils rentrent chez eux, ils s'imaginent que c'est la seule façon de communiquer. »

Tabitha acquiesce de la tête. Charlie et elle se lancent dans une discussion sur l'un des sujets préférés des *Taoseños,* les habitants de Taos : les promoteurs immobiliers malfaisants.

« Je suis désolée, Sadie, me dit Adèle à voix basse.

— Ce n'est rien. Parlons d'autre chose. Je n'ai pas envie que mes histoires de cœur pourries gâchent notre soirée. »

Elle me serre la main sans répondre.

Heureusement, je suis sauvée par le rugissement d'un groupe de motos. Quatre gros véhicules pilotés par de gigantesques bikers traversent la place. Ils s'arrêtent dans une ruelle à proximité de l'unique zone piétonne.

Tabitha gémit. « Oh, bon sang. Encore des fans d'*Easy Rider* qui recréent leur voyage à travers le Sud-Ouest. » Depuis le film emblématique des années 1960, Taos fait partie intégrante du pèlerinage des motards. Sans parler de l'énorme rassemblement annuel de bikers à Red River lors du *Memorial Day*. Il attire plus de vingt mille personnes dans la région.

Mais ces types évoquent quelque chose de différent. Ils n'ont pas l'air d'être des hippies fans d'*Easy Rider*. Et ils n'ont ni les cheveux longs ni la barbe qui caractérisent certains de ces groupes de motards. Ces hommes sont grands et baraqués. Le torse et les épaules larges. D'épaisses cuisses musclées.

Oh, bon Dieu, suis-je vraiment en train de mater leurs cuisses ?

Nous restons silencieuses pendant qu'ils descendent de leurs motos, puis passent devant la terrasse du restaurant. Comme l'on pourrait s'y attendre, ils sont vêtus de cuir et couverts de tatouages. Tous portent des lunettes aviateur.

Tabitha s'affale un peu plus sur sa chaise. « Merde, souffle-t-elle.

— Eh ben. Je te parie que si tu touchais un de ces mecs par inadvertance, tu serais empoisonnée à la testostérone », dit Charlie avec mépris. Les quatre bikers s'arrêtent devant la terrasse du restaurant. Rassemblés en un groupe intimidant, ils conversent entre eux.

À la place d'une veste en cuir, l'un d'entre eux ne porte qu'un veston en cuir noir qui laisse ses bras nus. Lorsqu'il enlève ses lunettes, son biceps se contracte. Il est presque aussi gros qu'un ballon de basket. Un tatouage ondule sur son bras, un loup noir sous une pleine lune. Les muscles de mon bas-ventre se contractent avec violence.

L'homme tourne la tête dans notre direction avec lenteur. Ses cheveux sombres sont rasés sur les côtés, ce qui ne laisse rien pour dissimuler les traits masculins de son visage. Waouh. Ses yeux brun café scintillent de façon étrange à la lumière du crépuscule. Mes membres fourmillent. Il me regarde. Sans chercher à s'en cacher.

De son propre chef, ma main se lève.

« Sadie ! murmure Tabitha. Qu'est-ce que tu fais ? »

Honnêtement, je ne sais pas. Je semble incapable de détacher mon regard de cet homme. Pourtant, il est à peu près autant mon genre que le lampadaire derrière lui. Je le salue néanmoins de la main. Il me rend mon salut d'un geste du menton. Une décharge électrique me parcourt de part en part, de la tête aux pieds, comme si j'avais été frappée par la foudre. Ses lèvres parfaites esquissent un sourire en coin, puis il se tourne de nouveau vers ses amis.

Ils terminent leur conversation et s'éloignent à grandes enjambées. Leurs lourdes bottes ne produisent aucun son sur le pavé, mais j'ai l'impression de sentir crépiter l'air autour de la place. Le motard brun regarde par-dessus son épaule. Me regarde, moi. Il m'adresse un clin d'œil. Une autre décharge électrique. Mon cœur manque un battement.

« Attends... je rêve, ou ce mec vient de te faire un clin d'œil ? s'exclame Adèle.

— Oui, je crois bien, dis-je en riant.

— Oh, bon Dieu, gémit Tabitha.

— Ces mecs font peur, ajoute Charlie en les désignant du pouce par-dessus son épaule.

— Je ne sais pas, dis-je, songeuse. Je l'ai trouvé plutôt sexy. » Scott est grand et séduisant, et il est fier des muscles qu'il cultive à la salle de sport. Mais à côté de ce motard ténébreux, il aurait l'air d'un enfant.

Mon aveu laisse un instant mes amies bouche bée, puis nous partons toutes d'un grand éclat de rire.

Je parcours la place du regard à la recherche des bikers.

« Qui sont ces motards ? demande Tabitha à la serveuse lorsqu'elle apporte nos plats.

— Ils passent de temps à autre, dit-elle en haussant les épaules. Parfois, ils viennent à moto, parfois dans un de ces fourgons militaires.

— Sérieusement ? Un Humvee ? » Charlie est impressionnée. Elle s'y connaît dans le domaine.

« Un Humvee, c'est comme un Hummer ? lui demande Tabitha.

— Non, c'est un véhicule militaire. Ils ne sont pas tous autorisés sur la route. Ce sont d'anciens militaires ?

— Je ne pose pas de questions, ma chérie, répond la serveuse. Je la ferme et je me rince l'œil.

— Tu vois. Elle aussi, elle les trouve sexy.

— Je n'ai pas dit qu'ils n'étaient pas sexy, marmonne Tabitha avant de boire une gorgée d'eau.

— Ça leur arrive de manger ici ? » s'enquiert Adèle. Elle tient fermement son verre à moitié plein entre ses mains.

« Non, ils ne s'attardent jamais. Quand ils ne sont pas sur leurs motos, ils passent juste faire le plein de courses et repartent.

— Je trouve qu'ils ont plus l'air de militaires que d'un groupe de bikers, dit Charlie. La façon dont ils se tenaient, vous voyez ? Les épaules en arrière et le torse bombé. Et leurs crânes rasés.

— Je dois avouer que je n'ai regardé que celui avec une lune et un loup tatoués, dis-je.

— Ils avaient tous ce tatouage, m'apprend Adèle.

— Vraiment ? » Tabitha la regarde avec insistance, mais elle se contente de répondre : « Oui.

— Tu imagines si Sadie sortait avec un mec comme ça ? Scott ferait un caca nerveux, remarque Charlie.

— Tout comme son père », renchérit Tabitha.

Adèle s'étrangle de rire. « Oh, Seigneur, ce serait hilarant. Vous imaginez la tête de Scott ? »

C'est mon tour de boire longuement mon verre d'eau. Je peux tout à fait imaginer la tête de Scott s'il me voyait avec un biker de ce genre. Il péterait un câble. Mais je n'ai pas envie de penser à lui. Comment serait-ce d'être avec un homme comme ce motard ? Serait-il génial au lit ? En admettant qu'il s'intéresse à moi. Un homme comme lui, aux muscles saillants, allongé nu sur ma couette...

Mes joues s'empourprent. Je serre mon verre vide dans ma main. Il n'y a pas assez d'eau dans le monde pour étancher ce désir.

Charlie me jette un coup d'œil inquiet. « Hé, je plaisantais », dit-elle comme si elle avait deviné mes pensées. Que je suis partie loin, au point d'imaginer ce type baraqué comme mon partenaire. « C'était juste une blague. C'est sûr que ces types sont dangereux.

— Si ce sont des militaires, ils le sont certainement beaucoup moins qu'un groupe de bikers, dis-je.

— Même dans ce cas, ça ne donnerait rien de bon, déclare Charlie. Je ne sortirais jamais avec un militaire. Ils couchent avec tout le monde et ils sont accros à l'adrénaline.

Ils n'ont pas l'étoffe d'un petit ami, c'est sûr. Surtout pour toi.

— Qu'est-ce que c'est censé vouloir dire ?

— Non, rien. Simplement que tu es douce et gentille, Sadie. J'ai dit ça pour vous faire rire, rien de plus. Je n'aurais jamais imaginé que tu envisages de sortir avec quelqu'un qui leur ressemble.

— Bah, on ne sait jamais. » Je hausse les épaules.

Le regard de mes amies devient scrutateur. Pour les amuser, je leur fais un clin d'œil, mais une graine de rébellion et d'audace a pris racine en moi.

Je crois que j'adore l'idée de choquer les habitants de cette petite ville, qui s'imaginent tous me connaître, en fréquentant un grand méchant biker.

Mais Charlie a raison. C'est de la folie.

* * *

Deke

Une odeur agréable flotte autour de la place de la ville. Elle rend fou mon loup. Je n'arrête pas de lever la tête pour renifler.

« Arrête », me dit Lance entre ses dents.

Un grondement fait vibrer mon torse. Mon frère de meute aux cheveux blonds se tient trop près. L'enfoiré le fait exprès. Il sait que mon loup a besoin d'espace.

« Fous-lui la paix, me défend Channing. C'est presque la pleine lune. Ça le rend dingue.

— On parle de Deke. Il est toujours dingue », rétorque Lance.

Je lui décoche un regard noir, et mon grondement s'intensifie. Lance se dépêche de faire un pas de côté pour s'écarter de mon chemin. Il m'est déjà arrivé de frapper mes frères de meute pour moins que ça.

« On ne se bat pas. Pas devant des civils. »

Rafe, notre alpha, sort de l'ombre de la ruelle. Par *civils*, il veut dire *humains*. De son regard noir, il soutient celui de Lance un peu plus longtemps que les autres. Ils sont frères, mais Rafe ne fait jamais de préférence. Voire, il est plus dur avec Lance qu'avec nous.

« Tu as terminé ce que tu avais à faire ? » demande celui-ci en passant la main dans ses cheveux blonds.

Ce foutu minet se pavane comme s'il faisait partie d'un boys band.

« Ouais. On y va », ordonne Rafe.

Les autres suivent immédiatement notre alpha, mais je résiste. Je traîne des pieds sur la place pavée. Cette odeur m'appelle. Douce et sucrée. Je salive.

Ma réticence n'échappe pas à Rafe.

« Deke ? Tu viens ?

— Je ne sais pas, dis-je en me caressant le menton. Je vais peut-être rester un peu. »

Je sais que ma réponse est nulle au moment où je la prononce. Parmi la meute, je suis bien le dernier qui aurait envie de m'attarder sur une place publique qui grouille d'humains. Ça se passe mieux pour moi depuis que j'ai quitté l'armée. On a notre propre baraque, et je peux courir dans la montagne toutes les nuits. Ça permet de garder mon loup sous contrôle. Mais je suis toujours vite à cran dès qu'il y a trop de monde aux alentours.

« Pour quoi faire ? Il n'y a pas de concert ce soir. Et je ne savais pas que tu aimais Jimmy Buffet », dit Channing avec un sourire en coin en montrant une vieille affiche.

Je lui adresse un doigt d'honneur.

« Deke. » Un soupçon de grondement vibre dans la voix de Rafe.

Par respect pour mon alpha, je baisse la main.

« Quoi ? J'ai envie de rester dehors un peu plus long-temps, c'est tout. Prendre l'air, profiter de la soirée. »

Ma meute me dévisage un long moment, comme si je venais d'annoncer que j'ai envie de mettre un joli tutu rose et de me lancer dans un pas de deux.

« Je pourrais rester, propose Lance.

— Je n'ai pas besoin de babysitter. »

J'en ai assez de cet enfoiré. Je montre les dents. En réponse, le loup de Lance signale sa présence. Un éclat bleu teinte son regard. Mon loup s'approche de la surface. Il peut briser ses chaînes d'un instant à l'autre.

« D'accord. »

Rafe s'interpose entre son frère et moi. C'est toujours lui qui maintient la paix, jusqu'à ce qu'on le gonfle trop. À ce moment-là, il nous botte le cul. Ce système n'est pas parfait, mais il fonctionne.

« Fais ce que tu veux, Deke. Nous, on rentre. »

Sur un signe de tête de sa part, Channing et Lance se dirigent vers les motos. Rafe reste en arrière.

« Tu es sûr ? » marmonne-t-il.

Mon alpha est le seul à avoir le droit de poser cette question, mais elle me hérisse tout de même. Je n'ai pas les meilleurs antécédents avec les humains. Je ne suis pas char-mant comme Lance. Je me renfrogne direct, et si on me provoque… eh bien, disons que les ennuis sont garantis.

Rafe le sait. Il me garde à l'œil. S'il s'agissait d'un loup moins puissant, le mien le provoquerait et l'étriperait.

La plupart du temps, je suis content que Rafe soit un meilleur combattant que moi. Si je perds le contrôle un jour et que je vais trop loin, il sera là pour m'abattre.

Mais ce soir, j'ai envie d'être seul.

« Ça va », dis-je en laissant un semblant de sourire flotter sur mes lèvres.

C'est mon expression positive, et je sais qu'elle laisse beaucoup à désirer. À ce qu'on m'a dit, un squelette est moins flippant.

Comme je pouvais m'y attendre, Rafe secoue la tête.

« Ne montre pas ça aux civils. Tu les effraierais. »

Mais il me donne une tape amicale sur le bras, le signe universel entre mecs qui signifie *fais attention à toi*, et me tourne le dos pour rejoindre les autres.

Je soupire quand ma meute s'éloigne sur les motos. En temps normal, je serais content de m'éloigner de cette ville et de tous ces gens. Heureux d'être sur la moto. Rien de tel qu'une longue virée sur les routes de montagne, entouré par le souffle du vent qui me rafraîchit les bras, sans rien qui me sépare du ciel nocturne. Mais ce soir, j'ai plus important à faire qu'une promenade à moto.

Je lève la tête vers la lune et me délecte du parfum sucré. Je vais trouver à qui appartient cette douce odeur avant que mon loup devienne fou... encore plus qu'il l'est déjà.

* * *

Sadie

Je garde le silence pendant le reste de notre soirée du mercredi. Je laisse les autres se plaindre, puis les quitte peu après le coucher du soleil.

« Il y a école demain », dis-je en saluant mes amies.

J'allume mon portable pendant que je traverse la place. Une tonne de messages et d'appels manqués le fait vibrer.

J'ai deux messages vocaux de Scott. Un de mon père. Je ne sais pas lequel je redoute le plus.

Au moins, la nuit est belle. Le soleil s'est couché sous l'horizon et a laissé une brume bleu sombre. J'ai déjà envisagé de quitter Taos, de fuir comme l'a fait ma mère. Mais je n'ai pas envie de quitter ma ville natale. Et puis, je ressemble plus à mon père que j'aime l'admettre. Têtue. Je suis peut-être réservée et douce, mais je n'aime pas perdre.

D'autres messages apparaissent sur mon écran. De Scott. *Où es-tu ?* Puis, *Je sais que vous buvez du vin le mercredi.* Il n'a retenu que la moitié, même si je lui ai expliqué le concept de la soirée à de nombreuses reprises. C'est un simple détail, et il ne prend pas la peine de s'en souvenir... ou il s'en fiche. Ça me fait grincer des dents. Ça ne me dérangerait pas si Scott n'avait pas toujours méprisé mes amies. Elles se sont montrées cordiales avec lui pour me soutenir, mais je regrette de ne pas avoir laissé Adèle lui démolir le portrait.

J'entreprends de trouver un covoiturage pour rentrer chez moi — je n'utilise pas ma voiture le mercredi parce que je sais que je vais boire. Avant que je puisse ouvrir l'application, je reçois un message de Scott qui me glace le sang. *Je vois que tu es à Lizanos. Je suis sur la place, près du parking de covoiturage. J'aimerais qu'on discute.*

Oh, non. Je presse le pas, mais c'est trop tard. Comme je pouvais m'y attendre, je vois un grand type dégingandé vêtu d'un pantalon noir et d'une veste décontractée, mais élégante, à côté du panneau bleu. Scott. Il porte son oreillette Bluetooth et à la façon dont il gesticule, je devine qu'il discute au téléphone. Il conclut sans doute un contrat pour raser une église en brique centenaire et la remplacer par un complexe d'appartements et un centre commercial.

Je m'arrête et me dissimule derrière une petite échoppe

qui fait partie des points de vente permanents du marché. Je pourrais retourner auprès de mes amies et leur demander de m'accompagner jusqu'à la zone de covoiturage, mais elles ont toutes bu plusieurs verres. Au moins l'une d'elles insistera pour dire ses quatre vérités à Scott. Les deux autres s'y mettront à leur tour, et ça fera toute une histoire.

Que faire ?

Une étrange lueur verte brille dans la ruelle. Une silhouette sombre est avachie dans l'obscurité. Sous mes yeux, elle se redresse, grandit et devient gigantesque. Un colosse apparaît. C'est le biker d'un peu plus tôt, celui qui m'a fait un clin d'œil. Ses lunettes sont posées sur son crâne. Il a des yeux brun sombre, mais ils reflètent la lumière de façon étrange, comme des flashs verts. Il me regarde droit dans les yeux.

Tu imagines si Sadie sortait avec un mec comme ça ?

Je resserre les pans de mon cardigan. J'ai une idée folle, complètement dingue. Je m'approche de lui avant de perdre mon courage.

De près, l'effrayant motard est encore plus imposant. Il porte une chaîne avec des plaques de l'armée autour du cou. Un militaire, comme l'a dit Charlie.

Je m'humecte les lèvres. Je n'arrive pas à croire ce que je m'apprête à faire. « Excuse-moi. » Ma voix est suraiguë. Je m'éclaircis la gorge et réessaie : « Excuse-moi. Tu pourrais m'aider, s'il te plaît ? »

Il s'avance tout de suite, comme s'il n'attendait que mon invitation. Il penche la tête de côté et entrouvre sa bouche parfaite. « Ouais, mon cœur ? » Sa voix est profonde et douce. D'habitude, je déteste qu'on m'appelle *mon cœur*, mais il ne cherche pas à me reluquer. Il a les narines évasées comme s'il respirait mon odeur. Ses yeux semblent devenir encore plus verts.

Son regard intense est un peu déstabilisant.

Je reprends d'une voix flûtée : « Hum, j'ai un problème.

— Un problème ?

— Oui. Ce n'est pas grand-chose, mais j'espérais que tu pourrais m'aider. » C'est dingue. Complètement fou. Je n'ai jamais rien fait de si audacieux, et je n'aurai probablement plus jamais le cran de recommencer. C'est peut-être la margarita à la mangue qui parle. Ou peut-être que je me montre courageuse, pour une fois.

« Bien sûr, mon cœur. » Le biker accepte si vite que je perds le fil de mes pensées. Je plonge mon regard dans ses yeux bruns et suis prise d'un léger vertige.

« Tu ne sais même pas de quoi il s'agit.

— Dis toujours, répond-il en haussant les épaules.

— D'accord. Il y a ce type. En fait, c'est mon ex, et il m'embête, dis-je d'une traite. Il a réussi à savoir où j'étais, et il m'attend, là-bas. » Je montre le parking de covoiturage.

Le motard passe la tête au coin de la rue. Un grondement bas semble émaner de son torse, mais le son s'arrête brusquement lorsqu'il se retourne vers moi. « Tu veux que je le tue ?

— Non, idiot. » Sa plaisanterie me fait pouffer. C'est forcément une plaisanterie, même s'il a l'air on ne peut plus sérieux. Je le regarde en secouant la tête comme s'il s'agissait d'un de mes élèves de maternelle.

Un sourire flotte sur ses lèvres. De la chaleur m'envahit de la tête aux pieds.

« Tu es sûre, mon cœur ? » demande-t-il, cette fois sur un ton taquin.

Je joue le jeu. « Oui. C'est un lieu trop fréquenté. Et où est-ce qu'on cacherait le corps ?

— On pourrait trouver un truc, dit-il en se frottant le menton. Tu pourrais l'entraîner quelque part, dans un lieu isolé. Et je pourrais donner l'impression qu'il a été massacré par un loup.

— Euh, d'accord. » *C'est étrangement précis.* Je fais mine d'y réfléchir. « Non, ce n'est pas nécessaire. J'aimerais juste qu'il me lâche. J'ai pensé que tu pourrais m'accompagner et faire semblant d'être mon petit ami. Seulement quelques minutes.

— Ton petit ami. »

Oh, Seigneur. Quelle idée stupide. Je suis en train de me ridiculiser.

« C'est ce que tu veux ? » Il hausse un sourcil sombre.

Et voilà, je me mets à rougir. La chaleur part de ma poitrine et remonte vers mes joues. Par chance, il fait nuit. L'éclairage tamisé sur la place devrait dissimuler mon visage cramoisi. « Si ça ne te dérange pas.

— Je ne sais pas.

— Ce n'est pas grave. » Je veux me détourner pour échapper à cette humiliation, mais le biker rapproche sa tête de la mienne. Sa peau sent le cuir, le propre et l'homme. Mes sens sont émoustillés. « Ça paraît plus efficace de rendre les choses permanentes. » À son ton, je devine qu'il plaisante.

Je glousse de façon incontrôlable. « On pourrait le faire à ma façon ? Tu veux bien me rendre service ?

— Un service, hein ? » Il replace une mèche de cheveux derrière mon oreille. Mes jambes se mettent à flageoler dès qu'il me touche. Je dois m'adosser au mur.

Je m'aperçois soudain qu'adresser la parole à un gigantesque homme effrayant dans une ruelle sombre n'était pas mon idée la plus lumineuse. Pourquoi ai-je pensé qu'il était moins dangereux que Scott ? Mais je n'arrive pas à être effrayée. J'ai le ventre noué, mon cœur bat à tout rompre...

cependant, je n'éprouve pas de peur. Non, c'est de l'ex-citation.

Par-dessus les trépidations de mon cœur, je lui demande : « Comment tu t'appelles ?

— Deke. Et toi ?

— Sadie.

— Sadie », murmure-t-il de sa voix grave. Son grand corps m'emprisonne un instant contre le mur.

Je n'ai toujours pas peur.

Je me sens petite et en sécurité, cachée du monde.

Puis il recule. « Ça marche, Sadie. C'est parti. »

* * *

La main de Deke plane dans le creux de mon dos tandis que nous traversons la place en direction du parking de covoiturage. Il est deux fois plus large et presque deux fois plus grand que moi, pourtant il se déplace sans un bruit.

« Mon ex s'appelle Scott.

— Scott. » La lèvre supérieure de Deke se retrousse.

Sans savoir pourquoi je continue à bafouiller, j'ajoute : « On est restés ensemble pendant trois ans. Je ne sais pas pourquoi je suis restée avec lui si longtemps. Il était gentil au début, mais... »

Un autre grondement fait vibrer le torse de Deke. Sans réfléchir, je lui pose la main sur l'épaule. Le son s'arrête net. Il cesse de marcher. Je l'imite et me tourne face à lui.

« Il n'a pas été violent. J'ai rompu avec lui, mais il veut qu'on se remette ensemble.

— Et toi, Sadie ? Qu'est-ce que tu veux ? » Sa façon de m'observer fait courir de petits frissons le long de ma colonne vertébrale.

La question me tire un soupir. Quand était la dernière

fois qu'un homme m'a demandé ce que je voulais ? « J'ai envie qu'il me laisse tranquille.

— Et ensuite ? » Nous sommes face à face, torse contre poitrine, assez proches pour que je sente sa chaleur s'insinuer dans ma peau. Une sensation grandit dans mon bas-ventre. Une faim puissante que je n'avais pas ressentie depuis bien trop longtemps.

« J'ai envie d'être heureuse. D'être libre. »

Deke pose la main sur mon bras. Pendant un moment, il n'y a plus que nous deux. Il décrit des cercles sur mon avant-bras du bout des doigts, puis ceux-ci descendent pour se refermer autour de mon poignet. Lorsqu'il effleure mon pouls du pouce, je suis à deux doigts d'abandonner notre mission pour trouver un coin sombre et explorer la promesse contenue dans les caresses de cet inconnu.

Puis j'entends la voix de Scott résonner sur le parking. Il est au téléphone, mais il ne prend pas la peine de parler à voix basse. Il a toujours agi ainsi, même lorsque nous étions à la maison. Comme s'il souhaitait s'assurer que tout le monde à la ronde sait à quel point son appel est important.

Je me retourne, mais Deke ne me lâche pas. Il me prend la main et entrelace ses doigts aux miens. Son geste fait battre mon cœur plus fort. Tenir la main d'un inconnu de manière si intime est audacieux. Ça paraît aventureux, rebelle et amusant. Je lui souris. Les commissures de sa bouche se soulèvent légèrement. Nous continuons à traverser le parking main dans la main.

Oh, mon Dieu, j'espère que je n'ai pas commis une erreur. Je presse le pas et trotte presque quand nous arrivons à la hauteur de mon ex.

« Sadie. » Scott pivote lorsqu'il me voit. Il touche son oreillette et prévient bruyamment son interlocuteur qu'il doit raccrocher. Au lieu de me faire attendre cinq minutes pour que l'appel prenne fin de lui-même, comme il avait coutume de le faire quand nous étions ensemble. Il m'adresse son sourire digne d'une publicité pour dentifrice, comme pour dire : *Tu vois, chérie ? Tu vois à quel point tu es importante pour moi ?* Je me retiens de lever les yeux au ciel.

Scott remarque alors Deke et plisse les yeux. Ce qu'il pense est tellement évident. *Un autre mec sur mon territoire.*

Je me prépare à un combat de coqs. Me servir d'un autre homme pour intimider mon ex n'est pas un moment de fierté. Mais lorsque Deke me serre la main et s'avance pour faire face à Scott, je m'aperçois combien celui-ci semble petit et... plastique. Un faux bronzage et une coiffure parfaite. Il ressemble à une poupée Ken à côté d'un G.I. Joe gonflé à bloc.

Je vais bien m'amuser.

« Scott. J'ai reçu tes messages. Tous tes messages.

— Sadie. » Il regarde Deke avec mépris, le prend de haut. Ce qui est impressionnant, étant donné que Deke est plus grand que lui. « C'est un ami ?

— Non. Je suis le nouveau mec de Sadie. » Deke pose le bras autour de mes épaules. Je me rapproche de lui et me colle contre son torse. Son torse ferme et très musclé.

« Je te présente Deke. On vient de se rencontrer, et... eh bien, on a bien accroché. » Je souris à Deke. Nos regards se rencontrent une très longue seconde, et j'oublie de respirer. Waouh, il est vraiment éblouissant.

J'en oublie presque que Scott se tient devant nous. Il s'éclaircit trois fois la gorge avant que je reporte mon attention sur lui. Il a le nez plissé, comme s'il sentait quelque chose de pourri. « Ça ne te ressemble pas, Sadie.

— Quoi donc ? » Je lui sers une expression faussement innocente.

« Enfin... Vous venez de vous rencontrer ? Tu tiens la main de ce type ? » Il secoue la tête comme s'il essayait d'effacer toute la scène de son esprit. « J'espérais qu'on pourrait parler. Seuls. »

Je garde le silence. Lorsque Deke me serre la main avec douceur, je m'aperçois que mon petit ami biker attend mon signal. Il me laissera d'abord me défendre par moi-même.

« Ce n'est pas nécessaire. C'est terminé, Scott. Je suis passée à autre chose.

— Sadie... » Scott fait un pas. Cette espèce de grognement sort de nouveau du torse de Deke. C'est un grondement. Un véritable grondement.

Scott se fige.

« Tu n'as pas compris, Sears ? Elle est passée à autre chose. Écoute Sadie et tourne la page. » Deke a appelé Scott par son nom de famille. Il le connaît peut-être mieux que je le croyais.

Scott se met à bafouiller. Deke me fait pivoter avec douceur jusqu'à ce que nous tournions le dos à mon ex. « Prête, chérie ? me demande-t-il.

— Oui », dis-je, même si je ne vois pas du tout de quoi il parle. Il me fait traverser la place en me gardant blottie dans le creux de son bras et me lâche quand nous arrivons devant son énorme moto. Du coin de l'œil, je vois que Scott nous observe toujours.

Deke me donne quelque chose. Un casque noir. « Tiens.

— Pour quoi faire ?

— Pour ta tête, répond-il avec un léger amusement. Tu veux aller te promener ? Juste pour le faire enrager ? »

J'écarquille les yeux, mais je hoche la tête. *Oui. Oui, j'en ai envie.*

Il me prend le casque des mains et m'aide à l'enfiler, puis il ajuste la lanière avant de l'attacher avec soin. Mon cœur bat à tout rompre pendant que Deke manipule l'attache de ses gros doigts étonnamment agiles. Il ouvre la sacoche latérale de la moto et me fait signe de lui passer le gros sac qui contient le *jackalope*. Après avoir placé le jouet à l'intérieur, il referme la ceinture qui entoure la sacoche. Puis il enfourche la moto, retire la béquille et la maintient droite. « Monte. »

Bon, c'est vraiment en train d'arriver. Il veut que je monte sur la moto. J'ai demandé à un biker d'être mon faux petit ami, et maintenant, je suis sur le point de partir sur sa moto sous le nez de mon ex.

Deke démarre et fait vrombir le moteur. L'air frémit sous ses rugissements.

« Prête, chérie ? » demande-t-il assez fort pour couvrir le vacarme.

Je ne sais pas s'il m'appelle comme ça au cas où Scott nous entendrait ou parce qu'il appelle toutes les femmes ainsi, mais ça me fait sourire.

J'inspire profondément et monte derrière lui. Il me prend les mains et les place autour de sa taille. Je m'agrippe à son T-shirt doux et frissonne lorsque je sens les muscles durs en dessous.

Je n'arrive pas à croire ce que je suis en train de faire.

« C'est bon ? » demande-t-il par-dessus son épaule. Un sourire en coin étire ses lèvres. Il ne porte pas de casque.

« Tu n'as pas de casque », dis-je. Même moi, j'entends une institutrice de maternelle guindée.

« Chérie », se contente-t-il de répondre. La moto accélère en vrombissant. Nous passons à côté de Scott. Je ne distingue pas son visage, mais je peux imaginer sa rage et sa stupéfaction. Ce qui est délicieux. J'adresse un petit salut dans sa direction, puis m'accroche plus fort à Deke tandis que nous filons dans la rue principale de la ville, *Paseo del Pueblo Norte*. Après un virage, nous fonçons en plein désert sous le ciel nocturne.

Je ne savais pas qu'être à moto était si amusant. L'air nocturne nous entoure en sifflant. La moto de Deke ronronne chaleureusement en dessous de moi, tel un monstre de cuir et de chrome, mais Deke est encore plus imposant. Il conduit avec une aisance parfaite. Son grand corps me protège de la majorité du vent. Je me serre contre lui et colle la joue contre sa veste en cuir. Il ne s'éloigne pas trop de la ville. Il fait demi-tour sur une route secondaire pour revenir en arrière. Lorsqu'il se penche dans les virages, je l'imite, et la moto suit sans mal les petites routes de Taos.

J'envisage un moment de crier quelques questions, comme : « Où est-ce qu'on va ? C'est quoi, le projet ? » Mais le ciel est si vaste au-dessus de nous, du velours noir criblé d'étoiles scintillantes, et la nuit me paraît si illimitée que j'oublie mes inquiétudes. Il n'y a que le géant à qui je m'accroche, la moto qui vrombit en dessous de nous et les routes sans fin. Mes soucis à propos du travail, de Scott, de mes amies et de ce que je fais de ma vie disparaissent. Je les laisse derrière moi sur le bord de la route, tels de vieux enjoliveurs et emballages gras.

Je suis heureuse. Je suis libre.

Deke nous mène sur un pont à sens unique et coupe le moteur. Je regarde le fleuve qui s'écoule en contrebas, un affluent du Rio Grande. À travers les cimes, un million d'étoiles scintillent dans le ciel noir. L'endroit est sombre et isolé, mais je n'ai pas peur.

« C'est sympa, dis-je.

« — Ouais. » Sa voix est douce. Il est plus grand que moi, mais malgré sa carrure, sa présence n'est pas menaçante. Je devrais avoir froid par cette nuit fraîche, pourtant je ne sens que la chaleur qui émane de lui. Encore un pas, et je serais dans ses bras.

J'ai rencontré cet homme il y a moins d'une heure et je suis déjà montée sur sa moto. J'ai enlacé sa taille et je me suis cramponnée à lui. Et maintenant, je suis seule avec un inconnu qui me paraît déjà un ami.

La situation me convient tout à fait jusqu'à ce que je pense à ce qu'en diraient mes amies.

Je viens de monter sur la moto d'un inconnu et je l'ai laissé démarrer. Dans le noir. Sans savoir où nous allions ni comment je rentrerais chez moi.

* * *

Deke

La petite humaine lève la tête pour me regarder en se mordant la lèvre. Une bourrasque fait flotter son odeur de bonbon jusqu'à mes narines. Je ne m'en lasse pas. Je n'ai jamais rencontré une femme aussi mignonne. Tout ce qui la concerne me donne envie de sourire. Et je n'ai pas souri depuis une éternité.

Maintenant que je suis seul avec Sadie, le vacarme constant que je dois d'ordinaire supporter de la part de mon loup s'est atténué. Cette envie de violence et cette agitation sous-jacente semblent avoir diminué. Et avoir été remplacées par le besoin de marquer Sadie. Mais je peux contrôler ce désir.

Je ne marquerai pas la douce Sadie Diaz. Je sais qu'il m'est impossible de revendiquer une humaine.

Je suis un cas bien trop désespéré. Trop dangereux.

« Hum, merci pour ton aide, dit-elle.

— Aucun problème. Avec plaisir. » Je l'aurais aidée de toute manière. J'aurais aimé pouvoir faire davantage. Si j'avais croisé Scott sans témoins, ce serait peut-être arrivé. Mais je me suis comporté de façon plutôt civilisée, tout compte fait. Ma meute serait stupéfaite.

« Je n'aurais jamais pensé que Scott réagirait comme ça. » Elle secoue la tête. Je déteste l'entendre prononcer son prénom, mais ça me fait plaisir qu'elle se confie à moi. Je la laisse volontiers parler. « Ce que je ne comprends pas, c'est comment il a su où j'étais. Je ne sais pas comment, mais il me suit. »

Là, je peux faire quelque chose. Je tends la main, paume ouverte, et réclame d'une voix autoritaire : « Téléphone. » Elle me regarde en penchant la tête. Son front se plisse.

« Montre-moi ton téléphone. » Je dois me souvenir de faire des phrases complètes. La plupart du temps, je ne me donne pas cette peine. Je déteste les gens, et m'exprimer en monosyllabes est un bon moyen d'exprimer mon mépris. Et ça rend ma meute dingue, ce qui est un bonus.

Sadie sort son portable de la poche de son jean et me le donne.

« Mot de passe ?

— Pas de mot de passe.

— Sérieux ? Il te faut un mot de passe. » J'accède aux paramètres de sécurité et lui tends l'appareil. « Rien de trop facile à deviner. Pas de date évidente ou d'anniversaire.

— Oui, oui. » Elle fait mine de râler, mais écrit quelque chose.

« C'est bon ? » Elle hoche la tête. « Bien. Qu'est-ce que c'est ? »

Elle fronce les sourcils avant de comprendre que je plaisante. « Comme si j'allais te le dire, rétorque-t-elle en souriant.

— Bonne fille. » Je lui adresse un sourire en coin, puis lui demande de déverrouiller son portable. Il ne me faut qu'une seconde pour trouver l'application espion. Je lui montre l'écran. « Scott t'a demandé d'installer cette appli ? »

Elle écarquille les yeux. « Qu'est-ce que c'est ?

— Une application qui permet à toutes les personnes que tu invites de localiser ton portable.

— Je ne l'ai pas installée. Scott ne m'a jamais demandé d'installer quoi que ce soit. »

L'enfoiré. Je le tuerai peut-être. Je ne peux pas laisser mon loup s'en charger, maintenant que j'ai partagé ce plan avec Sadie. Je devrai trouver autre chose.

« Il a dû le faire sans demander, alors. Ça n'aura pas été difficile, puisque tu n'avais pas de mot de passe. » Tout en parlant, je désinstalle l'appli. « Je t'en débarrasse. Quand tu rentreras chez toi, sauvegarde tes données et réinitialise ton portable. Conserve le mot de passe et redémarre l'appareil tous les matins. La meilleure attaque, c'est une bonne défense. J'enregistre aussi mon numéro au cas où tu as encore besoin d'aide. D'accord ?

— Oui. Merci. » Sadie prend le téléphone que je lui tends, puis me considère avec curiosité. « Comment est-ce que tu sais tout ça ?

— Je bosse dans la sécurité.

— La cybersécurité ? » Le vent la décoiffe. Je m'approche pour la protéger de la brise.

« La sécurité sous toutes ses formes. Mais surtout des missions pour le gouvernement. » C'est ma plus longue conversation avec un humain depuis des années. Normalement, je ne donnerais volontairement cette information à personne, mais Sadie est différente. Sadie est spéciale. « Avec mes collègues, on possède Black Wolf Security.

— Oh ! C'est pour ça que vous avez tous des loups tatoués ? » Son regard pétille.

Je suis pris de court. « Tu as remarqué ?

— Mes amies l'ont remarqué. Je n'ai remarqué que le tien. »

Mon sexe se raidit contre ma fermeture éclair. Ça plaît à mon loup qu'elle m'ait repéré parmi la meute. « On s'est tous fait tatouer avant de quitter l'armée. On faisait partie des forces spéciales. » Je remonte ma manche pour lui montrer mon biceps.

Elle suit les contours de la lune du bout des doigts. Je reçois une décharge électrique et me penche pour sentir sa chevelure à l'odeur de vanille. Sa peau pâle est lumineuse sous la lune, ses cheveux soyeux flottent doucement autour de son visage. D'habitude, je déteste être touché, mais mon loup s'allongerait volontiers pour se faire frotter le ventre.

« C'est joli », dit-elle en touchant mon tatouage. Sa voix est-elle plus grave, plus rauque ? Est-ce à cause de la fraîcheur de la nuit ?

Lorsqu'elle écarte la main, j'ai besoin de déglutir plusieurs fois. Mon sexe est une barre dure qui presse contre l'avant de mon jean. D'une voix qui me paraît plus profonde que d'habitude, je lui demande : « Et toi ? Qu'est-ce que tu fais dans la vie ?

— Je suis institutrice de maternelle. Ce qui me rappelle que je ferais mieux de rentrer chez moi. Il y a école demain.

— Tu as laissé ta voiture sur la place ? Ou tu veux que je te ramène chez toi ? »

Elle se mordille la lèvre. Je pense que cet arrêt l'a rendue nerveuse. Ce qui est une bonne chose. Elle ne devrait pas monter sur la moto d'un mec qu'elle ne connaît pas et se balader avec lui à travers la ville. Cependant, je déteste penser que je lui fais peur.

« Chez moi, s'il te plaît.

— Bien sûr. Donne-moi l'adresse. » M'assurer qu'elle rentre en sécurité est bien le moins que je puisse faire.

Je savoure chaque seconde du trajet jusque chez elle, un appartement au nord de Taos. Elle se cramponne plus fort à moi chaque fois que je me penche dans un virage. Je ralentis sur les derniers kilomètres et négocie chaque virage plus lentement. Au lieu de foncer, je profite du paysage nocturne. Des ombres et du bleu outremer.

Une fois devant sa porte, je m'arrête et stabilise la moto en posant les pieds à terre. Je regarde droit devant moi, les épaules raides. Il ne s'agissait pas d'un rencard, mais d'une opération de sauvetage. Mon boulot était de ramener le colis à son domicile. Pas de l'accompagner jusqu'à la porte. Et certainement pas de me pencher vers elle pour savourer son odeur délicieuse avant qu'elle ne rentre.

Pendant un instant, Sadie ne bouge pas. Elle s'accroche toujours à moi, comme si elle était réticente à me lâcher. Je serre les dents et essaie de ne pas penser avec quelle facilité elle pourrait faire glisser sa main sur mon ventre et la plonger dans mon jean. À cette pensée, mon membre tressaute.

Elle finit par descendre de la moto. Je perds la bataille contre moi-même et tourne légèrement la tête pour emplir mes narines de son odeur de vanille.

« Merci pour la balade, dit-elle. Et, hum... pour tout. » Elle retire le casque et me le rend. Je lui donne son sac en échange. Elle passe la lanière sur son épaule, mais ne fait toujours pas mine de s'éloigner.

Après s'être trémoussée un moment, elle demande : « Tu seras au *Plaza Live* demain, les concerts sur la place ?

Les *Flying Oysters* passent à dix-huit heures. Ils jouent surtout des reprises, mais ils sont assez bons. »

Je n'ai jamais eu l'intention d'assister au moindre *Plaza Live*. Cependant, on dirait bien que je suis incapable de refuser quoi que ce soit à cette humaine. Si elle apprend ça, ma meute sera pliée de rire. Mais je ne manquerai pas une occasion de revoir Sadie. Je ne compte rien tenter avec elle, mais je tiens à m'assurer que l'autre abruti ne l'emmerde plus. « Bien sûr. J'y serai.

— D'accord. Bonne nuit, Deke. » Elle me regarde, la tête levée.

Ne la touche pas. Ne la touche pas. Et ne l'embrasse surtout pas.

Je ne peux m'empêcher de poser la main sur sa nuque pour l'attirer vers moi. Son odeur de vanille m'enveloppe. J'inspire comme si je venais de sortir de prison après une décennie et que je prenais ma première bouffée d'air frais.

Je retrouve un semblant de self-control et me contente de lui embrasser le front, là où ses cheveux collés sont un peu humides à cause du casque. Je ne m'autorise pas à goûter ses lèvres. Et je ne descends pas de la moto. Si je le fais, aucun retour en arrière ne sera possible.

Après un moment, je la lâche.

Elle recule d'un air hésitant, sa jolie bouche entrouverte.

« 'Nuit, Sadie. »

Je ne m'en vais pas tout de suite. J'attends qu'elle soit entrée chez elle. Elle disparaît, puis j'entends le verrou de la porte — aucun son n'échappe à mon ouïe surnaturelle. En revanche, je n'entends pas Sadie s'éloigner de la porte. Le rideau blanc vaporeux devant la fenêtre tremblote, comme si elle venait de l'écarter. Elle m'observe.

J'effectue un demi-tour avec la moto, démarre et repars.

J'ai encore l'impression de sentir sa peau soyeuse contre mes lèvres. Mon loup n'aime pas que je m'éloigne. L'envie de revenir en arrière m'étouffe presque.

Mon loup désire Sadie. Il aimerait qu'elle se retrouve dans mes bras cette nuit. Il souhaite que je la marque comme mienne. Que je la garde auprès de moi.

Mais ce n'est pas possible. Parce qu'il est dangereux, bordel. Même dans les meilleures circonstances, marquer une humaine comporte des risques. Et mon loup n'a aucune retenue.

Donc, je ne m'approcherai pas de Sadie Diaz. Parce que je n'ai jamais autant ressenti le besoin de protéger une humaine.

* * *

Sadie

Malgré les cocktails et la balade nocturne, je n'ai pas du tout sommeil une fois que Deke m'a déposée chez moi. Après avoir posé le *jackalope* dans l'entrée, je m'agite dans mon deux pièces afin de m'organiser pour le lendemain matin.

Je suis un peu fébrile et j'ai les nerfs en pelote. Et je flippe, aussi.

Je n'ai jamais rien fait d'aussi imprudent de ma vie. C'est vrai, j'ai tendance à trop faire confiance aux inconnus. Mon père et mes amies me l'ont dit au moins une cinquantaine de fois. Mais d'habitude, je n'engage pas la conversation avec des hommes étranges. Et je ne me lance pas dans des activités discutables, comme monter à l'arrière de la moto de l'un d'entre eux.

Mais j'ai eu l'intuition que je pouvais lui faire confiance.

Et mon intuition avait raison ! J'étais en sécurité tout le temps. J'ai porté un casque. Il m'a ramenée chez moi dès que je le lui ai demandé, et il n'a rien tenté... ce que je trouve quelque peu décevant. Il n'est pas le collectionneur de femmes que m'a dépeint Charlie. Il m'a seulement embrassé le front ! Je ne l'intéresse peut-être pas. Et ce n'est pas grave. J'ai quand même adoré chaque seconde.

Je suis peut-être accro à l'adrénaline. Je me sens énergisée à la suite de mon comportement irréfléchi. Je dois dire que c'était génial d'imaginer que je pourrais sortir avec un homme comme Deke. Un grand méchant militaire, et un biker. Je me suis un peu encanaillée ce soir. Je me suis sentie rebelle et amusante. J'ai eu l'impression de prendre mon destin en main pour la première fois depuis... Je ne sais pas depuis quand.

Peut-être depuis que ma mère est partie.

Je me rallonge sur le lit et laisse échapper un rire.

Je ramasse mon portable lorsqu'un message le fait vibrer. L'angoisse qui me nouait le ventre à l'idée d'un autre message de Scott a disparu. Elle a été remplacée par de la colère.

Ce type doit vraiment me laisser tranquille.

Comme je m'y attendais, c'est Scott. *Sadie, je m'inquiète vraiment pour toi. Ce type avec qui tu étais ce soir ne m'inspire rien de bon.*

Au lieu d'ignorer son message comme d'ordinaire, cette fois, je réponds. *Arrête de m'écrire. Je ne veux plus jamais avoir de tes nouvelles. C'est terminé.*

Voilà. J'ai l'impression de l'avoir déjà dit, mais j'étais la Douce Sadie à l'époque. Je ne pense pas pouvoir être plus claire.

Il s'avère que ça me fait du bien de ne pas me laisser marcher sur les pieds.

Je me tourne sur le flanc et pense de nouveau à Deke. Bien sûr, je ne sortirais pas vraiment avec quelqu'un comme lui. Pour commencer, il ne s'intéresserait pas à une fille comme moi.

Et je doute que nous ayons quoi que ce soit en commun.

Pourtant, au souvenir de sa grande main sur ma nuque, de la façon dont il m'a enfermée contre le bâtiment dans la ruelle... pas comme s'il m'emprisonnait, plutôt comme s'il me protégeait... mon bas-ventre frémit.

Comment serait-ce de faire courir mes mains sur ces muscles ? De sentir la puissance de son corps sculpté au-dessus du mien ? Ou en dessous ?

Je glisse la main entre mes cuisses et gémis à voix basse lorsque mes doigts trouvent mon entrejambe. J'imagine qu'il s'agit de ceux de Deke, bien plus gros que les miens. Comment me toucherait-il ? Serait-il brutal ou délicat ?

Sans savoir pourquoi, je suis convaincue qu'il serait doux. Un homme de sa carrure a dû apprendre à se tempérer avec une femme. Je parie qu'il saurait exactement comment me toucher. Et qu'il ne critiquerait pas ma performance comme le faisait Scott.

Beurk. Je ne veux plus jamais penser à Scott.

Peut-être que Deke est ce dont j'ai besoin pour tourner la page. Je suis sûre qu'il ne cherche pas à se mettre en couple. Encore moins avec quelqu'un comme moi. Et de toute manière, ça ne marcherait pas entre nous... Enfin, mon père n'accepterait jamais que je sorte avec un homme comme lui.

Mais on pourrait peut-être coucher ensemble. Quelques folles nuits de sexe pour me remettre en selle.

Je me tourne sur le ventre. Mes doigts remuent toujours entre mes cuisses. Cette idée me met dans tous mes états. Je mords mon oreiller et tortille les hanches par-dessus ma main.

Je ne suis même pas gênée lorsque je gémis le prénom de Deke d'une voix rauque dans le couvre-lit au moment où je jouis.

Chapitre trois

Sadie

Le lendemain soir, je me rends de bonne heure sur la place, avant même que les concerts n'aient commencé. Je pose sur une table le plateau de biscuits en forme de motos saupoudrés de sucre que j'ai préparés pour remercier Deke. Mais je suis trop nerveuse pour m'asseoir. Je reste debout derrière la chaise et sautille d'un pied sur l'autre. Le mouvement fait tourbillonner ma robe vaporeuse autour de mes jambes. Je me suis mise sur mon trente-et-un aujourd'hui. Je porte une courte robe d'été en coton jaune et d'élégantes bottes en daim. Comme toujours, j'ai pris mon cardigan blanc au cas où il ferait froid, mais entre le profond décolleté en V de la robe et sa coupe aguicheuse, ma tenue d'institutrice de maternelle chic a un côté osé. En particulier parce que je porte les grandes créoles offertes par Tabitha. Selon ses termes, ces boucles proclament haut et fort : *Je suis sexy et je le sais.*

Le groupe effectue les balances sur scène. L'ampli aboie,

puis siffle. Sur la terrasse du restaurant, quelques touristes braillent en retour. La foule commence à s'élargir autour de la petite scène et sur la pelouse. Plusieurs personnes ont étalé des couvertures au sol et ouvert des récipients de nourriture.

Deke n'est pas encore là, mais je ne m'attendais pas à ce qu'il arrive tôt. En toute sincérité, je ne sais même pas s'il viendra. Il a sûrement plus important à faire que traîner sur la place avec moi. J'ai effectué une recherche en ligne pour en apprendre plus sur Black Wolf Security, mais je n'ai presque rien trouvé. Leur site internet consiste en une page noire avec leur logo de loup, et rien d'autre. Je parie que c'est Deke qui l'a créé. Ça lui ressemble tellement.

Une boîte postale à Taos est associée à la licence commerciale. Je suis tentée de demander à Charlie de se renseigner, mais ça la mettrait au courant. Pour le moment, j'ai envie que Deke reste mon petit secret coquin. Même si nous n'avons rien fait de coquin.

Malheureusement.

Pas encore.

Lorsque la musique débute enfin, je m'assieds et consulte mon portable. Scott m'a écrit aujourd'hui, mais seulement deux fois. Vers midi, il a demandé : *Tu sors vraiment avec ce mec ?* J'ai attendu ma pause pour lui répondre. Un seul mot : *Oui.* Techniquement, je fréquente Deke. J'espère qu'il viendra voir le groupe jouer, comme il l'a dit.

La réponse de Scott m'a noué le ventre. *Que dirait ton père ?* Il a toujours su taper là où ça fait mal.

Je range mon téléphone. Qu'il aille se faire voir. Qu'ils aillent se faire voir tous les deux. Je n'ai pas envie de penser à ce que dirait mon père. Il appréciait Scott, c'est certain. Chaque fois que nous sortions dîner ensemble, toujours dans les meilleurs restaurants de Taos, ils monopolisaient la conversation sans me laisser en placer une. J'ai toujours soupçonné Scott de sortir avec moi parce que mon père fait partie du conseil municipal et qu'il ne manque pas de relations. Je n'ai jamais pensé qu'il s'agissait de la raison principale de son intérêt, mais avec du recul, je n'en suis plus si sûre. Scott n'a jamais eu l'air heureux d'être avec moi. Je l'ai bien compris quand il m'a trompée.

Deke est-il du genre à être infidèle ? Il est si sexy avec son air de gros dur viril. Je ne l'imagine pas avoir croisé une seule hétéro qui ne se soit pas pâmée et ne lui ait pas offert sa culotte en offrande.

Mais sa façon de me regarder, l'intensité de son regard... J'ai eu l'impression d'être la seule femme au monde.

Je me trompe sans doute. Deke est sûrement un séducteur. Mais je suis prête à devenir une autre conquête sur son tableau de chasse. Cette promenade à moto est ce qui m'est arrivé de plus excitant depuis longtemps. Peut-être depuis toujours.

Non. Pas ce qui m'est arrivé.

J'ai fait en sorte que ça se produise. Je crois que c'est ce qui me procure la moitié de mon plaisir.

L'autre moitié, c'est sans aucun doute le beau gosse propriétaire de cette moto.

Le groupe se déchaîne sur la scène. Le soleil se couche. Pour un jeudi soir, une belle foule s'est rassemblée.

« Cette chaise est libre ? » me demande une femme. Elle a déjà la main serrée sur le dossier du siège, prête à l'emporter. Ses longs ongles sont peints en rose, elle porte un jean moulant et un haut qui dénude son dos. Pourquoi n'ai-je pas mis une tenue de ce genre ? Elle ressemble plus à la petite amie d'un motard que je n'y parviendrai jamais.

« Non, elle est prise. » La jalousie rend ma voix cassante. Elle lève les yeux au ciel, secoue la tête et s'éloigne en se déhanchant. Je peux presque entendre ce qu'elle pense de moi, mais ça m'est égal. C'est agréable de ne pas toujours être sympa.

« Il va venir », me dis-je à voix basse. Je suis assise, les chevilles sagement croisées, les mains sur les genoux. Comme une bonne petite institutrice de maternelle. Bon Dieu, j'ai même les cheveux attachés avec un ruban.

Je me lève et retire ce dernier, puis secoue ma chevelure. C'est à ce moment que je sens sa présence. Les poils de ma nuque se dressent lorsqu'un parfum d'huile de moteur et de cuir me frappe de plein fouet.

Je me tourne et parcours la foule des yeux. Je ne vois pas Deke tout de suite, mais je sais qu'il est là.

Puis il apparaît. Il sort de l'ombre et se dirige vers moi. Un groupe de séduisantes touristes venues skier se trouve sur sa route. Elles se donnent des coups de coude en reluquant Deke avec des yeux ronds, mais il ne leur accorde pas un seul regard. Il a de nouveau cette expression intense pendant qu'il avance dans ma direction. Elle me fait frissonner. J'ai presque l'impression d'être sa proie.

« Chérie », dit-il pour me saluer quand il arrive à ma hauteur. Il exprime des phrases entières à l'aide de ce mot. Je dois en déchiffrer le sens, c'est tout. Malgré sa carrure, il se déplace avec grâce et en silence, à la façon d'une panthère. Sa tenue ressemble à celle qu'il portait la veille, un jean sombre et un T-shirt blanc qui moule ses abdos. De grosses bottes de moto.

Ma bouche s'emplit de salive.

Mince, il est tellement sexy. Et moi, je lui ai préparé des biscuits. Mais qu'est-ce qui m'a pris ?

« Deke. Tu es venu. » Je me place devant la table dans l'espoir de dissimuler le plateau.

Bien sûr, il le voit tout de suite. Il passe la main derrière moi pour toucher le film plastique qui recouvre les biscuits. « Qu'est-ce que c'est ?

— Euh, c'est juste pour te remercier. Tu sais, pour hier.

— Tu m'as préparé des biscuits ?

— Oui.

— Merci, chérie. » Il replace une mèche de cheveux derrière mon oreille. Il ne sourit pas, mais son regard sombre est brûlant. De près, il est si sexy que c'en est accablant. J'étouffe un gémissement tandis que mes cuisses se contractent.

Je me détourne et tripote le plastique autour du plateau. « Ce n'est rien. Je te devais bien ça.

— Ah ouais ? » Il penche la tête de côté, toujours complètement focalisé sur moi. Les jeunes femmes continuent de le dévorer des yeux, mais il n'a même pas remarqué.

Après avoir dégluti, je m'approche de lui pour ne pas avoir à crier par-dessus la musique. « Pour hier soir. Tu es mon héros.

— Je ne suis pas un héros. » Son front se plisse.

J'ai envie de le contredire, mais je me rends compte que j'aurais l'air d'une idiote. De toute évidence, à ses yeux, je fais tout un plat de la nuit dernière.

Je rassemble mon courage et lui pose la main sur le torse. « Eh bien, je te suis quand même redevable. Je t'en dois une.

— Ah ouais ? Tu me dois quelque chose ? » demande-t-il en haussant un sourcil sombre. Sa voix possède un timbre suggestif.

De la chaleur se déploie entre mes jambes. « Si tu as besoin que je me fasse passer pour ta copine un jour, n'hésite pas. » Je plaisante à moitié. Comme s'il n'était pas en mesure de trouver n'importe quelle femme prête à faire tout ce qu'il veut en un simple claquement de doigts.

« Chérie. » Il me décoche un coup d'œil intense. Si torride que tous mes habits pourraient prendre feu. Ses lèvres tressaillent, comme s'il trouvait ma réaction mignonne, puis il se penche et murmure : « Avec moi, tu ne ferais pas semblant. » Sa profonde voix rocailleuse contient une promesse de sexe sans équivoque.

Je pique un fard. Tout mon corps se couvre de chair de poule.

Le morceau joué par le groupe se termine de façon abrupte. La foule l'applaudit sans grand enthousiasme. Deke se redresse, et je vois son expression changer. Il a désormais l'air tout à fait sérieux.

Je sens qu'il ne me quitte pas des yeux pendant que je me tourne pour applaudir les musiciens.

« Merci, crie le guitariste principal dans le micro. On est les *Flying Oysters*. Celle-là est pour tous les amoureux ici ce soir. »

Ils commencent à jouer *Undisclosed Desires* de Muse. L'une de mes chansons préférées. Même s'il ne s'agit pas d'une chanson romantique classique, je la trouve sexy.

Je m'humecte les lèvres. Le regard de Deke se pose sur ma bouche. « J'adore cette chanson », dis-je. Il hoche la tête avec lenteur. À la lumière tamisée, ses yeux ont un éclat vert et ils brillent comme ceux d'un chat. Je me penche pour lui demander comment ça se fait, mais il m'invite à me lever en me prenant la main et m'entraîne plus loin.

Je le suis sans poser de question. Toutes mes terminaisons nerveuses sont en feu. Il me tire à sa suite et me fait traverser la place pour me mener à l'écart de la foule dans une ruelle plongée dans la pénombre. L'endroit est isolé et il y fait noir. Comme hier soir, même si je n'ai pas la moindre idée de ce qui se passe, aucune de mes alarmes internes ne se déclenche. Je me sens détendue, heureuse d'être avec lui.

« Que fait-on ici ? »

Il se retourne et me fait reculer jusqu'à ce que je sois emprisonnée entre son grand corps et le mur.

J'ai soudain le souffle coupé. « Deke ?

— Je veux réclamer ce que tu me dois. » Il est assez proche pour que nos nez se touchent.

Un tambourinement s'éveille entre mes cuisses.

Il plaque mes hanches aux siennes en grondant. Lorsqu'il pose l'avant-bras contre le mur au-dessus de ma tête, son énorme biceps bloque la lumière. Il pose la main droite sur ma joue. J'ouvre la bouche. Il baisse la tête.

Il m'embrasse là, dans la ruelle. Mes orteils se recroquevillent dans mes bottes. Le mur est froid contre mon dos, mais la chaleur de Deke me réchauffe jusqu'au bout des ongles.

Il grogne et recule la tête, mais me garde plaquée contre le mur. Ses yeux brillent de façon étrange dans l'obscurité. « Voilà ce que je veux... ton baiser. C'est tout ce que je veux. » Il m'embrasse de nouveau.

Je me colle contre lui en empoignant son T-shirt doux comme si je pouvais l'attirer encore plus près. Il penche la tête, puis glisse sa langue dans ma bouche. Je gémis.

Quand il détache ses lèvres des miennes et recule, son torse se soulève rapidement. Mon entrejambe s'est liquéfié et est douloureux. Je m'adosse au mur de briques pour reprendre ma respiration. S'il avait continué quelques secondes avec sa langue, j'aurais joui.

« Deke, dis-je en un murmure.

— Sadie. » Il me touche la lèvre du bout du doigt. Lorsqu'il baisse la main, je m'aperçois qu'il tremble.

Il recule d'un pas et se détourne à moitié. « Je suis désolé. Je ne devrais pas faire ça.

— Mais si. Oh que si, tu devrais », dis-je sans réfléchir. Je suis prête à soulever ma jupe pour lui dans cette ruelle.

« Merde. » Il se passe une main dans les cheveux. Il est sur le point de dire autre chose, mais le vrombissement d'une moto brise tout à coup le silence.

« Merde ! » crie Deke. Il s'écarte de moi au moment où une moto apparaît à l'entrée de la ruelle. Son grand corps me cache presque toute la vue. Je ne sais pas ce qui se passe.

Le motard baraqué porte l'un de ces casques ouverts qui ne couvrent pas le visage et n'offrent aucune véritable protection. Son visage m'est familier. Il pourrait s'agir de l'un des bikers qui accompagnaient Deke hier, mais je n'en suis pas sûre. Il est blond et ses yeux scintillent dans le noir comme ceux de Deke. « Je pensais bien te trouver ici, dit-il à ce dernier.

— Qu'est-ce que tu veux, putain ?

— Rafe veut te voir. »

Deke lâche d'autres jurons.

« Qu'est-ce qui se passe ? » Il se retourne d'un bloc vers moi. Il a les épaules crispées, ce qui lui donne l'air encore plus grand qu'avant, même si la chose paraît impossible.

« Je n'aurais pas dû faire ça », dit-il. Mon cœur se serre.

À voix basse, je demande : « Quoi ?

— Sadie, je suis désolé. J'aurais dû garder mes distances. » Son ton est implorant.

Mince, que se passe-t-il ?

Son ami l'appelle, et Deke recule comme si une corde le tirait en arrière. Son expression est peinée. Ça ne me plaît pas.

Je sors de la ruelle d'un pas décidé. Mon cardigan est de travers et mes cheveux sont emmêlés après ce festival de baisers fougueux, mais ça m'est égal. « Excusez-moi. Qu'est-ce qui se passe ? » J'emploie mon ton sévère d'institutrice pour m'adresser au biker blond.

« C'est autour d'elle que tu tournes, alors ? demande-t-il à Deke en souriant. Elle est mignonne, pour une civile. Elle me plaît.

— Je vous demande pardon ? » Ma tête va exploser. Cette fois, en toute modestie, ma voix est aussi impressionnante que celle de Deke. « Zut, à la fin ! Qui êtes-vous ? »

Le sourire du blond s'élargit.

Deke s'interpose entre nous. « Sadie. Je dois y aller.

— Pourquoi ? »

Il hausse les épaules, mais paraît malheureux. « On n'est pas censés se mélanger aux civils. Mais si tu as encore besoin d'aide, appelle-moi. N'importe quand.

— Deke... », lance son ami sur un ton d'avertissement. Mais cette fois, il l'ignore.

« Promets-le-moi.

— C'est promis », dis-je en un souffle. Il se retourne avant que j'aie pu le serrer dans mes bras et s'éloigne à grandes enjambées. Resté sur sa moto, son ami m'empêche de le suivre. Je le foudroie du regard, mais ça ne semble pas le déranger. Après une minute, il m'adresse un simulacre de salut militaire, démarre le moteur et s'en va.

Je reste dans le froid à fixer la route vide depuis l'entrée de la ruelle sombre.

Mais que vient-il de se passer ?

* * *

Deke

Je fais la route avec Lance jusqu'à ce que nous atteignions la route de montagne qui mène au territoire de notre meute. J'accélère alors d'un seul coup. Je ne le suivrai pas jusqu'à la maison comme un pauvre toutou égaré.

Je sais que mon alpha l'a envoyé me surveiller. Ça ne me dérange même pas. Je n'ai rien à faire avec une civile, encore moins avec quelqu'un comme Sadie. Elle m'est supérieure sur tous les plans. Le simple fait d'y penser me donne envie de hurler à la lune.

J'accélère sur les routes sinueuses. Je prends chaque virage de plus en plus vite en imaginant Sadie pressée contre mon dos. Mon sexe se réveille, et je serre les dents.

Je m'arrête à un point de vue en bord de route. Ici, les lumières de la ville reflètent la myriade d'étoiles dans le ciel. J'aimerais montrer cette vue à Sadie.

La tranquillité est perturbée par une moto qui passe à toute allure. Je me raidis, puis retire ma veste. J'enlève aussi mes bottes et mon jean. Il ne me reste que mon T-shirt blanc. Je me place derrière mon véhicule pour dissimuler ma nudité.

La moto s'approche sur la route en vrombissant. Elle ralentit lorsqu'elle arrive au niveau du belvédère et s'arrête à quelques mètres de moi. Le pilote retire son casque.

C'est Channing. Je savais que c'était lui. Il conduit une moto vert fluo au lieu d'une vraie Harley. Il a l'air tellement débile sur sa moto de course flashy.

« Deke, qu'est-ce qui te prend, putain ? Tu sais que tu ne peux pas approcher une humaine... »

Sans lui donner le moindre avertissement, je bondis et libère mon loup. Mon T-shirt se déchire et entrave douloureusement mes membres. Mais bon, j'ai toujours été rapide pour muter.

Le temps que Channing comprenne ce qui se passe, j'ai sauté par-dessus ma moto. Il descend à la hâte de la sienne. Une seconde plus tard, un loup noir de plus de quatre-vingt-dix kilos lui percute le torse. Nous tombons à terre. Lui sur sa moto racing, et moi sur lui. Il tente de m'attaquer de ses mains, devenues d'énormes pattes, mais je recule et m'écarte d'un pas dansant.

« Putain ! Fils de pute ! » Il se lève et se déshabille avec difficulté. Il regarde sa moto couchée sur le côté et la peinture brillante rayée par le bitume. La rage l'aveugle de plus belle. « Bordel, tu vas payer ! » Il déchire ses vêtements de ses griffes. Cet abruti va devoir rentrer à poil. Il va me faire la peau. J'avais l'avantage de la surprise, mais une fois qu'il aura pris sa forme de loup, nos forces se vaudront. Et lorsqu'il est en rogne, comme maintenant, il peut me démolir.

Bien.

Un grondement déchire le silence, puis un énorme loup blanc et brun s'approche lentement d'un pas raide. Désormais sous sa forme de loup, Channing a le ventre qui touche presque le sol. Ses oreilles sont rabattues en arrière et il montre les dents, prêt à se jeter sur moi.

Je souris comme un taré et me prépare. J'attends la douleur.

* * *

Sadie

Une fois de retour dans mon appartement, je dépose le plateau de biscuits intact sur la table, puis consulte mon portable. J'ai des appels manqués d'Adèle, de Charlie et Tabitha. Je compose le numéro d'Adèle en soupirant.

Elle répond à la première sonnerie. « Sadie ! Dieu merci. Tu es chez toi ?

— Oui, dis-je en jetant mes clés sur le comptoir. Tout va bien ?

— On arrive. On sera là dans un quart d'heure. » Elle raccroche.

Eh ben, zut alors. Je me dépêche d'aller déposer la vaisselle sale dans l'évier et d'essuyer quelques taches de café sur le comptoir. J'ouvre ensuite une bouteille de rouge offerte par Adèle. Après cette soirée, j'ai bien besoin d'un verre.

Qui était cet homme sur la moto ? C'est l'un des amis de Deke, mais son attitude laisse penser le contraire. Il lui a complètement cassé son coup. Et le mien.

Deke a dû se la mettre derrière l'oreille. Il devra dormir sur la béquille. Quel est l'équivalent féminin ? Je demanderai à Tabitha. Elle saura. Quel que soit l'équivalent de l'expression pour une femme, ça m'est arrivé à cause du pote de Deke.

Avais-je vraiment envie de coucher avec Deke contre le mur d'une ruelle sombre ?

Oui ! crient mes ovaires. *Oui, nous voulons porter les bébés de ce biker revêche !*

Mes ovaires ne se sont jamais tant fait entendre quand je sortais avec Scott. Qui, de prime abord, aurait constitué un père bien plus respectable pour mes enfants. C'est tellement étrange. Je n'aurais jamais pensé que ce biker avec ses airs de gros dur soit mon style.

Jamais de la vie. Pas une seule seconde.

Je me sers un verre de vin et en bois une lampée.

Adèle toque à la porte. Lorsque je lui ouvre, je comprends ce qu'elle entendait par « on ». Elle entre à pas lourds, suivie de Tabitha et Charlie.

« Oh, bonjour, tout le monde. J'ai du vin, dis-je.

— On a apporté du rab », m'apprend Adèle. Charlie et Tabitha lèvent le bras pour me montrer les bouteilles qu'elles tiennent à la main. Adèle fait comme chez elle ; elle va chercher trois verres supplémentaires dans ma petite cuisine pour servir du vin à tout le monde. Je la laisse prendre les commandes. Adèle est chef. Ma cuisine est entre de bonnes mains. Je prends la direction de mon petit salon.

Tabitha me suit, et nous nous installons toutes les deux sur le canapé. « Tu vas bien ?

— Bien sûr. » Ma réponse est évasive, mais même moi, je remarque mon ton circonspect. Je ne leur ai même pas demandé pourquoi elles avaient tout lâché pour me rendre visite. Je pense que je connais déjà la réponse.

Charlie s'assied à sa place habituelle, un pouf près de la cheminée. Tabitha et elle me regardent avec impatience. J'étais sûre qu'elles comprendraient qu'il se tramait quelque chose entre Deke et moi. Ce n'était qu'une question de temps. Taos est une petite ville, et les nouvelles y circulent à la vitesse de l'éclair. Si quelqu'un nous a vus dans la ruelle ce soir, mes amies auront été mises au courant sur-le-champ.

Au lieu de demander qui a vu quoi, je me tourne vers Tabitha. « Quand un mec se fait casser son coup, on dit qu'il doit se la mettre derrière l'oreille. C'est quoi, l'équivalent pour une femme ?

— Le four a chauffé pour rien », répond-elle tout de suite. Je savais qu'elle aurait la réponse.

« Je préfère : pas de chatouilles pour le bijou, dit Charlie.

— Ça ne veut rien dire, rétorque Tabitha.

— Pas de caresses pour le minou ? » propose Charlie.

Elles commencent à échanger diverses métaphores autour du vagin.

« Bon, ça suffit », dit Adèle lorsqu'elle entre dans le salon. Au lieu de s'asseoir, elle se place dos à la cheminée en adobe, un verre de vin à la main. Elle nous considère toutes avec sérieux, puis son regard se pose sur moi. « Sadie, as-tu quelque chose à partager avec la classe ? »

Je soupire. « Qui m'a vue ?

— Moi, répond Tabitha en levant la main, penaude. Et je m'inquiétais, alors j'ai prévenu tout le monde.

— Qu'est-ce que tu as vu, au juste ?

— Je t'ai vue sur la place avec le gros biker flippant ce soir. J'allais venir vous voir, mais le temps que j'envoie des messages à tout le monde, vous aviez disparu quand j'ai levé la tête. »

Adèle examine mon visage. Elle semble inquiète. « Quand on t'a imaginée sortir avec un motard, tu sais qu'on plaisantait, n'est-ce pas ?

— Je ne sais pas. J'ai trouvé que l'idée avait du mérite », dis-je en haussant les épaules.

Mes trois amies me regardent sans ciller, choquées.

« En fait, il est très gentil.

— Gentil ? » répète Charlie d'une voix dubitative.

Je me hâte de m'expliquer. « Scott a essayé de me tendre une embuscade hier soir, alors j'ai demandé à Deke de m'aider en faisant semblant d'être mon petit ami. Et il a accepté. Il est vraiment sympa.

— Attends une petite seconde. Scott a essayé de te tendre une embuscade ? demande Adèle.

— Ouais. Apparemment, il avait installé une application sur mon portable pour m'espionner. Il savait que j'étais sur la place. Et il savait que j'allais rentrer en covoiturage, parce qu'on était mercredi et qu'on allait boire, alors il m'a attendue sur le parking pour me parler.

— Mon Dieu. En plus de se faire des films, maintenant, il te harcèle, murmure Adèle.

— Je vais le tuer, lâche Tabitha.

— Je t'aiderai, déclare Charlie.

— Mais ça va. Deke m'a aidée, et Scott m'a fichu la paix.

— Comment est-ce que Deke t'a aidée ? Il a menacé Scott ?

— Pas vraiment. » Je repense à ces agréables moments, quand l'imposant motard se tenait près de moi, telle une force silencieuse. Le meilleur genre de renfort. « Il m'a soutenue pendant que je mettais les choses au clair avec Scott. Puis il a réaffirmé ce que j'ai dit et il m'a invitée à monter sur sa moto. On est partis ensemble. » Je ne peux retenir le sourire stupide qui étire mes lèvres. C'est la seule chose un peu folle que j'aie faite dans ma vie, et j'en suis assez fière.

« Tu as fait quoi ? s'exclament mes amies en cœur.

— Je n'arrive pas à croire que tu es montée sur sa moto ! ajoute Tabitha.

— Tu avais dit à quelqu'un où tu te trouvais ? Tu as pris une photo de sa plaque d'immatriculation ? Quelque chose ? m'interroge Adèle.

— Tu es montée sur sa bécane ? Trop cool ! s'écrie Charlie.

— Non, ce n'est pas cool, la contredit Tabitha, sourcils froncés. Elle est montée à moto derrière un mec bizarre. Il aurait pu l'emmener au milieu de nulle part, et on n'aurait plus jamais entendu parler de Sadie !

— Ouais, mais elle aurait eu l'occasion d'essayer cette super moto avant. » Charlie rentre la tête dans les épaules lorsque Tabitha fait mine de lui jeter un coussin à la figure.

Adèle lève les mains pour tenter de ramener la paix. « Du calme. Il n'est rien arrivé. Pas vrai, Sadie ?

— Je ne courais aucun risque. Il s'est comporté en parfait gentleman. » Je rougis en me rappelant cette promenade. Mon corps pressé contre celui, bien plus imposant, de Deke. Le vrombissement de la moto entre mes jambes... « Je sais que je ne fais pas ce genre de choses d'habitude, mais je me suis sentie en sécurité totale avec lui », dis-je d'une voix douce après un silence.

Mes amies se taisent pour assimiler cette information.

« Alors, qu'est-ce qui s'est passé ce soir ? demande Tabitha.

— Je lui ai proposé de me retrouver sur la place, dis-je en haussant les épaules. Je lui avais préparé des biscuits pour le remercier. Et...

— Et... ? » Adèle et les deux autres se penchent vers moi.

« Et... Il m'a emmenée dans la ruelle et il m'a embrassée. »

Une autre explosion de cris.

Tabitha donne un coup de poing dans un coussin. « Je le savais !

— Pas mal, approuve Charlie en s'affalant dans le pouf. C'était bien ?

— Regarde la couleur de ses joues. Bien sûr que c'était bien », lance Tabitha.

Adèle boit une longue gorgée de vin en me regardant par-dessus la bordure du verre.

« Vous vous êtes protégés ? » plaisante Tabitha en secouant l'index.

J'ai les joues en feu. « On n'est pas allés jusque-là.

— Mais ça aurait pu arriver ? insiste Charlie avec des yeux ronds.

— C'était un baiser très, très agréable. Je n'en dirai pas

plus. » J'entrelace les mains sur mes genoux et prends ma meilleure pose d'institutrice guindée.

Adèle me sonde de ses yeux verts. « Toi, ça va ?

— Oui. Après m'avoir embrassée, il a dû partir.

— Je parie vingt balles que Scott va l'apprendre et qu'il va encore se pointer à l'école de Sadie avec un bouquet de fleurs, annonce Charlie.

— Ça ne se fait pas. On ne devrait pas parier sur la vie amoureuse de Sadie, mais... pari tenu », lui répond Tabitha.

Charlie lui sourit.

« Ce que j'aimerais savoir, c'est si tu vas le revoir », reprend Adèle.

Ma légère euphorie disparaît. « Je ne sais pas. Il est parti assez brusquement. Un de ses potes motards est arrivé et il lui a dit qu'il devait s'en aller. C'était plutôt bizarre.

— C'est lui qui vous a cassé votre coup ? » demande Tabitha.

J'acquiesce de la tête.

« Ce n'est peut-être pas plus mal, Sadie. » Adèle évite mon regard. Elle reste concentrée sur son verre, qu'elle remue doucement pour en faire tourner le vin grenat.

« Qu'est-ce que tu veux dire par là ? s'enquiert Tabitha.

— J'ai fouiné un peu, répond Adèle en se mordillant la lèvre. Ces mecs sont des militaires. Genre, les opérations spéciales. Des missions top-secrètes et tout ça. Sans doute des assassins pour le gouvernement.

— Quelle branche de l'armée ? demande Charlie.

— Les forces spéciales. Ils ont bénéficié d'une libération honorable l'année dernière.

— Comment est-ce que tu sais tout ça ?

— Les voies d'Adèle sont impénétrables, finit par me répondre Tabitha après un silence gêné.

— Bon, et maintenant, ils forment une espèce de gang

de motards, continue Charlie. Ils ont racheté un hôtel dans la station de ski et y ont emménagé.

— On appelle ça des clubs, pas des gangs, rectifie Adèle.

— Donc, ils font partie d'un club. Et alors ? Ce n'est pas un crime. » Tabitha étire ses longues jambes et s'installe plus confortablement sur mon canapé.

Adèle soupire. « Ce n'est pas tout. Deke a un casier judiciaire. Pour coups et blessures. Il a pété un câble dans un bar et il a cassé la gueule d'un type. Il l'a envoyé à l'hôpital. Il y a eu une enquête policière, mais la victime n'a pas porté plainte. »

Cette information nous réduit au silence.

« Je vois, dis-je après un moment. C'est pour ça que tu as organisé cette petite intervention ?

— Tabitha nous a contactées pour nous prévenir qu'elle t'a vue avec ce biker. On ne pouvait pas rester sans rien faire.

— On tient à toi, Sadie, ajoute Charlie.

— Deke n'est pas comme ça. » Je ne peux plus rester assise. Je vais chercher mon cardigan dans la cuisine, l'enfile et me frictionne les bras comme si j'avais froid. Je prends le temps de réfléchir. « Il ne me ferait pas de mal. Si c'est arrivé, c'est sans doute parce qu'il protégeait une femme. C'est le genre de personne qu'il est. »

Depuis le salon, mes amies m'observent. Elles ne disent rien, mais j'entends leur question non formulée : « Qu'est-ce que tu en sais ? »

Qu'est-ce que j'en sais ? Une simple intuition. Mais bon, je ne suis pas la meilleure pour cerner les gens. Après tout, j'étais en couple avec Scott.

Je me fige lorsque je m'aperçois que je fais les cent pas. « Je ne dis pas qu'il n'est pas une mauvaise personne. Je ne le connais pas assez bien. Mais je me sens en sécurité avec lui. » Je me passe la main dans les cheveux. Ils sont encore emmêlés. Je sens toujours ses grandes mains sur moi, son souffle sur mon visage. Je repense à notre baiser. Le désir s'éveille dans le creux de mon ventre et s'épanouit entre mes cuisses.

Adèle hésite. Départie de son calme habituel, elle cherche ses mots. Elle a vraiment l'air de s'inquiéter. « Ce n'est pas ce que j'ai dit. Je pense que tu devrais être prudente, c'est tout. On ne voudrait pas qu'il t'arrive quelque chose. »

C'est ridicule. D'abord, l'ami de Deke, et maintenant les miennes. Mon intuition se trompe-t-elle à son sujet ?

Je suis désolé. J'aurais dû garder mes distances, m'a-t-il dit. Est-il vraiment dangereux à ce point ?

« Eh bien, ne vous faites pas de souci pour moi. Je doute de revoir Deke un jour, dis-je avec un rire forcé.

— Je suis désolée, murmure Tabitha. Mais c'est peut-être pour le mieux. »

* * *

Deke

Le loup de Channing halète sur le bord de la route après le combat. Du sang couvre sa fourrure et en a rougi les zones blanches. Il disparaît dans les fourrés d'une démarche chaloupée pour lécher ses plaies et muter.

Je suis toujours fou de rage. Mon loup retourne vers ma moto d'un pas raide. Des lambeaux de tissu blanc sont éparpillés sur le sol. Mon T-shirt. Celui que Sadie a empoigné quand je l'ai embrassée. Le coton porte toujours son odeur.

Je lève le nez vers la lune et hurle.

Après avoir muté, je parcours encore la montagne de

Taos de haut en bas pendant une heure sur ma moto, jusqu'à ce que je ne sente plus mes mains sur le guidon. J'effectue alors un demi-tour et prends le chemin de la maison dans le noir.

Il y a quelque temps, la meute a acheté un chalet qui servait autrefois d'hôtel. Nous avons toujours su que nous aurions besoin de nous retirer dans un lieu isolé où nos loups pourraient courir en liberté. L'année dernière, Rafe a décidé qu'il était temps de nous faire quitter l'armée. Pas parce que nos missions devenaient plus dures et dangereuses, même si c'était le cas. Nous formions une unité, un régiment secret de métamorphes réunis sous les ordres d'un colonel qui connaissait notre nature. Nous étions épanouis quand nous étions en mission. On nous déposait sur le site en hélico en pleine nuit. Grâce à nos sens surdéveloppés qui nous permettent de voir sans mal ce qui échappe aux humains, nous exécutions les opérations spéciales les plus sombres et les plus secrètes, et nous prenions plaisir à chaque instant. Un peu trop.

Rafe sentait que nous étions en train de perdre notre humanité. Surtout moi. Il a décidé que nos loups avaient besoin de plus d'espace et de liberté, pour la sécurité de tout notre entourage. Le colonel a accepté. Il avait ses raisons de vouloir nous engager en tant qu'indépendants à la place. Il a organisé une libération honorable accompagnée d'une généreuse retraite, puis il nous a embauchés pour le même genre de missions qu'avant. À la différence que maintenant, si quelque chose tourne mal, le gouvernement pourra prétendre qu'il ne nous connaît pas. Un privilège qu'il est prêt à payer grassement.

Mais il était trop tard pour mon loup et moi. Il adore tuer, et ça ne changera pas. Même aujourd'hui, un an après avoir quitté l'armée, mon loup reste féroce. Brisé.

Rafe a essayé de me sauver, mais mon cas est déjà sans espoir.

Je fais entrer ma moto dans le gigantesque hangar qui nous sert de garage. Le silence m'agresse quand je coupe le moteur. Je préfère le bruit et la vibration de la moto... Le vacarme apaise mes démons intérieurs.

Mon alpha apparaît derrière le Humvee. Il ne trompe personne ; je l'ai senti dès que je suis entré. « Deke.

— Alpha. » Un grondement involontaire teinte ma voix. Mon loup est plein d'énergie, prêt à se battre. Comme toujours.

« Tu sens comme cette humaine », dit Rafe.

Avec un grognement, je ramasse un chiffon propre suspendu à un crochet près de l'étagère à outils. Je fais mine d'essuyer un peu de boue sur ma selle en cuir.

Rafe lève le nez en l'air et hume. « Tu crois que je ne l'ai pas sentie sur toi, hier soir ? Une civile. Sadie Diaz. Institutrice de maternelle. Ses ancêtres faisaient partie des premiers colons espagnols à s'être installés dans la région. Son père est membre du conseil municipal. C'est l'ex de Scott Sears. »

Un grondement vibre dans mon torse. « Tu as fait des recherches sur elle.

— Bien sûr que oui. Je ne t'avais encore jamais vu si intéressé par une humaine.

— Ce n'est rien. » Je mens. Ce qui est idiot, parce que n'importe quel métamorphe est capable de déterminer quand quelqu'un ment. Je jette le chiffon. « Je ne la reverrai sûrement plus jamais. » Cette pensée fait gronder mon loup.

« Tu ne la reverras plus, c'est sûr », déclare mon alpha avec fermeté.

Putain, fait chier. Je gronde encore, cette fois tout haut, et sors du hangar à pas lourds.

« Deke, tu ne peux pas la revendiquer, dit Rafe dans mon dos. Tu ne sais pas ce que ferait ton loup. »

Il a raison. Mon loup est un monstre incontrôlable. Je ne suis bon qu'à une chose : tuer. Un jour, j'irai trop loin, et ma meute devra m'abattre.

Je ne peux pas revoir Sadie.

C'est mieux comme ça.

Chapitre quatre

Sadie

Ce matin, mes yeux brûlent et je suis épuisée. Si mes élèves ou mes collègues remarquent que mon sourire est un peu forcé, ils ne disent rien.

Je n'ai pas pleuré pour Deke. Je l'ai à peine défendu devant mes amies. Elles sont parties après que je leur ai promis du bout des lèvres de les avertir si Scott tente quoi que ce soit d'autre.

J'ai apporté les biscuits en forme de moto à ma classe. Charlie en a chipé deux hier soir, mais il en reste plein.

Un de mes élèves tire sur ma jupe pendant la récréation. « Maîtresse, un monsieur veut te voir. »

Comme je pouvais m'y attendre, Scott traverse le parking en direction de notre cour de récréation fermée. Il porte un costume-cravate bleu marine et tient un bouquet de roses rouges à la main. Ma lèvre se retrousse en une moue de dédain. Des roses ? Quel cliché. Je sors mon portable et envoie un message à Charlie pour l'informer qu'elle a remporté son pari.

D'un signe, je préviens mes collègues que je vais m'occuper de la situation, puis je rejoins le portail. Scott sourit quand il me voit. Je peux presque le voir passer en mode *charmant* en un claquement de doigts. Le vent soulève ses cheveux dégarnis. Tous les produits de luxe au monde ne parviennent pas à dissimuler qu'il finira chauve. C'est mesquin de ma part d'avoir hâte que ce jour vienne, mais si Scott se souciait d'être une bonne personne à moitié autant qu'il se préoccupe de son apparence, il serait peut-être plus agréable à fréquenter.

Pourquoi suis-je sortie avec lui ? Désirais-je l'approbation de mon père à ce point ?

Je croise les bras. « Scott. Qu'est-ce que tu fais ici ?

— J'assistais à une réunion du conseil juste à côté. Mais je savais que je te verrais. » Il me tend les fleurs. Je hausse un sourcil.

« Je ne peux pas les accepter. On n'est plus ensemble. » Je lui en veux de me mettre dans cette position devant mes élèves.

Le sourire vacille sur ses lèvres. « Pourquoi pas ? Sadie, on était bien ensemble. »

Je ne peux m'en empêcher : je ris faiblement. C'est tellement loin de la vérité que c'en est drôle. Incroyable que je n'aie pas vu les choses ainsi avant.

Le sourire de Scott a disparu, et j'entrevois autre chose sur son visage. Quelque chose de laid. « Je ne te reconnais pas, Sadie. Tu n'es pas comme ça, d'habitude.

— C'est peut-être qui je suis vraiment. Je crois que j'étais trop gentille avant. Je mérite que tu respectes mes limites.

— C'est à cause de ce motard ? Il t'influence ? Tu sors vraiment avec lui ? Ton père va flipper. » Il secoue la tête.

Je m'apprête à répondre, mais un vrombissement de

motos nous interrompt. Deux Harley-Davidson entrent sur le parking voisin. Les deux bikers musclés se garent sur des places pour deux-roues. Le soleil se reflète sur leurs lunettes de soleil miroir. Avec leurs jeans sombres qui moulent leurs cuisses puissantes et leurs vestes en cuir noir, on dirait qu'ils sortent du plateau du film d'action le plus incroyable jamais produit.

Je les reconnais quand ils s'approchent. Deke et un des autres types qui étaient sur la place il y a deux jours. Une vague de chaleur se déploie depuis mes orteils et grimpe sans faiblir jusqu'à mes joues. J'entends mon cœur battre dans mes oreilles.

Je ne suis pas la seule à remarquer les motards. La moitié de mes élèves sont pressés contre la clôture et montrent les motos du doigt.

« Trop cool ! crie une fillette. Maîtresse, c'est des motos. Comme les biscuits que tu nous as apportés. »

Le vent se lève. Deke tourne brusquement la tête dans ma direction. Je le salue de la main, puis m'appuie contre la clôture parce que j'ai soudain les jambes coupées. Deke modifie sa trajectoire. Il contourne l'école pour venir vers moi. Après une courte hésitation, le biker qui l'accompagne l'imite.

Deke me rejoint le premier. Ses lunettes de soleil sont braquées sur moi. « Sadie.

— Deke. » Ma voix se voile quelque peu. Il a l'air d'aller bien. Derrière lui, son ami me fusille du regard. Il ne s'agit pas du blond que j'ai vu hier. Il s'éclaircit la gorge, comme s'il ne voulait pas que Deke oublie sa présence.

Ce dernier fait un pas de côté et désigne son ami de la tête. « C'est Rafe.

— Bonjour, Rafe. » Nous nous tenons tous en cercle,

moi dos à la clôture, Scott à ma gauche, Deke devant moi et son ami à sa gauche. Ce n'est pas gênant du tout.

« Excusez-nous », lâche Scott en toussotant. À côté de la voix grave de Deke, la sienne est aiguë et geignarde.

Deke jette un coup d'œil au bouquet qu'il a apporté. « Sears.

— Adalwulf. » Scott tente de lui tenir tête, mais Deke ne rencontre pas son regard.

Je demande à Rafe : « Qu'est-ce que vous faites ici ?

— Une réunion du conseil. La ville nous engage pour une mission de sécurité. » Deke se contente de me regarder. Je ne discerne pas ses yeux derrière ses lunettes, pourtant le creux de mon ventre frémit comme si j'étais soudain nue.

Non, je n'ai pas du tout imaginé l'intense alchimie entre nous. Et elle ne s'atténue pas, elle s'intensifie.

« Des biscuits ? demande-t-il.

— Tu as entendu ? » Mes joues deviennent écarlates.

« Tu leur as donné les miens.

— Tu es parti sans les prendre. »

Cette fois, Rafe et Scott toussotent en même temps. Je m'aperçois que nous discutons avec Deke comme si nous étions seuls.

Je m'enquiers auprès de Rafe : « Alors, vous travaillez dans la sécurité ?

— Oui. Nous faisions partie de l'armée.

— Rafe était mon sergent-chef », précise Deke.

Une petite main tire sur mon pull. « Maîtresse, ils peuvent venir la semaine prochaine ? » me demande Jenny, l'une de mes jeunes élèves.

Je lui souris, ainsi qu'aux garçons rassemblés derrière la clôture. « Je ne sais pas. Monsieur Rafe et monsieur Deke sont très occupés. Vous voulez que je leur pose la question ? »

Les enfants crient un enthousiaste «oui!» en chœur. Quelques-uns sautent sur place. «Qu'est-ce qu'il y a la semaine prochaine?» veut savoir Scott. Je l'ignore pour me tourner vers Rafe. «Tous les mardis, c'est la journée des métiers. Les pompiers sont venus la semaine dernière. Est-ce que vous pourriez venir nous parler de votre expérience dans l'armée?»

La bouche de Rafe se courbe en un sourire en coin, comme si quelque chose l'amusait. Il me tend une carte de visite blanche. «Bien sûr. Tenez, voici mon email et mon numéro de portable. Appelez-moi, on organisera ça.

— Entendu.» Je hoche la tête avec froideur. Cette règle qui leur interdit de fréquenter des civils me contrarie toujours. À cause d'elle, l'ami biker de Deke nous a interrompus hier soir.

«Sadie.» Scott essaie d'attirer mon attention, mais la cloche sonne.

«Je dois y aller. Je ne peux pas les prendre, un de mes élèves est allergique», lui dis-je en montrant le bouquet de roses. Je lui tourne le dos et souris à Deke. «On se voit la semaine prochaine. Rafe, contente d'avoir fait votre connaissance.»

Ma nuque fourmille tandis que je m'éloigne. Je vais me placer contre le mur près de la porte pendant que mes élèves se mettent en rang. Je sais que Deke me regarde, et ça me fait sourire jusqu'aux oreilles. Aujourd'hui, le destin nous a réunis. Et si tout se passe bien, je le reverrai la semaine prochaine. Je m'en réjouis déjà.

* * *

Deke

Rafe suit Sadie des yeux pendant qu'elle fait rentrer ses élèves dans l'école. «Je dois reconnaître que ta petite humaine ne manque pas de cran.

— Elle n'est pas à moi. Selon tes ordres, si je me souviens bien », dis-je en marmonnant. Mon loup hurle dès qu'il m'entend démentir. Je m'éloigne de l'entrée de l'école maternelle sans prendre la peine d'accorder un autre regard à Sears.

Rafe m'emboîte le pas. « Dès que tu as vu Sears avec elle, tu as foncé pour les rejoindre. Il l'ennuie ?

— Ouais. » Je n'ajoute rien, mais Rafe peut sans doute m'entendre grincer des dents.

« Tu ne lui as pas mis ton poing dans la figure. Tu as fait preuve de retenue, c'est impressionnant.

— Ouais, je devrais gagner un prix. » Je me passe la main sur le visage. Voir Sears avec Sadie m'a donné envie de refermer la porte du coffre de sa bagnole sur sa gueule. Plusieurs fois. Puis de jeter Sadie sur mon épaule et de la ramener chez moi, tel un homme des cavernes. Pour la protéger.

Et la faire jouir. Je veux donner tous les orgasmes du monde à Sadie Diaz. Assez de plaisir pour lui faire oublier que ce mec a un jour fait partie de sa vie.

« Tu ne vas pas vraiment rendre visite à sa classe, si ?

— Pourquoi pas ? C'est pour la communauté. On doit bien donner un peu de nous-mêmes pour Taos, répond Rafe en haussant les épaules.

— Tu penses que c'est une bonne idée ? »

Il se tourne vers moi et penche la tête sur le côté. Il prend la question au sérieux, ce qui est tout à son honneur. « Qu'en dis-tu, soldat ? Tu crois que ton loup peut se tenir tranquille en présence d'une classe de gamins de cinq à six ans ? »

Je déglutis. Je pense pouvoir maîtriser mon loup, mais je ne veux rien promettre. « J'imagine qu'il vaut mieux ne pas prendre le risque.

— Ton objection est notée. Mais si on y va, tu viens avec nous. Je ne laisserai pas ton loup sortir du rang. À mon avis, ça te ferait du bien. »

Je hoche la tête, stupéfait.

« Mais ne t'approche pas de Sadie Diaz. C'est un ordre », ajoute mon alpha en me pointant du doigt.

Mon loup gronde. Je le fais taire avant que le son ne fasse vibrer mon torse. « Oui, chef, dis-je avec raideur.

— C'est mieux comme ça, Deke. Les humaines ne sont pas pour nous. » Il sonde mon regard avant d'acquiescer, puis commence à s'éloigner. Je le suis plus lentement.

Les humaines ne sont pas pour nous.

Je pourrais le contredire. Nous connaissons des loups métamorphes qui se sont unis à des humaines. Même si je ne les appellerais jamais pour leur demander comment ça se passe. Ça n'a pas d'importance. Pas dans mon cas.

Je suis trop féroce pour qu'on puisse me faire confiance avec une humaine. Et encore moins avec une humaine aussi douce que Sadie.

* * *

Sadie

Je sors la carte de Rafe dès que je rentre chez moi. *Black Wolf Security*. Son nom est précisé : Rafe Lightfoot. Il y a deux numéros, un fixe et un portable. Après une seconde d'hésitation, je compose le numéro de la ligne fixe. Une voix féminine préenregistrée m'invite à laisser un message. Je donne mon nom et mon numéro, ainsi que des détails sur la journée des métiers.

Une minute plus tard, un message entrant fait vibrer mon portable. *Salut, c'est Deke.*

Je serre mon téléphone contre mon cœur. C'est exactement ce que j'espérais quand j'ai laissé un message sur le répondeur de l'entreprise au lieu de contacter Rafe directement. Je sais que Deke m'a donné son numéro, mais après la façon dont les choses se sont terminées la dernière fois, je n'étais pas sûre qu'il ait envie d'avoir de mes nouvelles.

J'écris : *Comment est-ce que tu as eu ce numéro ?* puis envoie le message avant que ma nervosité ne me pousse à le supprimer.

Aucune réponse.

Je me hâte d'ajouter : *Je plaisante. Je suis contente que tu m'écrives.*

Toujours pas de réponse.

Puis mon portable sonne. Je sursaute et manque de le faire tomber.

« Allô ? » J'ai l'air essoufflée. Comme si je venais de courir un marathon, puis de grimper une volée de marches. Si Deke me demande pourquoi j'ai le souffle court, c'est ce que je lui dirai : que je rentre d'un footing.

« Chérie. » Sa profonde voix grave se répercute sur-le-champ au creux de mon ventre.

Je souris et me laisse tomber sur le lit avec lenteur. « Coucou. Tu as reçu mon message. » Je suis trop contente pour le taquiner.

« J'étais justement au bureau.

— J'espérais que c'est toi qui le recevrais. »

Il émet un grondement bas. Un rire ? J'ai du mal à le dire. Je me mords la lèvre pour me retenir d'ajouter que je l'ai choisi comme partenaire pour tourner la page après ma rupture. Et moi qui avais décidé de cacher mon jeu.

« Je croyais que tu appelais Rafe à propos de la journée des métiers, pas moi, dit-il avec douceur.

— Oui. Mais j'avais peut-être envie que tu aies mon numéro. » Mon audace me noue le ventre. Ça ne me ressemble pas. J'ai l'impression d'être plus courageuse en présence de Deke. Ou alors, j'éprouve des sentiments trop puissants pour les contenir.

Au bout d'un moment, il reprend d'une voix plus rauque : « J'ai déjà ton numéro. Depuis la nuit où tu es montée sur ma moto.

— Ah oui, c'est vrai. Tu es un de ces mecs qui comprennent tout à la technologie, dis-je sur un ton de plaisanterie. Pourquoi tu ne m'as pas appelée ?

— Tu ne m'as pas donné ton numéro directement. Et tu as déjà un mec qui te colle.

— Tu ne me colles pas. » Je n'aime pas le timbre sombre, presque douloureux de sa voix. « Au fait, j'ai l'impression que tes potes bikers ne m'aiment pas beaucoup.

— Pardon ? demande-t-il après un silence.

— Tes potes. Tes amis, tes collègues, je ne sais pas. » Je n'ai pas envie de les qualifier de gang. Ils ont l'air plus proches que des amis. Ils m'évoquent plutôt une famille. Des frères. Charlie m'a dit qu'ils étaient dans l'armée ensemble.

« Pourquoi est-ce que tu crois qu'ils ne t'aiment pas ? »

Je regarde le ventilateur au plafond sans ciller et repense à mes deux dernières rencontres avec les amis de Deke. L'un nous a cassé notre coup, l'autre a interrompu notre flirt. « On dirait qu'ils ont un problème avec moi.

— Ce n'est pas avec toi qu'ils ont un problème. On n'est pas censés fréquenter de civils, c'est tout.

— Pourquoi pas ? Vous ne faites même plus partie de l'armée, non ?

— On travaille toujours dans un secteur dangereux. On part souvent en mission. Les relations amoureuses ne sont pas vraiment autorisées.

— Et les relations sans attaches ? » J'ai parlé sans réfléchir.

Deke tousse. Je crois qu'il s'est étouffé en entendant ma question.

Je serre les cuisses pour tenter d'apaiser la pulsation de besoin dans mon entrejambe.

« Tu sais. Si tu as envie. Je t'en dois une, après tout. »

Silence.

Deke se tait si longtemps que je me demande s'il est toujours en ligne. « Deke ?

— Sadie, ce n'est pas une bonne idée. » Sa voix est rocailleuse. Je prends conscience qu'il a l'air triste.

Avec autant de délicatesse que possible, je demande : « Parce que tu as un casier judiciaire ? »

Une autre pause. « Comment tu sais ça ?

— J'ai mes moyens pour obtenir des infos. » J'ai envie de dire en plaisantant que je suis une super espionne, mais les mots restent bloqués dans ma gorge.

« Ouais. Je suis dangereux.

— Tu as appartenu aux forces spéciales. Bien sûr que tu es dangereux. Ça fait plus ou moins partie du métier. » J'essaie de conserver un ton léger, mais je le sens devenir plus distant. Je suis en train de le perdre. Je le connais à peine, pourtant c'est déjà douloureux.

J'ai l'impression que ma gorge est bordée de lames lorsque je déglutis. « Est-ce que je peux au moins t'appeler ?

— Ouais, Sadie. Tu peux m'appeler. »

Chapitre cinq

Alpes suisses, quatre jours plus tard

Deke

Le vent passe par-dessus les rochers et fouette notre camp. La bise glacée s'infiltre sous ma veste fine. Si j'étais humain, je frissonnerais, mais mon sang métamorphe me maintient au chaud. De la neige craque sous mes bottes pendant que je me dirige vers Sierra One, la position de tireur embusqué la plus haute dans notre mission. Lance s'y trouve déjà. Sur le ventre, il observe le chalet luxueux à travers la lunette de son fusil. Nous nous trouvons au-dessus de notre cible, au cœur des Alpes suisses.

Ma radio crépite, puis la voix de Rafe déclare : « Sierra One, ici le QG. Vous avez un visuel sur la cible ?

— QG, ici Sierra One, dis-je. Aucun mouvement pour le moment. » Plusieurs centaines de mètres en dessous de notre poste de surveillance élevé, la villa est éclairée comme une bougie. Une lumière douce émane de chaque fenêtre. Bâti sur le flanc de la montagne, entouré de sapins saupoudrés de neige, le chalet a l'air d'appartenir à un décor de village de Noël. L'un de ces jouets kitch que les grands-mères sortent pendant les fêtes, avec des tonnes de boules de coton pour faire office de neige. Mais cet endroit est bien réel. L'habitation luxueuse de plus de sept mille cinq cents mètres carrés appartient au plus important vendeur d'armes sur le marché noir mondial. Gabriel Dieter, un homme qui gagne sa vie en étant le mal incarné.

Lance me demande à voix basse sans quitter la cible des yeux : « On s'approche ?

— Non, vaut mieux pas. » Il s'agit seulement d'une mission de surveillance. Nous sommes là pour observer. Si nous nous approchions, ça nous forcerait à interagir.

Bien sûr, mon loup a horreur de ça. Le simple fait d'être en mission lui donne soif de sang. Il a envie de foncer jusqu'au bas de la montagne en hurlant, de dégommer l'équipe de sécurité de la villa, les gardes, les chiens, les lasers, puis de trouver Dieter, la cible, et de lui arracher la tête. Mission accomplie. C'est pour ça que mon alpha redoute que je ne sois ni stable ni sain d'esprit.

« Du mouvement, avant gauche. Près de la piscine », m'informe Lance.

J'approche la radio de ma bouche. « QG, on a du mouvement. J'ai la cible en visuel. » Je rapporte ses mouvements. Gabriel Dieter a rendez-vous avec un contingent d'un groupe terroriste inconnu. Nous sommes là pour surveiller la rencontre, enregistrer les mouvements de Gabriel et rassembler toutes les preuves que nous pourrons nous procurer sur ses activités de vente illégale d'armes.

Mais d'abord, on dirait qu'il s'apprête à se baigner dans sa piscine extérieure méga-classe. Dieter sort de la véranda vitrée. Il est grand, en forme. Sa chevelure noire fournie n'a pas l'air de grisonner, et son corps ne semble pas amoindri par l'âge. Bien sûr, n'importe qui peut être bronzé et en pleine forme s'il a assez d'argent pour engager une armée de chirurgiens esthétiques. Le crime paie.

« Deke. » Lance m'appelle. Je m'aperçois qu'un grondement fait vibrer mon torse. Mon loup a envie d'être libéré. Je glisse la main dans ma poche et touche mon portable. C'est devenu une habitude. Elle a commencé avec l'appel de Sadie la semaine dernière.

Depuis, elle m'écrit environ un jour sur deux. Elle m'envoie un émoji, une plaisanterie. Il y a une heure, j'ai reçu : *Bonne journée. J'espère que tu passes une super semaine,* ainsi qu'un émoji de soleil qui sourit joyeusement. Son optimisme me fait secouer la tête.

Lire ses messages m'aide à me concentrer. Il me suffit de faire glisser mon pouce sur la surface douce du téléphone pour calmer mon loup sur-le-champ.

Je dois me ressaisir. Que penserait Sadie des actions de mon loup ? De ce qu'il a envie de faire ? Cette pensée me refroidit.

« Ça bouge dans la maison. Dans l'aile la plus à droite. À la base de la tourelle. »

À l'aide des jumelles, j'observe la face de la villa dont parle Lance. Une porte s'ouvre. Des hommes en noir sortent. Chacun est équipé de la tête aux pieds : cagoule, casque, genouillères, bottes. Et un énorme flingue.

« Merde. » Je me tourne et me reconcentre sur Gabriel Dieter. L'homme d'affaires se tient à côté de la piscine. Des gouttes d'eau coulent sur son torse musclé. Il lève la main et me salue.

« L'enfoiré. Il sait qu'on est là. On bouge. » Je jette les jumelles dans le sac.

Lance est déjà debout. Il a son fusil, j'ai nos sacs. Nous commençons à gravir la montagne au pas de course.

La radio émet un fort grésillement. « On s'est fait griller ! » dis-je dans le micro.

À trois cents mètres en contrebas, des hommes montent dans la montagne en lignes coordonnées.

« Mission annulée. Prenez de la hauteur », nous ordonne Rafe.

Des aboiements retentissent.

« Ils ont des chiens », dit Lance en pressant le pas, même si c'est une évidence. Nous sautons par-dessus les rochers rendus glissants par la glace et escaladons jusqu'au sommet de la montagne, où l'air se raréfie. Mes poumons brûlent, ils éprouvent de la difficulté à s'adapter. Je concentre toute mon énergie dans mes jambes pendant que l'altitude m'étourdit.

« Allez, Deke, me dit Lance. On fait la course jusqu'au sommet. »

Je me force à avancer plus vite. Les grondements des chiens de garde résonnent autour de nous. Ils se rapprochent. J'espère que notre alpha a prévu une porte de sortie surprise, sinon, je ne vois pas comment la situation pourrait bien se terminer.

Mes bottes dérapent sur du verglas. Je m'arrête et réfléchis. Je devrais rester sur place et donner à Lance une chance de s'enfuir. Voilà comment je pourrais mourir en héros. Seule ma meute pleurerait ma mort.

Et Sadie...

« Deke, qu'est-ce que tu fous, putain ? » Lance s'arrête brusquement à quelques mètres de moi. Derrière nous, les cris et les pas lourds de la milice se rapprochent, accompagnés d'aboiements.

Mais il y a un autre bruit, celui-ci au-dessus de nos têtes. Des pales d'hélicoptère.

Un sourire étire les lèvres de Lance. « L'enfoiré,

murmure-t-il. Il a encore réussi. » Nous nous nous précipitons jusqu'au sommet de la montagne. L'hélicoptère apparaît et reste en vol stationnaire au-dessus de la crête enneigée.

« Il paraît que vous avez besoin d'un chauffeur ! crie le pilote pour couvrir le vacarme des pales.

— Montez, bordel. Vite. » Rafe passe la tête hors de l'appareil et nous lance une échelle en corde.

Lance bondit sur l'échelle et commence à monter. Les membres de la milice qui nous poursuivent se mettent à crier. J'agrippe le bas de l'échelle. Ils se mettront à tirer d'un instant à l'autre. C'est un miracle qu'ils n'aient pas encore commencé. J'imagine que Dieter n'a pas pensé à avoir des fusils à longue portée sous la main.

Quelques secondes plus tard, Rafe et Channing me hissent dans l'hélico, et le pilote nous emmène loin d'ici.

« Qu'est-ce qui s'est passé, putain ? demande Rafe.

— Il nous avait repérés. Il savait qu'on était là. »

Notre alpha pousse un juron. « Je n'arrive pas à y croire.

— Il y a des fuites de notre côté ? veut savoir Lance.

— Personne n'était au courant, à part le colonel Johnson et notre équipe. Dieter savait qu'on serait là. Je ne sais pas comment, mais il le savait. » Je peux entendre les dents de Rafe grincer.

Il grogne et sort son portable. Dès qu'il aura du réseau, il fera son rapport au colonel Johnson : mission annulée. Nous avons échoué, mais nous vivrons un autre jour pour réessayer.

De retour au QG, je prends mon téléphone pour voir si Sadie m'a envoyé un message. Je n'ai même pas de photo d'elle, seulement son prénom et son numéro enregistrés dans mes contacts. Mais voir son nom me permet de sentir sa délicieuse odeur de bonbon.

« Deke écrit à sa petite copine », chantonne Lance.

Je lui montre les dents, ce qui le fait rire. Il donne un coup de coude à Channing. « Je te parie vingt balles qu'il se la tapera d'ici la pleine lune. »

Je ne réfléchis pas, n'ai pas la moindre hésitation. Du rouge envahit ma vue, et je me retrouve tout à coup sur Lance. Il est à terre et je le roue de coups de poing.

« Qu'est-ce qui te prend, putain ! » Channing me ceint la taille pour m'éloigner de Lance de force. Il a le visage couvert de bleus et il saigne, mais cet enfoiré rit comme un maniaque. Je repousse Channing et vais m'isoler dans un coin de la pièce pour essayer de regagner le contrôle sur mon loup.

« Du calme », ordonne Rafe comme si nous étions des gamins en train de se chamailler sur un terrain de jeu, et non trois loups métamorphes adultes qui essaient de s'entretuer.

« Bon, tu ne peux pas dire que ce n'était pas marrant », me dit Lance en souriant. Ses dents sont tachées de rouge. Il est aussi taré que moi. Il le cache mieux, c'est tout.

« L'avion est bientôt là. Nettoyez-vous, qu'on puisse y aller, lance Rafe.

— D'autres missions de prévues ? demande Channing.

— Non. Les prochaines semaines seront calmes. Deux opérations de sécurité et un peu de surveillance. Oh, et on doit aller rendre visite à la classe de maternelle de Sadie Diaz », ajoute Rafe en jetant un coup d'œil dans ma direction.

Mon cœur bat plus fort lorsque j'entends son prénom. Mon loup s'agite, mais d'une nouvelle façon. Une façon bien plus émoustillée.

Une fois que je suis attaché dans l'avion, je sors mon

portable de ma poche et fais glisser mon pouce sur la surface de l'écran. Je le touche comme un talisman.

Les moments qui suivent une bataille ont toujours été difficiles pour mon loup. On a fait de moi une machine à tuer, et j'ai du mal à revenir à la vie normale. La soif de sang et le besoin de me battre m'échauffent les veines.

Mais toute cette pression s'atténue quand je suis avec Sadie. J'oublie que je suis un tueur. Je peux me souvenir que mon loup n'est pas seulement une arme. Qu'il est une créature sauvage et qu'il n'y a pas que se battre, dans la vie.

Chapitre Un

S*adie*

C'est enfin la journée des métiers. Mes élèves n'ont pas été aussi excités depuis que je leur ai apporté le *jackalope*. Je les fais asseoir en cercle et leur demande de bien se comporter, mais lorsque les quatre grands soldats arrivent, toute la classe laisse éclater son enthousiasme. Bien que j'essaie de rester de marbre, je ne peux m'empêcher de sourire aussi. Mon cœur bat à tout rompre. Comme d'habitude, Rafe prend les choses en main. Il me salue, puis s'adresse à la classe. Sa douce voix grave calme les enfants plus vite que je n'aurais jamais pu le faire. Deke reste dans le fond de la salle. Son épaisse touffe de cheveux noirs donne l'impression qu'il est un peu plus grand que ses amis. Son expression est impassible, et il reste silencieux. Il ne regarde pas une seule fois dans ma direction. Ce qui ne me dérange pas ; j'ai besoin de me concentrer.

Rafe présente son frère, Lance. Je reconnais le blond que j'ai rencontré dans la ruelle. Il m'adresse un clin d'œil, auquel je réponds en plissant les yeux. Le quatrième et dernier membre du groupe s'appelle Channing. Il salue la classe de la main avant de croiser les bras, ce qui fait encore plus ressortir ses biceps musclés. Vêtus d'un mélange de vêtements neutres et militaires, nos quatre invités ont l'air de durs à cuire. Deke n'a pas boutonné sa chemise camouflage et en a roulé les manches. En dessous, il porte sa tenue habituelle : un jean et un T-shirt noirs.

Je détache mon regard de sa silhouette et me recentre sur le travail. « Tout le monde, je vous présente monsieur Rafe Lightfoot. Aujourd'hui, ses amis et lui sont venus nous parler de leur travail dans l'armée. Mais tout d'abord, qui peut me citer les différentes branches de l'armée ?

— L'armée de terre, l'armée de l'air, la Marine », chantonnent mes élèves en un chœur obéissant. Sauf Jackson, au fond de la classe, qui trouve amusant de mentionner *G.I. Joe*. Les deux enfants à côté de lui l'informent de son erreur, et je dois interrompre leur dispute avant que la situation ne dégénère.

« L'armée de terre, c'est le mieux. C'est mon père qui l'a dit », déclare le petit Owen au premier rang.

Rafe s'accroupit devant lui avec un regard bienveillant. « Je peux te dire un secret ? »

Owen hoche la tête, les yeux écarquillés.

« Ton père a raison. Mais c'est un secret. Ne le dis à personne. Sinon, les membres de l'armée de l'air et de la Marine seront jaloux et ils voudront devenir des soldats comme nous. » Il fait un clin d'œil au garçon, qui est submergé d'admiration. « Toutes les branches de l'armée sont importantes. Nous formons toutes une équipe. Le travail d'équipe est capital. »

Pendant le reste du discours de Rafe, je m'efforce de ne pas regarder en direction de Deke. Je perds cette bataille, mais quand je finis par jeter un coup d'œil vers lui, il a ses lunettes de soleil sur le nez. Lance remarque mon regard et m'adresse un autre clin d'œil. Je lève les yeux au ciel.

Rafe a presque terminé, et la classe commence à s'agiter. Les élèves ont hâte d'aller en récréation.

« Avez-vous des questions pour monsieur Rafe et ses amis ? » Dix mains se lèvent. Owen a les deux mains en l'air.

« Est-ce que vous avez tué plein de méchants ? » demande-t-il. Un murmure approbateur s'élève du reste de la classe à la perspective d'apprendre plus de choses à propos de la violence.

« Parfois, répond Rafe avec sérieux. Mais seulement si nous étions sûrs qu'ils étaient méchants, et après avoir tenté tout le reste pour maintenir la paix.

— Vous avez plein de pistolets ? veut savoir Owen.

— Est-ce qu'ils sont morts tout de suite ? Il y avait plein de sang ? » crie Jackson au même moment depuis le fond de la classe.

J'interviens d'une voix stridente : « Bon, les questions sont terminées ! C'est l'heure de la récréation. Tout le monde dit merci à monsieur Rafe.

— Merci, monsieur Rafe », chante la moitié de la classe. Les autres veulent connaître les réponses aux questions de Jackson. Je ne me doutais pas que la violence attirait tant mes élèves. Mon assistante vient les aider à enfiler leurs vestes avant de sortir dans la cour. Je suis un instant prise dans une marée bruyante d'enfants vêtus de couleurs vives, mais je vais trouver Rafe dès que je m'en échappe.

« Merci encore.

— Aucun souci. Ils sont super.

— Vous êtes géniaux avec eux. » Du coin de l'œil, je vois Owen s'approcher de Deke. Le soldat musclé s'accroupit pour aider le petit garçon à nouer ses lacets. Mes ovaires se pâment.

Quand je quitte l'école à la fin de la journée, je suis encore plus déterminée à comprendre quel est le problème de Deke. Qu'est-ce qui l'empêche de se rapprocher de moi ? C'est comme s'il avait un grand secret, quelque chose qu'il cache, à moi comme au reste du monde. J'ai simplement envie de le prendre dans mes bras et de lui affirmer que ça m'est égal.

Tout en montant dans ma voiture pour rentrer chez moi, je décide que c'est ce que je vais faire. Je le ferai venir à moi et je le séduirai. Ou quelque chose comme ça. J'en ai assez de rester sans rien faire. Je suis à fond dans l'opération Deke.

Il ne me reste plus qu'à trouver comment procéder.

D'habitude, j'appellerais mes amies et je leur demanderais de venir participer à une session de brainstorming autour d'un verre de vin, mais elles ont beaucoup à faire en ce moment. Adèle a accepté des contrats de traiteur supplémentaires pour compenser la basse saison à la chocolaterie, et Tabitha lui donne un coup de main. Charlie est occupée aussi, un projet secret dont elle ne nous parle pas. Et puis, elles ne sont pas entièrement pro-Deke. Elles sont pro-Sadie, sans équivoque. Elles ont l'air de penser qu'en ce qui le concerne, je ne sais pas du tout ce que je fais. Je comprends ; je n'ai pas pris les meilleures décisions avec les hommes. Elles n'ont pas envie que je me fasse de nouveau écraser par un mec dominant.

Deke n'est pas comme ça. Il est fort, mais il ne m'écrase pas. De plus, il n'est ni intéressé par une relation, ni assez disponible. Il peut être ma folle aventure débridée.

Ça ne m'est jamais arrivé.

Je n'ai jamais été débridée. Et avec Deke, c'est certainement comme ça que je me sens. De la plus merveilleuse des façons.

Une fois chez moi, j'enlève mes ballerines et me frotte les mains. Je suis sur le point d'appeler Deke quand je m'aperçois que j'ai un appel en absence et un message sur mon répondeur.

Mon cœur se serre. C'est mon père. « Sadie, il faut qu'on parle. »

Trente minutes plus tard, je me gare sur le parking du restaurant chic qui plaît à mon père. Je n'ai pas eu le temps de m'habiller comme je sais qu'il aimerait, mais j'ai mis un cardigan plus joli et d'autres ballerines. Ma tenue de combat. Dommage que je ne puisse pas arriver dans un tank en armure complète. Mais bon, mon père est capable de percer ce genre de défenses. Je carre les épaules et entre dans le restaurant.

Mon père est déjà assis à une table au milieu de la salle, où tout le monde peut le voir. En tant que membre du conseil municipal, il s'enorgueillit de connaître *tous ceux qui valent la peine d'être connus*, selon ses termes.

Je m'approche et en bonne fille, me penche pour lui embrasser la joue. « Ma chérie. Je me suis permis de passer commande, dit-il en m'invitant à m'asseoir.

— Super. » Je devrais grignoter ce qu'il m'a commandé. La dernière fois, c'était une truite de rivière et une salade composée en plus grande partie de roquette. Je déteste le poisson. Et en ce qui me concerne, je trouve qu'un peu de roquette, c'est déjà beaucoup.

Je regarde mon verre à pied avec envie, pourtant je secoue la tête lorsque le serveur nous propose la carte des vins. Je ne tiens pas du tout l'alcool. En plus, je ne bois en public qu'avec des gens en qui j'ai une totale confiance, comme mon groupe d'amies. Quand je sortais avec Scott, je commandais énormément de soda avec du jus de canneberge. Avec mon père, je ne prends pas la peine de commander un cocktail sans alcool. Il boira assez pour nous deux.

Mon père est un homme séduisant. Il a une beauté classique et une chevelure parsemée de fils d'argent. Le golf au country club et le ski l'hiver lui permettent de rester bronzé et de garder la ligne. Il est déjà la cible du regard appréciateur de deux femmes. Elles ont entre quarante et cinquante ans, un corps tonique grâce au yoga et un visage lisse grâce au Botox. Elles ne cessent de regarder dans sa direction. Il fait mine de ne pas le remarquer, mais je sais qu'il n'en est rien. Il a perfectionné l'art de dissimuler son regard baladeur lorsqu'il était encore marié avec ma mère. Maintenant, il a pris l'habitude de faire comme s'il ne remarquait pas les attentions féminines, du moins en public.

Une autre similarité qu'il partage avec Scott.

Je m'éclaircis la gorge. « Tu as dit que tu voulais me parler ?

— En effet. » Nous sommes occupés à des tâches différentes ; moi, à placer ma serviette sur mes genoux, et lui à examiner son verre de whisky. Nos regards ne se sont pas encore vraiment rencontrés. Tout ceci fait partie de la farce habituelle qui nous tient lieu de dîner entre père et fille. « Comment s'est passé le travail ?

— Très bien. » Il se fiche de ma carrière d'institutrice. Je

ne prends pas la peine de lui raconter les dernières anec-
dotes particulièrement mignonnes survenues à mes élèves
cette semaine. Il ne les mérite pas. « Et toi ? »

Il se lance dans un récit concernant le conseil municipal. Je hoche la tête et murmure aux bons moments, comme
une fille dévouée. Une autre chose que Scott a en commun
avec mon père. Toutes leurs histoires tournent autour du
travail ou du golf, mais surtout, autour du fait qu'ils sont des
personnes très importantes. Et leurs histoires paraissent
chaque fois devenir plus longues et ennuyeuses.

Environ vingt minutes après le début de l'histoire, mon
père toussote. « C'est le projet qu'a proposé Scott, au fait. »
Il a parlé d'un ton décontracté, mais il me regarde dans les
yeux pour la première fois. « Tu l'as revu ? »

— Qui ? » Je suis occupée à faire mine de découper ma
truite. Pauvre poisson mort, sacrifié pour cet affreux dîner.
J'aimerais pouvoir remonter dans le temps et le rejeter dans
son ruisseau de montagne. Au moins, l'un de nous serait
libre.

Mon père s'éclaircit de nouveau la gorge. « Scott Sears.
Ton petit ami.

— Mon ex-petit ami », dis-je avec un large sourire. Je ne
devrais sans doute pas en faire trop, mais je suis très
contente que Scott soit mon ex.

« Vraiment ? Quel dommage, soupire mon père en
commandant un autre whisky d'un signe de la main. Je
croyais que ça se passait bien entre vous.

— Mmm. » Je mâche comme si j'avais la bouche pleine
de roquette.

« En fait, c'est pour ça que je t'ai invitée ce soir. Je
voulais te parler de Scott. » Il me décoche un regard sous ses
sourcils épais. Un regard qui signifie : *Je suis très sérieux.*
Nous sommes en train d'avoir une conversation très impor-

tante. « C'est un type bien, Sadie. Ils ne sont pas si nombreux, dans une petite ville comme la nôtre. Il ira loin. Il joue un rôle important dans la croissance et le développement de Taos. Je pense que tu serais très heureuse avec lui. »

Sérieusement ?

« Quand tu as décidé de devenir institutrice, ta mère et moi étions inquiets, comme tu le sais. »

Je serre ma fourchette pour me retenir de saisir mon couteau. Je déteste que mon père parle de ma mère comme s'il la connaissait et pouvait s'exprimer en son nom. Pour autant que je sache, ils n'ont pas eu de contact depuis des années.

« Mais nous pensions que si tu trouvais quelqu'un de bien avec une carrière stable, tout se passerait bien pour toi. Et puis, une fois que tu auras des enfants, tu voudras un homme qui soit capable de subvenir à vos besoins. »

Je n'arrive pas à y croire.

« Et Scott est cet homme-là, Sadie. » Mon père continue sa tirade. Je me retiens de lever les yeux au ciel. Cette envie ne me ressemble pas, mais qu'est-ce que je fais ici ? Il serait si facile de me lever, de jeter ma serviette sur l'entrée que j'ai à peine touchée et de quitter la table. Je pourrais même acheter une bouteille de vin avant de partir. Je n'ai pas besoin de conduire pour rentrer... Je pourrais appeler Deke. Je lui dirai que j'ai besoin qu'il me ramène chez moi et que je lui devrai une autre faveur. Il arrivera sur sa grosse moto au moment où je terminerai le vin. Il me donnera un casque, puis je monterai sur cette énorme machine vibrante. Toute cette puissance entre mes jambes... *Mmmmm.*

Je fantasme que je me promène avec Deke sur sa moto quand mon père dit : « Et bien sûr, il y a le mariage. Tu devras arranger les choses avant que vous ne fassiez le voyage ensemble.

— Un mariage ? » J'avais à moitié cessé de l'écouter, mais ceci retient mon attention. Oh, bon Dieu ! Comment ai-je pu oublier le mariage de Jenn ? Ça m'était sorti de la tête.

Mon père tapote la table du bout des doigts, les lèvres pincées pour marquer son déplaisir. Il a compris que je n'étais pas attentive. « Vous ne devez pas participer à un mariage, tous les deux ? Celui de vos deux amis de Santa Fe ? »

Aaaaaarg. « Jenn et Geoff. Oui. » Je me retiens de me masser le front. J'ai soudain mal au crâne. Jenn est une amie de lycée que j'ai connue à Taos. Son petit ami Geoff est un ami de fac de Scott. Quand Scott a déménagé de Santa Fe à Taos, ce sont eux qui nous ont présentés.

« Tu seras à Santa Fe pendant trois jours, c'est bien ça ? »

Je comprends tout à coup pourquoi mon père paraît si sûr de lui, pourquoi il connaît tous les détails sur le mariage et pourquoi il a organisé ce dîner avec moi.

« Tu as discuté avec Scott, dis-je sur un ton accusateur. Il t'a appelé et t'a tout raconté. C'est pour ça que tu voulais me parler. »

Mon père se renfrogne. « Scott et moi avons discuté, oui. Il participe à divers projets autour de Taos, tout comme moi. Nos chemins se croisent souvent.

— Bien sûr. Vous faites la paire. »

Ce n'est pas un compliment, mais mon père le prend comme tel. « Oui. Et il a parlé de ce mariage. Vous passerez du temps ensemble dans un cadre idyllique. Ce sera le moment idéal pour parler de votre couple et résoudre vos différends. »

Il n'y a que mon père pour qualifier de *différend* l'infidélité de Scott et le fait qu'il se comporte comme un trou de balle complet. Ou pour s'attendre à ce qu'on résolve nos problèmes, tout simplement. Ce qui signifie qu'il souhaite que je ferme les yeux. Comme ma mère a fermé les yeux sur les infidélités de mon père jusqu'à ce qu'elle trouve enfin le courage de le quitter.

« C'est parfait. Scott et toi êtes faits l'un pour l'autre. Je l'ai toujours dit », continue mon père. Il est à présent jovial tandis qu'il découpe son steak.

J'imiterais bien le *Cri* de Munch, avec le son, mais je suis vraiment sans voix.

« Je suis ton père. Je veux ce qu'il y a de mieux pour toi, c'est tout. »

* * *

Quand je rentre enfin chez moi, j'ai une migraine carabinée. Les dîners avec mon père me donnent toujours l'impression d'être descendue dans le neuvième cercle de l'enfer, mais là, c'était encore pire. Il semblerait que mon père désire me voir devenir une femme au foyer désespérée des années 1950. Et Scott approuverait de tout cœur.

Ils sont de mèche. J'ai trouvé la force de tenir tête à Scott, mais les deux œuvrant de concert ? C'est trop. Je ne sais pas... J'ai toujours été un vrai paillasson face à mon père. Il a une personnalité autoritaire. Après qu'il a fait fuir ma mère, il ne me restait que lui. Je crois que j'avais peur de lui déplaire et d'être rejetée par le seul parent qui me reste.

Il s'agit de vieux trucs débiles, mais leur impact est toujours présent dans chaque conversation et interaction entre nous. Il me dit quoi faire de ma vie, et je m'efforce de ne pas me laisser écraser.

Mais j'ai des problèmes plus pressants qu'apprendre à

m'opposer à mon père. Le mariage est dans deux semaines. Les personnes qui jouent un rôle dans la cérémonie, dont Scott et moi-même, se retrouveront dans un hôtel à Santa Fe pour un séjour de quatre jours. Je sais que la famille de Jenn n'a pas regardé à la dépense. La famille du marié aussi est fortunée. C'est pour ça que Scott était si content de participer à ce mariage.

Je vais devoir enfiler une robe de demoiselle d'honneur, plaquer un sourire sur mes lèvres et me retrouver devant Scott. Il aura trois jours et deux nuits pour me harceler jusqu'à ce que j'accepte de me remettre avec lui. C'est sans doute lui qui m'escortera pendant la cérémonie. Lorsque Jenn a mis les détails au point, elle pensait que nous serions en couple. Elle avait même plaisanté sur le fait qu'il s'agirait d'un tour d'essai pour Scott et moi. Je ne lui ai jamais parlé de son infidélité.

Pourquoi ai-je laissé durer cette farce entre Scott et moi si longtemps ? Parce que j'étais trop gentille pour rompre, même si je n'étais pas amoureuse. Je déteste faire souffrir les gens. Et maintenant que j'y pense, j'étais aussi inquiète de faire de la peine à Jenn et Geoff. Comme si je me devais de continuer à sortir avec leur ami parce qu'ils nous ont présentés.

Bon Dieu, je suis vraiment une carpette !

De toute évidence, Scott ne partage pas ce trait de caractère. Le contrôle et la critique sont ses outils préférés dans ses relations. Et la tromperie. Tout ce que cette histoire m'apportait, c'était l'approbation de mon père.

Il s'agit d'un cas d'urgence de premier ordre. Je suis tentée d'appeler Jenn pour lui raconter que j'ai la mononucléose. Mais elle ne mérite pas que je lui fasse faux bond. Et j'ai déjà posé des congés pour le mariage.

Il ne me reste qu'une chose à faire. Je vide un verre de

vin, puis ramasse mon portable et ouvre ma conversation avec Deke.

On verra bien ce qui se passe.

J'écris : *J'ai besoin que tu me rendes un autre service. Mais c'est un gros. Très gros.*

Dix secondes plus tard, mon portable sonne.

« De quoi est-ce que tu as besoin ? » demande Deke. Sans dire bonjour, sans préambule, sans rien du tout. J'inspire profondément. J'aurais dû boire plus de vin.

« Sadie, ça va ?

— Ouais, ouais, ça va.

— C'est Sears ?

— Scott ? Non. Enfin, pas exactement. Mais j'ai un service à te demander. Un énorme service. »

Lors de la pause qui s'ensuit, je me rappelle ce qu'il a réclamé en échange du dernier. Comme s'il pensait à la même chose, il reprend d'une voix plus douce : « Ah ouais, chérie ? »

Merde. Maintenant, je suis complètement émoustillée. « Hum, ouais.

— Énorme comment ?

— Vraiment énorme. Je te serais vraiment redevable. Plus que je le suis déjà.

— Je suis sûr qu'on peut s'arranger. » Son ton est joueur. Oh, mon Dieu, nous sommes en train de flirter ! Je me rallonge sur mon lit.

« Peut-être.

— Qu'est-ce que c'est ? Dis-moi.

— J'ai besoin d'un petit ami pour un mariage, dis-je rapidement avant de me dégonfler. Enfin, d'un faux petit ami.

— Un faux. » A-t-il l'air déçu ?

« Hum, c'est dans un hôtel à Santa Fe et ça durerait sur un weekend de trois jours. Je suis une des demoiselles d'honneur, donc je dois arriver un jour plus tôt. Scott sera là. On devait s'y rendre ensemble, mais...

— C'est bon, dit Deke.

— Vraiment ? Tu veux bien ? » J'ai l'impression qu'un poids de vingt kilos vient de s'ôter de ma poitrine.

« Chérie. » C'est tout ce qu'il répond. Je le prends comme un *bien sûr*. « C'est quand ?

— Jeudi dans deux semaines. J'ai déjà posé des congés, mais j'avais oublié. Je crois que je n'avais pas envie d'y penser. » Après lui avoir donné les détails, j'ajoute : « Je peux conduire, mais je ne pense pas que tu seras bien installé dans ma petite voiture.

— Je conduirai. À quelle heure je dois passer te prendre jeudi ?

— Hum, tu es sûr ?

— Ouais. Quelle heure ?

— Vers midi ?

— Ça marche.

— Merci beaucoup. Je te suis vraiment redevable.

— Mmm. » Sa voix n'est qu'un grondement grave. Comme s'il aimait l'idée que je lui doive quelque chose. Ou comme si cette fois, il comptait réclamer plus qu'un baiser.

Oh, bon Dieu, je l'espère ! La dernière fois qu'il a réclamé son dû, j'ai adoré ça.

« Tu as un costume ?

— Chérie », répète-t-il.

Je ris en m'apercevant qu'il a raccroché. Je n'ai jamais rencontré un homme comme Deke.

* * *

Deke

. . .

13

Quand je termine l'appel avec Sadie, je bande. Mes pensées prennent rapidement un tour coquin pendant que je m'imagine comment elle me revaudra ce service.

Oh, merde. Dans quoi est-ce que je viens de me fourrer ? J'ai désobéi à un ordre direct de mon alpha en acceptant d'accompagner Sadie.

Mais il n'y avait aucune chance que je refuse de l'aider. Putain, aucune chance que je la laisse passer quelques jours en compagnie de son ex alors qu'elle n'en a pas envie.

Mon loup a déjà envie de mettre ce mec qui l'emmerde en pièces.

Passer tout un weekend avec des humains. Et à un mariage, en plus. Il s'agit d'une torture exceptionnelle pour moi. Mais pour Sadie, je suis prêt à tout. Je tiendrai la bride à mon loup. J'essaierai de me comporter de façon civilisée. Je parlerai en faisant des phrases complètes. Je ferai un faux petit ami convaincant. Merde, je trouverai même un foutu costume.

Un frisson de plaisir me traverse lorsque je me lève. Il provient de mon loup. Je sens qu'il a envie de japper et de sautiller.

Eh ben, si je me doutais.

Mon loup est heureux. Joyeux, même.

Je sors du chalet et descends à la rivière. Je remonte le courant le long de la berge pour me fatiguer un peu. Je dois réfléchir à ce que je vais dire à Rafe. Comment lui présenter la chose.

Il s'agit d'une mission. Pas d'un rencard.

Je ne socialise pas avec une humaine. C'est un boulot.

Après un kilomètre, je croise Lance qui pêche dans la rivière. Je secoue la tête. Vraiment, je ne capte pas. Nous sommes des prédateurs. Nous chassons des proies à quatre pattes. Nous n'avons pas besoin de rester au bord de l'eau sous forme humaine avec une canne à pêche pour attraper de quoi manger.

« Pas de commentaire », murmure Lance, qui a deviné mes pensées. J'imagine qu'il parle à voix basse pour ne pas effrayer les poissons.

« Je n'ai pas dit un mot. » Je reste à côté de lui. Pour une fois, je trouve les bruits de la nature paisibles. J'ai toujours besoin du grand air et j'adore vivre ici, où je peux parcourir la montagne à quatre pattes ou sur deux roues à tout moment, mais cet après-midi a quelque chose de différent.

Comme si je comprenais presque le plaisir que Lance prend à pêcher. Ce n'est pas pour les prises, mais pour le calme. Rester au bord de l'eau froide et la regarder s'écouler. Écouter les arbres.

Pourquoi mon loup est-il si calme ?

Je l'entends presque murmurer : *Sadie*.

Je secoue la tête. Je ne peux pas avoir Sadie. Elle n'est pas pour nous.

Lance me décoche un regard curieux. « Tu as l'air... différent. »

Je ne réponds pas. Je ne peux pas lui parler de Sadie, parce qu'il ne se passe rien entre elle et moi. Et il ne se passera rien.

« C'est l'institutrice, c'est ça ? »

Je prends une inspiration brusque dès qu'il la mentionne.

Après un moment, je finis par avouer : « Elle apaise la folie.

— Elle a l'air gentille. »

L'entendre parler d'elle fait cogner mon cœur contre mes côtes. « Elle l'est, dis-je d'un air bourru. Mais ce n'est pas comme ça entre nous. Je ne m'impliquerai pas.

— D'accord. » Lance regarde la rivière. Sans doute pour

ne pas me forcer à lui mentir en le regardant droit dans les yeux.

« Son ex lui cause des ennuis. Elle m'a demandé de me faire passer pour son petit ami pour l'effrayer. »

Cette fois, Lance me considère avec surprise. « Ah ouais ?

— Ouais. » Je me passe la main sur le visage.

« Merde, Deke. On dirait que tu vas t'attirer des problèmes. Elle est au courant que tu risques de buter son ex ?

— Ça n'arrivera pas », dis-je entre mes dents. Mais je ne suis même pas sûr que ce soit vrai. Mon ventre se noue.

Si ce foutu mec s'en prenait à elle, je le tuerais. C'est certain.

Mais il n'a pas l'air de l'embêter de cette manière. Globalement, Sadie ne semble pas trop souffrir des attentions de ce type, ce qui apaise le besoin qu'a mon loup de faire justice en son nom. Son ex est un agacement plutôt qu'une véritable menace... pour le cœur de Sadie ou sa personne.

« Je ne sais pas, Deke. La dernière fois que tu as protégé une humaine, ça t'a valu une plainte pour coups et blessures. Et si on n'avait pas été là, tu aurais carrément tué ce type. Je ne dis pas que tu n'avais pas de bonnes raisons de le faire, mais...

— Je sais ! Je perds le contrôle. Mon loup devient agressif dans n'importe quelle situation.

— Je n'aimerais pas que cette gentille instit' voie cette facette de toi un jour, c'est tout », dit Lance d'une voix douce.

Un grondement bas fait vibrer ma poitrine. Je crois vraiment que mon loup gronde à l'idée d'effrayer Sadie. Si ça arrivait un jour, c'est vrai que j'aurais envie de me mettre des baffes.

« Je ne toucherai pas à l'ex. Mais je ne refuserai pas de rendre service à Sadie. »

Je n'en serais pas capable.

Je culpabilise un peu de partir quelques jours alors que l'équipe essaie de découvrir comment nous nous sommes fait griller en Suisse. Mais pour l'instant, j'ai l'impression que nous pourchassons des ombres. Et Sadie a besoin de moi.

Un poisson mord à la ligne. Lance sort une truite arc-en-ciel frétillante de l'eau.

Je pousse un murmure appréciateur. S'il en attrape encore quelques-unes, nous pourrons tous manger du poisson ce soir. Il extrait l'hameçon avec délicatesse, puis dépose le poisson dans un filet dans l'eau. « Je capte, dit-il. Mais sois prudent. J'aime bien Sadie... »

Mon grondement féroce l'interrompt.

« Pas de cette façon, se hâte-t-il d'ajouter. Pas du tout. Mec... je ne parle pas de ça. Je ne sais pas si tu y arriveras. »

Merde. Il a peut-être raison. Mais annuler n'est pas une possibilité.

« J'y arriverai, dis-je avec conviction. Sadie ne risquera rien avec moi. »

Chapitre sept

Sadie

Le jour du départ pour le mariage, je me sens anxieuse. Mes amies savent qui m'accompagne, mais pas [2]mon père ni Scott. Ce dernier s'est démené pour que j'accepte de faire la route avec lui. Je savais que si j'avais informé Scott, il se serait précipité pour le raconter à mon père. Je n'avais pas envie de recevoir une montagne de jugement sur la tête parce que je fréquente quelqu'un que mon père qualifierait de marginal.

La journée s'annonce belle et ensoleillée. Je prends une longue douche, puis me rase les jambes. Je n'ai pas besoin de courir à la maternelle ; je peux prendre mon temps. J'ai laissé le plan des cours à la personne qui me remplace. Tant qu'elle a de l'expérience avec les jeunes enfants, tout devrait bien se passer dans ma classe.

Après un instant de réflexion, je rase d'autres zones. J'ai mis de beaux sous-vêtements dans ma valise. Je me raconte que j'ai pris les strings en soie pour que ma culotte ne soit pas visible sous ma robe de demoiselle d'honneur. *Mais oui, bien sûr.* Mes ovaires ne sont pas dupes.

Pour la route, je porte un pull, un legging et ma jolie paire de bottes doublées en fourrure synthétique grise dont je me sers pour randonner. Plusieurs chemins de randonnée privés partent de l'hôtel. Je suis sûre que Deke et moi aurons le temps de nous éclipser pour en parcourir quelques-uns. J'ai l'impression qu'il aime la nature. Je me souviens à quel point c'était agréable lorsqu'il m'a emmenée jusqu'au pont sur sa moto.

Si nous passons du temps en tête à tête, me réclamera-t-il quelque chose pour m'avoir rendu service ? Me demandera-t-il un baiser... ou quelque chose de plus ?

Je suis sûr qu'on peut s'arranger.

Je devrais peut-être lui demander de m'embrasser, tout simplement. Lui dire ce dont j'ai envie. Je serai claire sur le fait que je n'attends rien de sérieux. Je sais qu'il ne s'agit pas vraiment d'un rencard. Il me rendrait un autre service, voilà tout. Il y a un spa et un jacuzzi extérieur à l'hôtel. J'ai pris un bikini au cas où.

Et je ne laisserai pas Scott gâcher nos bons moments. J'espère qu'il me fichera la paix tout le weekend une fois qu'il aura vu que Deke est avec moi.

« Tu ne veux pas jouer ? » lance une voix effrayante dans le coin de la pièce. Je sursaute et me retourne d'un bloc. Ce n'est que le fichu *jackalope*. Il fonctionne mal depuis quelque temps. Je l'ai ramené chez moi parce qu'il se déclenche n'importe quand sans avoir été touché. Je n'aurais sans doute pas dû l'acheter sur un site de jouets à l'enseigne inconnue.

Le rugissement d'un moteur dans la rue me tire un frisson. *Deke.* Je balance le *jackalope* dans le placard de ma chambre et prends ma valise.

Deke conduit une grosse Mercedes noire carrée avec un moteur aux performances augmentées. Comme sa moto, l'engin vrombit bruyamment. Deke est déjà sorti du véhicule et le contourne pour me rejoindre. Il porte sa tenue de biker habituelle : de grosses bottes, un T-shirt délavé et un jean noir, ainsi qu'un sourire en coin qui en jette. Bien sûr, il n'a pas changé de style vestimentaire pour le weekend.

Oh, mon Dieu. Je suis dingue de l'avoir invité à m'accompagner. Tous les invités du mariage vont penser que j'ai perdu la tête.

Est-ce le cas ? Peut-être. Mon string rose sexy est déjà mouillé. Je manque de lâcher mes clés, mais par miracle, je parviens à verrouiller la porte, puis je cours à la rencontre de Deke.

« Deke. » Je suis beaucoup plus petite que lui. Je dois me dresser sur la pointe des pieds pour le saluer. Je lui enlace le cou. Parce que suis contente de le voir, à tel point que c'en est absurde. Parce que j'ai envie de le remercier de me rendre ce service.

Il se raidit un instant, et je comprends que j'ai dépassé les bornes. Il ne s'agit pas d'un véritable rencard, bien sûr. Je ne devrais pas me comporter de façon si amicale. Mais sa grande main m'enveloppe alors la nuque. Deke m'attire contre lui et m'embrasse. Juste devant ma porte. En plein jour, devant mes voisins. Et dès que mes lèvres sont pressées contre les siennes, je m'en fiche. Sa bouche est tiède contre la mienne. Ferme et dominante, mais pas autoritaire. Son haleine est légèrement mentholée.

Il me fait basculer en arrière et me déséquilibre un peu. Sans réfléchir, je lâche ma valise et m'accroche à ses énormes biceps pour ne pas tomber. Son sexe gonflé dans son jean tressaute contre mon ventre.

J'annulerais volontiers le séjour pour que nous puissions

rester ici à nous rouler des pelles. Il finit par détacher ses lèvres des miennes. Au lieu de reculer, il appuie un moment son front contre le mien.

« Sadie. » Sa voix grave vibre à travers mon corps. Au soleil, ses yeux sont vert vif. Mes ovaires sont dans tous leurs états.

Il fait un pas en arrière et m'aide à me redresser, puis il ramasse ma valise sans ôter son autre main de mon dos.

Waouh.

Une fois dans la voiture, je me sens à bout de souffle. Deke s'est installé derrière le volant après avoir posé ma valise dans le coffre. Il m'a aussi tenu la portière et aidée à attacher ma ceinture. Ce qui est une bonne chose, parce que je me sens fébrile après ce baiser. Mon cœur bat encore à tout rompre. Mes ovaires ont perdu connaissance. « On devrait s'entraîner à faire comme si on était ensemble, juste au cas où on nous pose des questions.

— S'entraîner... ouais, si tu veux. » Il démarre son véhicule tout-terrain et nous partons. Quelques minutes plus tard, nous filons en direction de l'autoroute.

Tout en essayant de retrouver mes moyens après ce baiser, j'insiste : « Je pense que c'est une bonne idée. Les gens là-bas me croiront encore en couple avec Scott. On va devoir leur donner des explications.

— Il y aura un quizz ?

— Peut-être. » Cette idée me fait froncer les sourcils. « Ils connaissent tous Scott. Ce sont des gens comme lui. »

Deke grogne. Je me sens encore plus malheureuse. Jenn est une bonne amie, mais... et si les autres prenaient le parti de Scott ? Ils ont cette façon caractéristique des membres de la haute société de se montrer méprisants et condescendants tout en restant d'une politesse à toute épreuve. Ils dissimulent des lames de rasoir acérées sous leurs polos et leurs sourires étincelants.

« Sadie. » Je me rends compte que je regarde par la fenêtre sans ciller. La vitre reflète mon expression inquiète. Deke pose la main sur mon genou et le serre. « Détends-toi. »

C'est ce que je fais. Je m'installe plus confortablement sur le siège moelleux. Pour un robuste véhicule militaire, l'intérieur est plutôt chic.

« Et on peut s'entraîner, si tu veux. Pas de problème. » Sa voix paraît plus grave que d'ordinaire. Il serre mon genou encore une fois. Le désir m'envahit.

« C'est en forgeant qu'on devient forgeron », dis-je d'une voix suraiguë. Si les amis de Scott n'approuvent pas mes choix de vie, quelle importance ? Deke me protégera. Un côté rebelle en moi, dont j'ignorais jusqu'alors l'existence, se réjouit à l'idée de choquer tout le monde au mariage ce weekend.

Et qui sait, quand nous serons en privé, mon comportement me choquera peut-être moi-même.

Je frissonne et remue discrètement les fesses.

« Tu as froid ? » Deke allume le système de chauffage des sièges. Il augmente la température dans l'habitacle, puis s'assure que de l'air chaud souffle dans ma direction.

« C'est bien, merci.

— Tu es sûre ? J'ai une couverture à l'arrière. » Il passe le bras derrière mon siège, cherche un instant et me tend une bouteille d'eau. « J'ai aussi pris de quoi grignoter.

— C'est vrai ? » Mince, il est si attentionné. « C'est parfait, merci. Je retire ce que j'ai dit. Tu n'as pas besoin d'entraînement. Tu es déjà un faux petit ami parfait. Bien meilleur que Scott.

— Ce ne doit pas être difficile, lâche-t-il avec mépris. J'ai du mal à imaginer ce mec faire attention à quelqu'un d'autre que lui-même. » Il active son clignotant avant de s'insérer sur l'autoroute pour sortir de la ville. « Chérie, ça ne me regarde pas, mais... qu'est-ce que tu lui trouvais ?

— Je me pose la même question. Je crois que je suis sortie avec lui parce que c'est ce que souhaitait mon père. Et je crois qu'il n'était avec moi que pour se mettre dans les petits papiers de mon père.

— Tu ne le portes pas vraiment dans ton cœur, alors ?

— Non. Je crois que j'ai essayé de me persuader que je l'aimais, mais... ouais. Je ne pense pas que c'était de l'amour. Je n'avais pas envie de faire de vagues avec une rupture, c'est tout. Donc, c'était un soulagement quand il m'a trompée.

— Pardon ? Il t'a trompée ? » Deke est incrédule, comme si j'étais une espèce de déesse du sexe dont aucun homme ne se détournerait jamais.

« Ouais. Mais comme je l'ai dit, j'étais contente. J'avais une bonne raison de faire ce qu'au fond, je savais que j'aurais dû faire deux ans plus tôt.

— Tu es proche de ton père ?

— Pas du tout. Plutôt l'inverse, mais quand ma mère est partie, il a réclamé ma garde exclusive. Elle l'a laissé gagner, même si je voulais vivre avec elle.

— Ça craint, dit-il à voix basse lorsque je me tais.

— C'était il y a longtemps. Bon, accordons nos histoires. » Deke accélère dans la montagne. « Comment est-ce qu'on s'est rencontrés ? Que va-t-on dire ?

— La vérité. Je t'ai vue sur la place et j'ai eu envie de toi. »

Je rougis. « Tu as eu envie de me rencontrer, tu veux dire.

— Si tu veux », concède-t-il en dissimulant un sourire.

Un feu commence à brûler entre mes jambes. Je serre les cuisses et m'éclaircis la gorge. « Je t'ai vu avec tes amis motards et j'ai eu envie de te rencontrer, moi aussi. Pour notre premier rencard, nous sommes allés nous promener sur ta moto. Puis tu m'as ramenée chez moi, mais tu t'es comporté en parfait gentleman.

— Chérie. Ne leur dis pas ça. » Il a l'air peiné.

« Mais tu es un parfait gentleman, c'est la vérité. Et tu as une moto, ainsi que le genre de voiture dont parlent toutes les chansons de rap. »

Cette fois, il sourit vraiment. « Tu écoutes du rap ?

— Pas beaucoup. Avant, je croyais que *Dawg* était un rappeur que connaissaient tous les autres rappeurs. C'est te dire à quel point je m'y connais. »

Il faut un long moment à Deke pour cesser de rire. Je l'ai peut-être encouragé en ajoutant que j'ai aussi longtemps cru que *Slim Shady* était un ami d'Eminem.

« Donc, c'est décidé, dis-je quelques heures plus tard lorsque notre voiture entre dans le parking de l'hôtel. C'est notre histoire. On s'y tient, et tout se passera bien. » Mais quand nous nous garons près du chalet, je sens mon sourire se figer sur mes lèvres. Une tonne de voitures luxueuses sont emportées par des valets. Des Porsche, des Land Rover et même une Maserati. Beaucoup d'argent, des voitures rapides, des gens dans des tenues hors de prix qui boivent trop et font semblant d'être importants... c'est l'univers de mon père. Il se frotterait les mains devant tous ces potentiels contacts professionnels. Pour lui, ce mariage serait une opportunité en or pour se faire des relations.

Aucun doute, Scott en profitera pour glaner des contacts parmi les invités. Je peux presque l'entendre me sermonner et me dire comment me comporter afin qu'il puisse faire bonne impression. À ce souvenir, mes épaules se crispent et remontent au niveau de mes oreilles.

Scott voulait une parfaite femme au foyer, et il a toujours été clair sur le fait que je ne répondais pas vraiment aux critères. J'ai toujours été un peu à côté, trop sincère, trop excentrique, trop moi-même. Mon père et Scott ont toujours essayé de lisser ma personnalité. Ils m'ont écrasée, mais j'ai toujours redressé la tête.

Comme une carpette.

Je sors de la voiture avant que Deke ne puisse venir m'ouvrir la portière.

Il prend ma petite main dans la sienne. « Relax. Ça va aller.

— Bien sûr. » Mais mon calme est aussi illusoire que notre couple.

* * *

Deke

Je ne sais pas depuis quand je ne m'étais pas senti aussi léger. Sadie me fait rire. Merde, elle est vraiment adorable.

L'hôtel se trouve au pied des monts Sangre de Cristo. Je pourrais peut-être m'éclipser pour aller courir. Pour me délester d'une partie de tout ce désir accumulé. J'adorerais y aller tout de suite, mais Sadie est trop stressée. L'instinct de la protéger est si fort que je ne me maîtrise presque plus. Ce qui pourrait se solder par une catastrophe.

Lance avait raison. Je risque de péter les plombs si Sears s'approche d'elle.

Et je ne survivrais pas à ce meurtre. Rafe devrait m'abattre pour de bon.

Je passe un bras protecteur autour des épaules de Sadie

pendant que nous traversons le hall d'entrée. Elle s'appuie presque inconsciemment contre moi. *Victoire*. Lorsque nous arrivons devant le bureau de l'accueil, elle sourit de nouveau. Un sourire sincère, pas cet horrible rictus pincé qui jurait avec l'anxiété dans son odeur.

Ma présence semble la détendre. J'essaierai peut-être d'autres manières de la relaxer. Si elle me laisse faire. Je dois voir ça comme un boulot. J'ai une mission : être le faux petit ami de Sadie. La protéger de son ex. Je ne suis pas ici pour copuler avec elle, en dépit de ce que mon loup a l'air de penser.

« Nous aurons besoin d'une chambre supplémentaire, dit-elle au réceptionniste. Je vous ai appelé tout à l'heure.

— Je suis navré, mademoiselle, mais nous sommes vraiment complets. » L'homme me regarde. Je serre l'épaule de Sadie plus fort.

Elle me jette un coup d'œil. « Mais ce n'est pas ce que vous avez dit quand j'ai téléphoné. »

Je garde le silence tandis que Sadie et le réceptionniste essaient de trouver une solution. Pendant ce temps, mon loup saute de joie. Ça ne le dérange pas de partager une chambre. Ou un lit. Merde, il avait hâte que ça arrive. Mais ce n'est pas lui qui doit se retenir. S'efforcer de ne pas revendiquer Sadie à l'instant où je serai seul avec elle. De ne pas plonger mes dents dans sa chair au parfum délicieux pour la marquer comme mienne de façon permanente.

« Deke, je suis désolée. Il n'y a qu'une seule chambre, dit-elle en se mordillant la lèvre.

— Pas de souci, chérie. » Je passe le pouce sur sa lèvre inférieure. Ses pupilles se dilatent, et le désir teinte son odeur. « Ça va le faire. »

C'est toi que je vais me faire. Mon sexe est raide dans mon jean.

« Et puis, c'est bien, non ? Sinon, les gens vont se poser des questions sur notre couple. Comme ça... ils croiront qu'on est ensemble. » Je ravale ce que j'étais sur le point de dire. *Ils sauront que tu es à moi.* Mon loup a envie de hurler la nouvelle à en faire trembler les poutres du chalet. Je vais devoir fournir de gros efforts pour le contenir. Surtout si nous dormons dans la même chambre.

« Tu as raison. C'est une bonne chose. Ça va. Tout va bien. »

Je décris un petit cercle dans le bas de son dos pendant qu'elle tente de s'en convaincre. Je déteste la voir aussi stressée. Elle soupire et se tourne vers moi. Je l'enlace sans réfléchir, comme si mes bras étaient faits pour ça. Je serre les dents et croise les doigts pour que mon érection ne lui transperce pas le ventre. Mais tout ça en vaut la peine quand je sens Sadie fondre contre moi.

En un murmure, je demande contre ses cheveux : « Tu te sens mieux ?

— Oui. Merci. » Elle lève la tête pour me sourire. Putain, je meurs d'envie de l'embrasser, là, tout de suite, devant tout le monde. Le problème, c'est que je ne m'arrêterais pas à un baiser.

« Sadie... » Mes muscles se raidissent tout à coup lorsque je sens une bouffée d'eau de Cologne de sac à merde. Peu importe le nom du parfum écœurant de l'ex de Sadie. Je regarde par-dessus la tête de celle-ci. En effet, Scott Sears s'approche d'une démarche arrogante dans sa tenue BCBG.

J'ai à moitié envie de jeter Sadie sur mon épaule et de monter en quatrième vitesse dans notre chambre. Et à moitié envie de virer Scott de l'hôtel. Ses chaussures de marche ont l'air de coûter un paquet de pognon, mais n'ont jamais été portées. Elles n'ont pas la moindre tache de boue.

Combien de temps ce trouduc survivrait-il à un trek en pleine nature ? Mon loup a envie de le découvrir en le pourchassant à travers la montagne.

« En approche. Accroche-toi à moi », dis-je à Sadie à voix basse.

Elle fronce les sourcils, mais son bras se resserre autour de ma taille. Je la serre contre mon flanc, nichée sous mon bras. Merde, elle y a parfaitement sa place. Puis elle voit de qui je parle.

« Oh.

— Tu peux y arriver. » Je frotte le nez contre ses cheveux.

« Sadie ? » Scott nous remarque devant l'accueil. Son regard voyage entre elle et moi. Des émotions traversent son visage en une progression comique : de la surprise, de l'agacement, de la colère... puis elles se cristallisent en une fausse jovialité. « Quel plaisir de te voir. » Sa voix est décontractée, mais il ne me regarde pas, et son odeur est toujours teintée de colère.

« Oui, j'ai pris ma journée. Deke a conduit. » Elle se tourne vers moi pour poser la main sur mon torse, puis m'adresse un petit sourire que je ne peux m'empêcher de lui rendre. « C'était un super voyage. Il l'a rendu parfait. »

On dirait que Scott a senti une odeur de charogne. Son sourire forcé s'efface quelque peu.

« Merci, chérie. » Je la serre contre moi et baisse la tête pour inspirer son doux parfum. Elle est totalement sincère. Puis son odeur se modifie quand elle se tourne de nouveau vers Scott. Je crois qu'elle culpabilise un peu vis-à-vis de lui.

« J'espère que ce ne sera pas trop bizarre entre nous.

— Non, non, se force-t-il à répondre. En fait, je vois quelqu'un d'autre. Elle est mannequin. Elle essaie de se libérer pour me rejoindre.

— Oh, c'est merveilleux ! » Pas une trace de jalousie dans l'odeur de Sadie. Seulement du soulagement.

En revanche, Scott ment. Il sort son portable et le secoue. « Euh, je dois répondre, dit-il, bien que le téléphone ne sonne pas. On se voit ce soir ?

— Oui. » Sadie le salue de la main, puis je l'entraîne vers le grand escalier. Un porteur a déjà monté nos valises dans notre chambre.

Je me retourne pour regarder Scott pendant que nous montons les marches. Il s'est isolé dans un coin du hall d'entrée. Courbé en avant, il est au téléphone. Il appelle sans doute un service d'escortes pour essayer de se trouver quelqu'un pour le weekend.

Un point pour le loup métamorphe taré.

Chapitre huit

Deke

Notre chambre est lumineuse et spacieuse. La fenêtre donne sur les montagnes qui s'étendent à deux pas. Je suis soulagé. Je pourrai peut-être m'éloigner assez pour muter et laisser courir mon loup. Ça nous défoulera. Passer trop de temps avec des humains me met à cran. Sans parler de la tension sexuelle.

Mais alors que j'envisage de partir courir, mon loup résiste.

Comme s'il était réticent à s'éloigner de Sadie, même une minute. Le besoin de la protéger surpasse tout le reste.

Je reste à la fenêtre pendant que Sadie se déplace à travers la chambre pour ranger ses affaires. Pour une personne si menue, Sadie prend dix fois plus de place qu'on ne pourrait s'y attendre. C'est son odeur, son énergie solaire et son sourire. Le reste est composé de vêtements. Elle a apporté beaucoup d'habits pour un séjour de quatre jours.

« Ça s'est bien passé », dit-elle entre deux allers-retours entre la salle de bains et la chambre pour répandre ses affaires partout. Heureusement que la pièce est grande. Le lit king size au cadre en bois rustique devrait être assez robuste pour supporter l'énergie que je serais capable de déployer.

Je secoue la tête pour en chasser cette pensée. Nous nous trouvons dans la même chambre, mais je resterai un gentleman. Je dormirai par terre.

Sauf si elle fait le premier pas, proteste mon loup.

« Je pense que tout devrait bien se dérouler, ce weekend. À mon avis, comme tu es là, Scott me laissera tranquille.

— Il a intérêt », dis-je en grognant. Je déteste l'entendre prononcer son prénom. Il ne mérite ni son temps ni son attention. *Et moi non plus,* suis-je forcé de me rappeler.

Sadie plisse le nez. « Tu crois qu'il a vraiment une nouvelle copine ?

— Non. » Je me détourne de la fenêtre et décroise les bras pour avoir l'air moins intimidant.

Sa bouche tressaille, et de l'amusement pétille dans ses yeux. « D'après toi, il mentait ? »

Elle fait si facilement confiance. C'est mignon. Le problème, c'est que les connards comme Scott en profitent. Je la regarde avec douceur. « Chérie.

— Oh. Ça ne pouvait pas être si simple, j'imagine. » Elle recommence à se mordiller la lèvre.

Quelqu'un toque à la porte. « Service de chambre », annonce une voix polie dans le couloir.

Même s'il ne s'agit sans doute pas d'un danger, je gagne la porte avant que Sadie puisse me précéder. Mon besoin de jouer les gardes du corps est au max.

L'employée hausse les sourcils lorsque son regard tombe sur mon torse. Elle doit lever la tête pour trouver mon visage. « Sadie Diaz ?

— Oui », répond-elle derrière moi.

La femme lui montre un plateau de fraises enrobées de chocolat. Un message les accompagne. « De la part de votre admirateur secret », s'extasie la femme. Elle me lance un clin d'œil comme si je les avais commandées.

Merde. Je n'y ai pas pensé. Je crois que je ne savais même pas que ça se faisait jusqu'à maintenant. Mais Sadie les mérite, aucun doute là-dessus. Même si elles ont été envoyées par son trou du cul d'ex.

« Oh. Génial », marmonne-t-elle en m'adressant un regard d'excuse.

Je prends le plateau et ferme la porte.

Sadie ouvre la carte et lit le message à voix haute : « *Profite bien de ton séjour. Discutons bientôt.* »

Je tente de me retenir de gronder.

« Beurk. C'est tellement typique de Scott. Il n'insiste pas de façon ordinaire. Il étale son fric, il installe des applis sur mon portable et il ne me laisse pas tranquille même quand je viens ici avec toi. C'est évident qu'on est ensemble, pourtant il ressent le besoin de prouver qu'il est le meilleur, avec un plus gros compte en banque ou je ne sais quoi...

— Hum. Il est courageux. Il croit que je ne lui arracherai pas les bras s'il drague ma fausse petite amie ? »

Sadie rit à voix basse. Une partie de sa nervosité la quitte.

Je traverse la chambre pour prendre son visage entre mes mains. « Hé. Je ne le laisserai pas s'approcher de toi.

— Merci. Je suis vraiment contente que tu sois venu avec moi. Je redoutais ce weekend, mais maintenant...

— Maintenant, quoi ? » Je ne sais pas pourquoi, mais sa réponse paraît importante. Critique pour la mission, même.

Elle pique un fard et hausse les épaules. « On dirait qu'il pourrait s'avérer amusant. »

Mon sexe appuie contre ma fermeture éclair. Moi aussi, j'ai prévu des choses amusantes dans mon planning.

Pour Sadie, bien sûr. Je ne suis pas ici pour moi. Tout ceci fait partie de la mission.

Et si dans le cadre de cette mission, je dois donner des orgasmes à Sadie Diaz jusqu'à ce qu'elle hurle, qu'il en soit ainsi.

* * *

Sadie

Quelqu'un frappe de nouveau à la porte. J'ouvre et salue l'employé qui vient apporter un panier de bienvenue de la part des mariés. Il me rappelle que la réception de bienvenue aura lieu à dix-sept heures. Je le remercie.

« On nous a apporté un panier, dis-je en le posant sur la table pour l'ouvrir. Oh, super, il y a tout notre emploi du temps pour le weekend. » Je mets les documents de côté. Le reste du panier n'est composé que de petits cadeaux. Comme une ringarde, j'énumère chaque objet. « Nous avons reçu du champagne et des verres gravés à la main. » Il est inscrit : *J'aime me plaindre en buvant du vin.* Lorsqu'elle se trouve à Taos, Jenn participe à nos réunions du mercredi. « Un joli petit sac blanc avec une broderie *demoiselle d'honneur*, des chaussons... je pourrai les mettre pour la journée au spa. » Je jacasse sans m'arrêter, mais Deke m'écoute.

« J'essaie d'anticiper comment ça va se passer, c'est tout, dis-je en poussant un gros soupir.

— Quoi donc ? » Deke se tient juste derrière moi, ce qui couvre ma peau de chair de poule.

« Ce weekend. Le mariage. J'ai besoin de structure, Deke. J'ai besoin d'un plan. »

Il penche la tête de côté et me fixe un moment de ses yeux noirs. Puis il dit : « D'accord.

— D'accord.

— Vas-y, explique-moi tout, m'invite-t-il avec un geste de sa grande main.

— Vraiment ? Tu ne vas pas me dire de ne pas me prendre la tête ? » Il me paraît ce genre de mec.

« Il s'agit de notre mission. On ne part jamais en mission sans un plan. Bien sûr, quand les choses tournent mal, il faut improviser. »

J'ouvre la chemise de documents. « Le mariage est organisé autour du thème rustique romantique. Et le code vestimentaire... style montagne-chic. » Je me tourne vers Deke et lui demande sur un ton faussement sérieux : « Tes tenues sont-elles toutes montagne-chic ?

— Je ne sais pas ce que ça veut dire, mais j'en doute. » Il esquisse un sourire en coin.

Je le lui rends. Je me sens déjà mieux. Deke améliore toutes les situations.

« Bon, toutes les miennes le sont, ça ira. » Je me repenche sur l'emploi du temps. Le lit grince lorsque Deke change de position. Son poids fait pencher le lit, et je roule presque sur lui. Nous sommes à présent face à face, assez proches pour nous embrasser.

« Ça, c'est montagne-chic ? » demande-t-il à voix basse. Il touche mon petit haut.

Je sens son contact à travers mes vêtements. Mon bas-ventre se contracte. « Non, c'est *sportswear* chic.

— Ça non plus, je ne sais pas ce que c'est.

— Une tenue de sport un peu plus classe. J'ai aussi toute une armoire pleine de tenues institutrice-de-maternelle-en-repos-chic. Surtout des jeans, des ballerines et des cardigans. » Je m'approche de lui. Encore quelques centimètres et ma poitrine touchera son torse. Non que j'en sois intensément consciente. Pas du tout. « Je suis sûre que tous mes choix vestimentaires te passionnent.

— Peut-être bien. » Son haleine est chaude. Il suit le col de mon haut du bout des doigts. « Mais j'avoue que je m'intéresse plutôt à ce qui se trouve en dessous.

— Ah oui ? » Mes tétons durcissent. J'aimerais encore m'approcher, mais je grimperais sur lui. *VAS-Y !* crient mes ovaires. Ils tiennent un panneau sur lequel est écrit : *SAUTE SUR CETTE BITE.*

« Je dois avouer que ce n'est pas une mission habituelle, mais je suis de taille à relever ses défis uniques », dit-il avec humour.

J'éclate de rire avant d'éloigner l'emploi du temps. « Je sais que l'un de ces défis, c'est de supporter mon anxiété.

— Oh, je pense que je sais quoi faire pour ton anxiété », murmure-t-il. Je lui décoche un regard curieux, mais il se frotte le visage et détourne le regard, comme s'il regrettait d'avoir laissé échapper ce commentaire.

Le reste du panier contient des choses à grignoter et des échantillons de produits de soin. Je trouve aussi un message de Jenn et Geoff, qui me remercient avec d'être là pour le plus beau jour de leur vie, ainsi qu'un calendrier personnalisé avec des photographies de nous trois. Malheureusement, Scott est présent sur bon nombre d'entre elles. Pouah.

« Je n'ai jamais assisté à un mariage, grommelle Deke. C'est courant ?

— Hélas, oui. En moyenne, un mariage coûte dans les trente mille dollars. » Aucun doute, Jenn et Geoff dépensent bien plus.

« Merde. Tu feras ça ? demande-t-il en montrant le panier.

— Hum, faire quoi ? Utiliser les échantillons ?

— Te marier. Dépenser trente mille balles pour un mariage. »

Mon cerveau a un court-circuit. « Hmmmmm. J'ai envie de me marier. Un jour. Je veux des enfants. Et il y a de grandes chances pour que mon père insiste pour que j'organise un énorme mariage pour consolider ses relations professionnelles.

— On emmerde ton père, dit Deke avec une si belle nonchalance que j'ai envie de l'enregistrer pour le jouer en boucle sur un tempo. Ne te préoccupe pas de lui. De quoi as-tu envie ? »

Une image me vient tout à coup. Deke et moi nous tenons la main au sommet d'une montagne. Je porte une fine robe blanche, mignonne, mais simple. Deke est vêtu de sa tenue habituelle. Derrière nous, mes amies ainsi que les amis motards de Deke applaudissent. Rafe officie lors de la cérémonie. Une fois que Deke et moi nous sommes embrassés, tout le monde s'installe sur des tables de piquenique pour manger un barbecue. Simple. Décontracté. Beau. Je ressens une puissante envie de vivre ce moment. Des larmes emplissent mes yeux, parce que c'est tout ce que je désire.

Ouh là, trop intense. Deke m'a dit qu'il ne veut pas être en couple. Il ne peut y avoir qu'une aventure entre nous. Juste une aventure.

« Je préférerais quelque chose de plus décontracté, dis-je à voix basse. En plein air. Quelques amis, peut-être ma mère. Un mariage simple et un piquenique ensuite. C'est tout. » Après avoir rassemblé mon courage, je demande : « Et toi ? C'est quoi, ton mariage idéal ?

— Je ne me marierai jamais. C'est pas pour moi, chérie. » Mes rêves disparaissent sur un son de trombone dépité.

« D'acc', compris. » Je rassemble le contenu du panier.

Ce n'est pas un rencard, dois-je me rappeler. Mais il m'a embrassée. Il pourrait être mon garde du corps et mon plan cul. Le temps du weekend.

Je m'arrête, la bouteille de champagne à la main. J'envisage de l'ouvrir, mais il est un peu tôt pour boire. Je n'ai pas envie d'être pompette à la réception.

« Sadie, murmure Deke.

— Oui ? » Je ne le regarde pas.

« Le rêve d'avoir une petite famille et une jolie maison, ce n'est pas pour moi. »

Je fronce les sourcils. Il a de nouveau l'air triste. Je suis sur le point de lui demander pourquoi, mais le téléphone près du lit sonne. Je décroche.

« Sadie ! Tu es là ! » hurle la future mariée dans mon oreille. J'entends des cris perçants derrière elle. Jenn doit être avec les autres demoiselles d'honneur. À les entendre, elles ont déjà ouvert le champagne.

Je m'assieds sur le lit. « Je viens d'arriver.

— Rejoins-nous ! On est dans la chambre 404.

— Hum... » Je jette un coup d'œil à Deke. Je n'ai aucune envie de l'abandonner pour aller faire la fête avec les personnes qui participent à la cérémonie. « En fait, je suis un peu fatiguée. On se voit à la réception ?

— Bon, comme tu veux. Si vous ne pouvez pas vous lâcher avec Scott... » Elle glousse. Derrière elle, quelqu'un crie quelque chose que je ne comprends pas.

« À tout à l'heure. » Je me dépêche de raccrocher. Zut. Je dois prévenir Jenn que je ne suis plus avec Scott. Je pensais que Scott l'aurait peut-être dit à Geoff, et que Jenn le saurait déjà. J'imagine que c'était trop espérer.

« Zuuuuut », dis-je en gémissant. Je me rallonge sur le lit et me couvre le visage de mes mains. Est-ce trop demander que tout soit annulé pour que je puisse rester dans la chambre et séduire Deke ? Percer ses murailles et apprendre à le connaître ?

Apprendre à connaître sa bite, me soufflent mes ovaires. « Arrrrrrghhhh.

— Tout va bien ?

— Ces trucs me stressent, c'est tout. Je peux gérer vingt-huit élèves de maternelle agités, mais les évènements sociaux de ce genre me rappellent trop les soirées cocktails de mon père que j'ai dû endurer pendant mon enfance. Je préfèrerais largement rester cachée avec toi dans cette chambre. »

Un reflet vert brille dans les yeux de Deke. « Ouais ? » Il s'approche de moi. En dépit de sa douceur, sa démarche est celle d'un prédateur. Bon, c'est bien. Nous sommes peut-être sur la même longueur d'onde.

Oui ! Oui ! Mes ovaires portent des tenues de majorette et secouent des pompons.

« Je connais peut-être un moyen de te déstresser. » Sa voix grave est suggestive, mais à la manière dont il m'observe pour voir ma réaction, je devine qu'il tâte le terrain. Il n'est pas sûr.

Je monte à genoux sur le lit et lève la bouteille de champagne en une proposition. « J'ai peut-être besoin de tes services.

— Chérie. » Je me retrouve à plat sur le dos, les poignets rassemblés autour de la tête. Deke me prend la bouteille des mains et la pose sur la table de chevet.

Deke ! Deke ! Saute-lui dessus ! l'encouragent mes ovaires.

Il approche son visage à seulement quelques centimètres du mien. Je peux sentir son haleine mentholée. « Voilà comment les choses vont se passer. Je vais te déshabiller, t'attacher au lit et te lécher jusqu'à ce que tu hurles.

Et une fois que tu auras joui grâce à ma langue une bonne douzaine de fois, on descendra à cette fête et on fera tout ce qui est prévu. Ça te va ? »

Je jouis.

Sérieusement. Ça suffit. À la sombre promesse de Deke, mon sexe se contracte et une onde de plaisir me traverse de part en part.

Je bredouille en claquant des dents : « Le plan me plaît.

— Bonne fille. » Son sourire est carnassier.

Deke soulève mon haut et me l'enlève. Ma respiration devient tremblante. Le choc et l'excitation se mêlent et me transforment en une boule de nerfs frémissante.

« Deke… » Je n'ai rien d'autre à ajouter. Je crois que je dis juste son prénom comme un titre honorifique. Parce qu'il vient de s'élever au rang de dieu du sexe alors que je ne suis même pas encore nue.

Il passe les majeurs sous les lanières de mon soutien-gorge et les fait descendre sur mes épaules. Je les retire, puis me couvre la poitrine lorsqu'il baisse les bonnets du sous-vêtement. Mes mamelons picotent, et le désir alourdit mes seins.

« Mmm. Si jolie », gronde Deke en fixant mes tétons, qui apparaissent entre mes doigts. Il recouvre mes mains des siennes et me pétrit les seins. Déjà mouillée pour lui, je me trémousse sous son grand corps. J'ai envie qu'il se rapproche. Il retourne le bandeau du soutien-gorge pour l'ouvrir, puis me le retire.

« J'aime comment tu te touches, Sadie, mais j'ai besoin que tu me donnes tes poignets. » Il étire le soutien-gorge entre ses mains en le faisant claquer. Je comprends ce qu'il a l'intention de faire. Un autre mini-orgasme déferle sur moi. Je tends les bras, les mains jointes.

« Bonne fille. » Il enroule le soutien-gorge autour de mes

poignets, puis le noue. Après avoir examiné un instant la tête de lit contre le mur, recouverte de tissu, il se lève. En un clin d'œil, il retire un lacet de sa chaussure. Il le passe dans le soutien-gorge attaché autour de mes poignets, puis le fait glisser quelque part derrière le lit. Pour ce faire, il décolle le lit du mur comme s'il ne pesait rien. Pourtant, je me trouve aussi dessus. Un instant plus tard, j'ai les poignets au-dessus de la tête. Il noue le lacet de chaussure au lit.

Ses compétences en techniques de survie me font un effet dingue. Non qu'attacher une femme à un lit en soit une, mais on voit bien qu'il a fait partie des forces spéciales. Ça me met dans tous mes états. Une fois qu'il m'a attachée, il prend un long moment pour me dévorer du regard. Il a les yeux mi-clos, et un grondement bas fait vibrer son torse.

Je me tortille pour lui donner envie de se rapprocher. Il baisse les yeux sur mes tétons dressés, puis revient se placer au-dessus de moi et referme la bouche autour de l'un d'eux. Il lui donne un petit coup de langue. L'effleure de ses dents. Il entoure mon sein de sa main avec possessivité pendant qu'il fait glisser sa bouche vers l'autre.

C'est délicieux. Le paradis. Aucun homme ne m'avait encore touchée ainsi. Il est si agressif, et pourtant infiniment plus attentif que tous mes précédents partenaires.

Il saisit la taille de mon legging, le baisse et me l'enlève. Je ne porte plus que mon string aguicheur. Je suis bien contente de l'avoir mis.

Il pose un doigt sur ma cuisse, passe sous le tissu et remonte vers mon entrejambe. « Mmm. Il est très joli, Sadie. »

Un gémissement plaintif s'échappe de ma bouche.

« Tu l'as mis pour moi ?

— O-oui. » Mon sexe se contracte.

Un éclat vert scintille dans ses yeux. Il inspire par le

nez, presque comme s'il essayait de se calmer. « Merde, Sadie, lâche-t-il en empoignant son membre à travers son jean. Tu es une petite coquine, hein ?

— Mmm hmm. » Une nouvelle contraction. Je tire sur mes liens, juste pour le toucher, accélérer les choses.

Il passe le dos de sa main sur mon string. Je suis complètement trempée.

« Oui. S'il te plaît.

— S'il te plaît ? Putain, c'est trop mignon. » Mon string s'envole en un éclair.

Je me suis rasée ce matin, en ne laissant qu'une fine bande de ma toison. Quand il découvre le résultat, Deke gronde. « C'était pour moi ?

— Oui.

— Merde, Sadie. » Il m'écarte les genoux et me lèche de l'anus au clitoris.

Je crie et tire sur mes liens. C'est bon... si bon. Mais on ne m'a jamais léchée de façon si intime. C'est gênant. Et incroyable. Il me pénètre de sa langue, puis s'en sert pour écarter mes grandes lèvres avant de remonter de nouveau vers mon clitoris.

« Ohhh, oh ! Deke.

— C'est bien, chérie. Dis mon prénom quand je te fais jouir. » Il passe plusieurs fois la langue sur mon clitoris. C'est merveilleux. Et, très bientôt, insuffisant. Je remonte les hanches pour en réclamer davantage. « Écarte encore les jambes, chérie. »

Je m'exécute. Je les écarte tant qu'on voit bien que j'ai fait de la danse dans ma jeunesse.

« Il t'en fallait plus ? » Je ne sais comment, mais il lit dans mes pensées. À ma plus grande stupéfaction, il distribue plusieurs tapes vives sur mon sexe. Ce n'est pas douloureux, mais ça me surprend. «Tu aimes qu'on te frappe la chatte ? »

Oh. Mon. Dieu !

J'ai envie de me cacher le visage entre les mains. Parce que la réponse est oui. J'aime ça. Terriblement. Comment le sait-il ?

« Deke ! »

Il m'assène encore quelques tapes douces qui me rendent folle, puis il baisse la tête pour me lécher et me sucer de nouveau.

« Deke, oh, je t'en prie. » J'ai tant besoin de jouir... C'est si bon.

Il trouve exactement le bon endroit et colle la bouche contre mon sexe. Je jouis. Mes jambes s'agitent de leur plein gré, et j'ondule le bassin pendant que mon bas-ventre se contracte autour du vide.

« Et d'un. »

J'ouvre les yeux. Il compte sérieusement me donner plusieurs orgasmes, comme il l'a dit ?

Je ne peux nier que la scène est torride : je suis nue et attachée au lit. Il est habillé et garde un contrôle total sur la situation.

Deke me détache les poignets. Il s'allonge à côté de moi, puis nous fait rouler sur le flanc. Je me retrouve tout contre lui, mes petites jambes entremêlées aux siennes.

« Écarte les jambes, chérie. » Sa main revient déjà se glisser entre mes cuisses. *Oui !* Je dresse les hanches pour l'accueillir de nouveau. Il plaque sa paume sur mon sexe qui palpite toujours et le garde contre sa main rêche. De son index, il caresse l'entrée de mon sexe pendant que sa paume me frotte le clitoris. Ma lubrification naturelle trempe tout de suite son doigt. Mon corps a faim de ses caresses. Ses doigts sont énormes, mais l'un d'entre eux me pénètre peu à peu.

« Deke. » J'ai tout à coup l'impression de suffoquer. Son souffle chaud caresse mon oreille pendant que ses hanches remuent contre mes fesses. Lorsque son doigt calleux touche mon clitoris, une décharge de plaisir me traverse de la tête aux pieds. La sensation est si délicieuse qu'elle en est presque douloureuse. Je crie et fais pivoter mes hanches pour tenter de m'écarter, mais Deke me recouvre à demi. Impossible de faire bouger son bras aussi dur que la pierre. Et ses doigts qui glissent sur les lèvres mouillées de mon sexe sont si doux. Son index effleure mon clitoris, puis il baisse la main et me pénètre avec deux doigts.

Oh ! C'est ce dont j'avais besoin. D'être pénétrée. Je crie de plaisir et saisis son poignet pour l'encourager à s'enfouir plus profondément en moi.

« Merde, c'est ça. Prends, Sadie. Prends ce que je te donne. Prends tout ce dont tu as besoin. »

C'est si bon. Je rends les armes et permets au plaisir de monter, monter... au feu dans mon ventre de brûler plus fort.

« Deke ! » Mon cri semble alarmé, mais si j'ai peur, c'est seulement parce que je n'ai jamais ressenti un tel plaisir.

« Prends tout, Sadie. » La respiration de Deke est râpeuse dans mon oreille, presque comme s'il était aussi torturé que moi.

Des étoiles explosent sous mes paupières. Je jouis encore une fois entre ses bras. Il reste immobile, ne me laisse pas bouger. Il garde sa paume juste là, contre mon sexe, et le caresse jusqu'à ce que les contractions s'apaisent. Je remue follement les jambes sous la couverture et me tords entre ses bras, mais il me tient avec fermeté tandis qu'il me procure du plaisir, sous toutes ses exquises expressions. Quand la jouissance s'estompe, je suis toujours dans ses bras, bien au chaud.

Complètement béate.

Je suis couverte de sueur et je colle. Mes cheveux sont emmêlés de la meilleure des façons : grâce à du sexe. Je me lève pour me regarder dans le miroir. J'ai l'air d'une déesse au regard pétillant. Mes lèvres entrouvertes sont gonflées, les orgasmes m'ont rosi les joues.

Deke me suit, telle une ombre noire dans mon dos. Je m'appuie contre son torse. Il me prend dans ses bras, tout contre lui. Il m'a fait halluciner au lit et il n'a même pas enlevé son jean.

Son regard sombre danse dans le miroir. Son murmure me chatouille l'oreille. « Tu te sens mieux ?

— Oh, oui, dis-je en me retournant pour lui toucher le torse. Mais… et toi ? »

Ses yeux bruns ont l'air de changer de couleur, comme ils le font parfois. Ils prennent une vive teinte verte. Il se hâte de s'écarter avec une expression chagrine. « Ça va. »

Il n'a pas envie que je lui donne du plaisir. J'essaie de ne pas être déçue.

Ce n'est pas un rencard.

Toutefois, la taille de la bosse dans son jean me laisse perplexe.

* * *

Deke

Oh, merde.

Mes couilles sont pleines et douloureuses. Je suis tout à fait disposé à souffrir pour satisfaire Sadie. Putain, j'endurerais n'importe quel degré de torture pour garantir son confort et son bien-être ce weekend.

Mais ce serait beaucoup plus simple si elle ne semblait pas blessée que je refuse sa proposition de me rendre la pareille.

Merde ! Si seulement elle savait à quel point j'en ai envie. Je serais prêt à me couper les deux testicules en échange de sa petite main serrée autour de mon érection. Ou ces jolies lèvres douces. Mais mon loup devient agressif.

Il semble persuadé que Sadie est à moi. *À nous.* N'importe quoi.

Ce qui signifie que l'envie de la marquer commence à mettre mon self-control à l'épreuve.

Mon loup n'en a rien à foutre que je ne puisse pas la revendiquer.

Peu lui importe qu'aucun membre de notre unité métamorphe des forces spéciales n'ait le droit de prendre une compagne. Et moi encore moins. Je représente un grand danger pour une humaine. Je frissonne. L'idée de faire mal à Sadie si mon loup prenait le contrôle m'effraie réellement.

Cette pensée fait gronder mon loup de façon protectrice.

Oh, par le ciel. Je n'ai peut-être pas pris en compte mes limites quand j'ai accepté de venir ici.

Maintenant, je dois descendre interagir avec une salle pleine d'humains alors que mon loup est complètement sauvage. Je regarde par la fenêtre. Je me demande si j'ai le temps de sortir muter.

Mais non. Sadie a besoin de moi. Et elle est ma plus grande priorité.

Je dois endurer les traditions démentes qui entourent un mariage humain et surveiller mon loup de près. Et parler en faisant des phrases complètes. Et avoir l'air présentable.

Pour un mec qui fait partie de l'équipe qui a renversé des gouvernements entiers sur les ordres de son président, cette mission devrait être un jeu d'enfant. Pourquoi ai-je l'impression de ne jamais avoir participé à une opération plus difficile ?

Parce que je ne m'étais jamais tant soucié d'une opération.

C'est l'effet que me fait Sadie.

Lorsqu'il est question de danger, d'éliminer des ennemis, je gère. Même quand je perds le contrôle sur mon loup, il assure toujours. Le boulot est accompli, bien que la mission soit plus sanglante que prévu. Mais dans le cas présent, si je perds le contrôle et que mon loup marque Sadie, il pourrait la blesser. Il risque même de la tuer. Les humains sont des créatures fragiles. Il suffit d'entailler une artère, et elle...

Merde, je ne peux même pas y songer.

Et il y a aussi le problème de son ex. J'ai l'impression de me maîtriser, mais si mon loup perçoit une menace, même anodine, ça pourrait mal se terminer. Par un meurtre, par exemple.

Pendant que Sadie se déplace dans la chambre, je m'éclaircis la gorge et demande : « Je peux utiliser la douche ?

— Oui, bien sûr. Vas-y. » Elle m'adresse un sourire, le genre capable d'illuminer une pièce, et je me sens tomber un peu plus sous son charme.

Je m'oblige à entrer dans la salle de bains, où je me déshabille. Je me sentirai mieux une fois que je me serai masturbé en pensant à ma belle...

Non, pas la mienne.

Elle n'est ma belle rien du tout.

Elle représente une mission. Une mission que je ne ferai pas foirer.

J'ouvre l'eau froide et entre sous le jet glacé. Je suis prêt à tout pour réprimer le désir effréné qui me fait bourdonner les oreilles. L'eau froide n'a aucun effet sur la fournaise qui habite mon corps. J'approche les doigts de mon nez et inspire profondément. Ils sont toujours couverts du parfum de Sadie. Mon sexe gonfle et palpite. Je l'empoigne et me masturbe en me souvenant des cris incroyables de Sadie quand je l'ai fait jouir.

Douce Sadie.

Ma belle humaine.

Non, pas...

La mienne ! s'emporte mon loup.

Je le laisse faire. Juste un instant. Parce que des étincelles dansent déjà sous mes paupières et que mes cuisses commencent à trembler. J'étouffe le rugissement qui monte dans ma gorge et éjacule partout sur le luxueux carrelage.

Bordel, je me sens à peine mieux.

J'ai besoin de Sadie Diaz. Et ce besoin me consume.

Chapitre neuf

Sadie

Je porte une robe et des chaussures à talons pour la réception. J'ai l'air plus présentable après avoir dompté ma chevelure et mis mon collier de perles, mais mes joues sont toujours rougies par les orgasmes. Deke porte un T-shirt blanc propre et un jean noir bien coupé. Il enfile une chemise à manches courtes sans la boutonner ni la rentrer dans le jean. Je pense que pour lui, c'est l'équivalent de se mettre sur son trente-et-un. Avec sa carrure et ses tatouages, il réussit à avoir l'air tout aussi dangereux que lorsqu'il porte du cuir. Je ne m'en plains pas. Deke pourrait être le frère plus rebelle et dangereux de James Dean, ce qui me fait un effet dingue. Mes tétons sont durs sous mon corsage. J'ajoute un cardigan pour faire bonne mesure.

Quand nous entrons dans la salle où a lieu la fête, Deke attire quelques regards appuyés des membres plus âgés des familles de Geoff et Jenn. Sans prêter attention aux sourcils haussés, je vais saluer la mariée, qui tient sa cour dans un coin de la salle.

« Sadie ! » Jenn me prend dans ses bras. Le verre de champagne qu'elle tient à la main se penche, mais il est presque vide.

« Tu es rayonnante », me complimente Brigit, sa sœur. Déjà un peu éméchées, les autres demoiselles d'honneur se tournent pour me regarder.

« Toi aussi, dis-je à Jenn en lui rendant son étreinte. Tu es si belle.

— Toi aussi ! » Nous nous écartons et nous embrassons sans nous toucher les joues. Une bague dotée d'une énorme pierre et de diamants éblouissants est glissée à son doigt. Je prends le temps approprié pour admirer la bague de fiançailles et m'extasier. Elle a coûté plus cher que sa Jeep Wrangler.

« Et toi, qui es-tu ? » demande Laura à Deke. Il s'agit de la cousine aînée de Jenn, mais elle ne fait pas partie des demoiselles d'honneur. À sa manière admirative de le regarder, elle apprécie ses larges épaules autant que moi.

Je recule et pose la main sur le bras de Deke pour marquer mon territoire. « Oh. Mesdames, je vous présente Deke. Il est avec moi ce weekend. » Je me suis entraînée à prononcer cette phrase. Ce n'est pas mon petit ami, ni mon ami, ni mon partenaire. Mais dire qu'il *est avec moi* fait passer le message.

Les femmes le saluent en chœur en échangeant des regards entendus.

Brigit me donne un coup de coude dans les côtes et remue les sourcils d'un air approbateur.

« Du champagne ? » nous propose Jenn.

J'accepte une flûte. Deke refuse d'un geste. « Félicitations », dit-il de façon bourrue à Jenn. Elle rougit de plaisir.

« Merci. Comment est-ce que tu as rencontré Sadie ? »

J'ouvre la bouche, troublée. Avant que je ne me mette à

raconter n'importe quoi, Deke pose la main dans le creux de mon dos pour me donner de la force.

« On s'est rencontrés sur la place de Taos. Un vrai coup de chance. C'était le destin », répond-il. Il parcourt du regard les personnes présentes comme s'il les mettait au défi de le contredire.

Toutes les demoiselles d'honneur se pâment.

Mon cœur se serre. J'aimerais que ce soit vrai. Pas une invention.

« C'est merveilleux », déclare Brigit. Elle m'adresse un clin d'œil et articule en silence : « Waouh. » Je lui réponds d'un hochement de tête serein et bois une gorgée de champagne. Deke reste derrière moi, tel un renfort silencieux.

Dès qu'elle en a l'occasion, Jenn me prend à part. « Sadie, je suis vraiment désolée. Je croyais que tu étais toujours avec Scott.

— Non, ce n'est rien. On s'est séparés il y a quelque temps. Je ne voulais pas t'en parler pendant que tu organisais ton mariage. Désolée. J'espérais que tu l'aurais appris par Geoff, je crois.

— Oh, ma chérie, aucun problème. Mais je suis navrée, Scott est ton cavalier pendant toute la cérémonie. Oh, non ! Vous êtes dans la même chambre ? »

Elle se couvre la bouche, mais je la rassure.

« Non, j'ai appelé l'hôtel. J'ai ma propre chambre. Tout va bien. Ne t'inquiète pas pour moi. C'est ton grand weekend.

— Je sais ! » Elle crie et lève les bras. Le diamant scintille à son doigt. Lorsqu'elle le remarque, elle tend la main pour contempler la bague avec adoration.

J'essaie de ne pas m'inquiéter du fait que je devrai participer à la cérémonie avec Scott. Et dès que je regarde Deke, c'est le cadet de mes soucis.

À quelques mètres, le troupeau de demoiselles d'honneur rit à gorge déployée. Je regarde dans leur direction et le vois. Il dépasse d'une bonne tête les femmes hilares qui l'entourent. Mais c'est moi qu'il regarde, pas elles. Comme s'il était prêt à bondir pour venir à ma rescousse si Jenn décidait tout à coup de m'agresser. Il m'adresse un hochement de tête. Réchauffée par son geste, je lui souris en retour.

Deke est là. Tout se passera bien.

* * *

Deke

Je dois maîtriser une quinte de toux quand je sens de l'eau de Cologne de sac à merde.

Sans un mot, je m'éloigne des femmes éméchées. « Reviens vite ! » me lance l'une d'elles. Comme si j'allais regarder une autre femme alors que j'ai Sadie.

Je la rejoins et lui enlace la taille. « Tu m'as manqué, chérie », dis-je entre mes dents. L'humaine avec qui elle discute — la mariée — sourit jusqu'aux oreilles.

« Oh, à moi aussi.

— Vous êtes vraiment mignons ensemble, soupire la mariée. Ce qui me rappelle que je devrais aller voir ce que fait mon homme. On se voit au dîner ?

— Oui. » En dépit de la réponse de Sadie, je ne m'avance pas. J'imagine qu'il faudra bien manger à un moment, mais mon loup est déjà à cran dans cet espace confiné. Il y a trop de monde. Trop de bruit. Mon loup aimerait plutôt que je ramène Sadie dans la chambre et que je lui dévore la chatte en guise de repas.

La future mariée s'éloigne tranquillement. Sadie me donne un petit coup de coude. « Tu as vu ?

— Ouais. » Elle parle de la jolie fille au bras de Scott.

« Oh, mon Dieu, chuchote-t-elle. Il sort vraiment avec quelqu'un d'autre.

— Ou alors, il paie pour sa compagnie.

— Beurk, vraiment ?

— Ouais. »

Elle éclate de rire. Mon loup roule des mécaniques. Merde, je suis vraiment content qu'elle se fiche complètement de ce mec.

Scott nous voit et traverse la salle pour nous rejoindre. J'attire Sadie plus près de moi. « Qu'est-ce qui est arrivé à ses lèvres ? On dirait qu'une abeille l'a piquée.

— Ce n'est pas naturel. Sans doute des injections », me répond-elle à voix basse.

Elle boit une gorgée de champagne en regardant furtivement son ex approcher. « Je n'arrive pas à croire qu'il a engagé une escorte. Au moins, elle n'est pas deux fois plus jeune que lui. Pouah, qu'est-ce que je lui trouvais ?

— Aucune putain d'idée. »

Scott finit par arriver devant nous. Je me demande distraitement si Sadie protesterait si j'effaçais son sourire suffisant d'un coup de poing. « Sadie. Je te présente Elana. »

La femme me regarde de la tête aux pieds, puis elle me tend la main en se cambrant pour mettre sa poitrine en valeur. « Enchantée », dit-elle d'une voix rauque.

Je salue Elana de la tête et laisse Sadie lui serrer la main.

« C'est un plaisir de te rencontrer, dit-elle avec gentillesse. Tu sais sans doute que Scott et moi avons rompu le mois dernier. Je suis vraiment contente qu'il ait rencontré quelqu'un.

— Tant mieux pour moi.

— Oui, vraiment. » Sadie paraît rassurée. « Juste pour te

prévenir, je suis sa cavalière pendant la cérémonie parce que la future mariée croyait qu'on était encore ensemble. Mais Scott est tout à toi, ajoute-t-elle en faisant mine de le repousser des mains. Je n'en veux pas du tout.

— Compris.

— Bien ! On est tous adultes. Je n'ai pas envie qu'il y ait de malaise.

— Oh, je pense qu'on va tous bien s'entendre. » Elana me fait un clin d'œil.

Sadie remarque son geste et se rapproche de moi. Putain, j'adore ça. Elle me revendique. Elle n'a peut-être pas l'air d'une femelle alpha, mais elle en a le potentiel.

« Ma priorité, c'est de faciliter les choses à Sadie, dis-je en insistant sur son prénom.

— Ah, c'est vraiment mignon. On dirait que tu as trouvé quelqu'un de bien, déclare Elana à Sadie.

— Oui. Dis, tu veux du champagne ?

— Merci, j'aimerais beaucoup boire un verre », répond-elle avec un large sourire. D'un geste de la main, Sadie demande à Brigit d'apporter une flûte à Elana.

Le coin de la bouche de Scott est tordu en une grimace. S'il espérait voir Sadie et Elana se crêper le chignon, pas de chance pour lui.

Elles trinquent ensemble. « Aux mariages !

— Comment va tout le monde ? » Une femme qui a forcé sur le parfum se joint à notre groupe. À côté de moi, Sadie se raidit.

« Sadie, c'est toi ? » Lorsque la femme d'âge mûr à la chevelure parsemée de mèches blondes se penche pour inviter Sadie à lui embrasser la joue, une vague de son parfum intense manque de me faire tourner de l'œil. Je détourne la tête. J'ai envie de plonger le nez dans les cheveux de Sadie pour inspirer une bouffée d'air frais. Mon loup geint.

Sadie embrasse la joue de la femme, puis recule et tend le bras vers moi. Je lui prends la main. Elle la serre dans la sienne. « Madame Atkins, dit-elle sur un ton poli.

— Oh, appelle-moi Lacy. Tu fais pratiquement partie de la famille. Et Scott, te voilà ! » Lacy le salue. Il lui embrasse la joue à son tour. Elle regarde ensuite Elana, puis moi. « Et qui est-ce ?

— Lacy, je te présente Deke. Il m'accompagne ce weekend. Deke, je te présente la mère de Jenn. »

Scott se hâte de présenter à son tour sa cavalière. Lacy fronce les sourcils.

« Oh, vous avez rompu ? Sadie, quel dommage d'avoir laissé filer notre Scott ! dit-elle en enfonçant son index dans le torse de celui-ci. Et moi qui comptais m'assurer que tu serais au premier rang pour attraper le bouquet. J'étais sûre que vous seriez les suivants. »

Sadie grimace. La voix de Lacy est aussi forte que son parfum ; d'autres invités tournent la tête dans notre direction. Je dois cligner des yeux pour en chasser des larmes.

Un grand homme maigre avec une expression blasée permanente s'approche. Il s'arrête à côté de Lacy. « Que se passe-t-il ?

— George, tu te souviens de Scott et Sadie ? Voici les personnes qui les accompagnent, l'informe Lacy.

— Dans quel domaine travaillez-vous ? me demande-t-il.

— La sécurité. » Je ne lâche pas la main de Sadie. De toute manière, ce mec ne propose pas de serrer la mienne. Bien qu'il soit plus petit que moi, il parvient à nous prendre de haut.

« Vous êtes le garde du corps de Sadie ?

— Non, mais il en aurait l'étoffe », répond-elle avec un rire forcé. Je sens le stress dans son odeur. « Il a fait partie de l'armée. Et maintenant, il possède une entreprise de sécurité.

— Ah, je vois. Une start-up.

— Si les start-ups signent des contrats de plusieurs millions de dollars avec le gouvernement », dis-je en haussant les épaules.

Les yeux de l'homme lui sortent de la tête.

« On a une trentaine d'employés à travers le monde. » Je déteste révéler des informations, mais je le fais pour Sadie. Je ne laisserai personne la rabaisser. Dans ce concours débile de grosses bites, la taille compte. Celle de notre entreprise.

George me considère soudain avec un respect renouvelé. Sadie me regarde, impressionnée. « Trente employés ? Je ne le savais pas.

— Ah non ? demande Lacy, soupçonneuse.

— On vient de se rencontrer. » Sadie a l'air sur la défensive. J'aimerais pouvoir lui dire de se détendre. Ces gens n'ont aucune importance.

« Ton père est au courant ? » lui demande George. Elle pince les lèvres. Je ne sais pas pourquoi le commentaire la dérange, mais je me promets de le découvrir plus tard. Et de donner l'identité de George aux hackers que nous employons. Pour voir s'il a quelque chose à cacher. Comme ça, je pourrai le détruire s'il embête encore Sadie.

« Je déjeune toujours avec monsieur Diaz une fois par mois, intervient Scott. Il m'a donné d'excellents conseils pour le projet Denson. » Il commence à discuter de zones de permis de construire avec George. Les autres personnes restent plantées là, un peu mal à l'aise.

Pour tenter de changer de sujet, Sadie demande à Lacy : « Vous avez consulté l'emploi du temps ? L'hôtel propose toutes sortes d'activités amusantes. Il y a même une tyro-lienne ! »

Elana a l'air de s'ennuyer. « Vous n'auriez pas envie de vous joindre à nous pour la leçon de yoga du matin ? me propose Lacy. C'est en plein air, sur la terrasse inférieure. »

Ouah. Celle-là, je ne l'avais pas vue venir. La cougar est en chasse.

« Oh, je ne suis pas sûre que ce soit son truc », dit Sadie pour tenter de me sauver. Je lui serre la main.

« Si Sadie a envie d'y participer, ce sera un honneur.

— Vous êtes sûr ? C'est très tôt le matin. » À sa façon de poser la question, je sais qu'il s'agit d'un test. Je hausse les épaules.

« Ça ne peut pas être pire que l'entraînement au camp.

— Ah, oui, vous étiez militaire. Dans quelle branche ?

— Les forces spéciales, m'dame.

— Au moins, tu sais qu'il ne manque pas de discipline », dit-elle à Sadie sur un ton appréciateur.

Ouais. Tout juste assez de discipline pour me retenir de la jeter sur mon épaule et de la ramener dans notre chambre.

« Et j'adore un homme en uniforme. C'est un plaisir de vous rencontrer, Deke. J'ai hâte de vous revoir demain matin. » Lacy se redresse légèrement, d'une façon qui fait ressortir sa poitrine.

« Je pourrais avoir l'attention de tout le monde, s'il vous plaît ? appelle Brigit depuis l'entrée de la salle. La salle de restaurant est prête pour nous. »

Les invités commencent à sortir de la salle. Nous restons en arrière avec Sadie. Je ne le montre pas, mais je suis à cran. Je n'ai aucune envie de me retrouver dans une pièce encore plus petite avec ces personnes. Je n'avais pas autant parlé avec des humains depuis une éternité. Mon loup meurt d'envie de se détendre. Avec une baise ou un combat.

« Oh, mon Dieu, c'était horrible, marmonne Sadie. Je suis vraiment désolée.

— Chérie. » Putain, elle est si gentille. Je ne veux pas qu'elle s'inquiète pour moi. J'aimerais qu'elle arrête totalement de se faire du souci.

Nous suivons les invités en direction de la salle de restaurant, mais Sadie m'entraîne dans le couloir à côté. D'élégantes appliques murales diffusent une lumière tamisée. Elles doivent être là pour la déco, parce qu'elles font un boulot de merde pour éclairer quoi que ce soit.

« Ça va ? Je sais que tu n'aimes pas les foules.

— Tu as remarqué ? » Je reste interdit. Merde, je ne me débrouille pas aussi bien que je l'espérais sur cette mission.

Elle hoche la tête. Ses chaleureux yeux bruns étudient mon visage avec tant de compassion... « C'est un syndrome de stress post-traumatique ? demande-t-elle d'une voix douce.

— Ouais. » Je me passe la main sur le visage. Disons que c'est ça. Je déteste mentir, mais il est hors de question que j'explique à Sadie que je suis un loup métamorphe incapable de contrôler son animal.

Elle essaie d'ouvrir une porte, la pousse. C'est une salle de réunion vide et sombre. « Viens, dit-elle en m'entraînant à l'intérieur.

— Je vais bien, chérie. » Je n'aime pas la voir s'en faire pour moi alors que je suis censé lui rendre service. Mais elle déboutonne alors mon jean. De la chaleur explose sous ma ceinture.

Lorsqu'elle s'agenouille, je ne parviens plus à former la moindre pensée rationnelle. « Laisse-moi t'aider à te détendre. C'est la moindre des choses après ce que tu as fait pour moi.

— Sadie... » Je m'étrangle, mais j'ai déjà enfoui la main dans son épaisse chevelure sombre. Je suis incapable de lui dire qu'elle n'est pas obligée de le faire. De refuser le plaisir qu'elle offre avec une telle générosité.

Elle libère mon érection et lève la tête pour me sourire tandis qu'elle referme la main autour de mon membre. Je n'ai jamais rien vu de plus beau de ma vie.

Elle prend son temps pour faire tourner sa langue autour de mon gland. Je m'adosse lourdement au mur derrière moi. Mes jambes commencent à trembler. La fournaise s'intensifie.

Par miracle, je ne ressens pas la même agressivité abrutissante que lorsque j'étais allongé sur elle un peu plus tôt. J'avais l'impression que mes canines étaient sur le point de plonger dans sa chair pour la marquer comme mienne. Mon loup a l'air prêt à se contenter de recevoir.

Ce moment est un cadeau.

Sous ma nouvelle chemise achetée pour ce weekend, mon cœur bat à tout rompre. Je respire plus fort, mon sexe s'allonge et commence à décrire un arc. Il est plus dur que la pierre sous sa langue. Elle lève la tête. Son regard brun torride rencontre le mien, et elle ouvre ses douces lèvres pour me prendre dans sa bouche.

Je pousse un grognement étranglé. Mon poing se serre autour de ses cheveux. « Oh, Sadie, par le ciel. C'est si bon. »

Elle s'écarte, puis me prend plus profondément dans sa bouche. Répète l'action. Mes cuisses tremblent plus fort. Je ne l'aide pas, ne guide pas sa tête. Je lui laisse les commandes. Sa douceur me rend humble. Cette humaine est incroyable.

Gentille, belle, adorablement drôle. Même si être auprès d'elle est une torture constante, d'un autre côté, je ne me suis pas senti si léger depuis des années. Peut-être même depuis que j'ai rejoint l'armée, il y a une éternité. Je lui caresse la joue de mon pouce pendant qu'elle remue la tête au-dessus de mon sexe. Elle m'aspire dans le creux de sa joue et effectue de délicieux va-et-vient rapides. Sa langue veloutée tourne sous mon membre chaque fois qu'elle me prend dans sa bouche, et ses joues se creusent quand elle recule la tête.

Je vais mourir d'extase.

J'ai envie que ce moment dure toute la nuit, mais j'ai déjà besoin de jouir.

Je rejette la tête en arrière contre le mur et ferme les yeux pour retarder le moment fatidique, pour savourer un peu plus cet intense plaisir hédoniste.

Sadie continue à me sucer comme une pro. L'institutrice de maternelle s'est transformée en star du porno. J'ai envie de l'allonger sur le dos et de...

Non.

Non, pas ça.

Je ne peux pas la revendiquer.

En revanche, je compte bien lui rendre la pareille et la faire jouir avec ma bouche d'ici la fin de la nuit. Je la ferai crier assez fort pour faire trembler les murs de l'hôtel et sauter les plombs.

Ce qu'elle me fait est si bon que mon orgasme se rapproche trop vite. Des flammes brûlantes me lèchent le coccyx. Mes testicules se contractent. « Sadie... Sadie, je vais jouir », dis-je en un souffle guttural.

Elle ne s'arrête pas. Elle accélère, me suce plus fort. Ses beaux yeux de biche sont levés vers les miens, comme si elle souhaitait voir mon visage quand je volerai en éclats. Je perds tout à coup le contrôle. Je lui agrippe la tête à deux mains et lui baise la bouche. Une, deux, trois fois. À la quatrième, j'éjacule au fond de sa gorge.

Elle se fige.

Et avale.

La douce Sadie avale. Incroyable.

« Désolé », dis-je d'une voix rauque lorsque je comprends à quel point je lui ai manqué de respect. Je la lâche, mais elle ne s'écarte pas. Elle suce mon sexe, le nettoie, puis avale de nouveau. Après ce qu'elle vient de faire, le plaisir danse dans son regard.

Je lui caresse le visage et lui masse les oreilles sans réfléchir, oubliant qu'elle n'est pas une louve.

« Par le ciel. C'était incroyable, Sadie.

— C'est vrai ? » Elle s'essuie la bouche. Je me rhabille, puis l'aide à se lever.

Je ne peux m'empêcher de dire tout ce qui me passe dans la tête à voix haute. « Tu es incroyable. La meilleure pipe de ma vie.

— J'en doute, proteste-t-elle avec un petit rire ravi.

— Je le jure sur le ciel.

— Sur le ciel ? » Elle penche la tête et m'observe avec curiosité.

Oups.

« Je le jure devant Dieu, je veux dire. C'est ma famille qui a l'habitude de jurer sur le ciel », dis-je en la prenant dans mes bras. Je ne peux plus lui mentir. « Mes parents sont des hippies, des amoureux de la nature. Ils habitent dans le Vermont. Ce sont des pacifistes. Ils ont détesté que je rejoigne l'armée. » Je n'avais pas parlé d'eux depuis des années.

« Merci pour ce que tu as fait pour notre pays, murmure Sadie.

— Merde, tu es gentille. » Je caresse son joli profil du pouce et me penche pour l'embrasser. Mes lèvres effleurent les siennes. Je ne ressens plus la moindre agressivité. Cet incroyable orgasme l'a libérée.

Sadie se dresse sur la pointe des pieds pour me rendre mon baiser.

L'agressivité est de retour. Je lui maintiens la nuque et plaque mes lèvres sur les siennes avec plus d'insistance. Je lèche sa bouche. La revendique.

Des voix résonnent dans le couloir ; deux invités passent devant la porte en parlant du mariage.

Sadie s'écarte en souriant. « On devrait aller les rejoindre.

— Ouais. » Mais je n'ai aucune envie de bouger. « Je préfèrerais t'emmener dans la chambre pour te rendre le même service.

— Tu me rends service en étant ici avec moi, me rappelle-t-elle de la voix la plus séduisante qu'il m'ait été donné d'entendre. C'était ma façon de te remercier.

— Bon, d'accord. » Je baisse la tête pour lui chuchoter à l'oreille : « Mais j'ai encore besoin d'une chose.

— Quoi donc ?

— Enlève ton string. »

Ses pupilles se dilatent, et l'odeur de son désir emplit mes narines. « Hein ? Ici ?

— Hm-mm. J'ai envie que tu imagines ma bouche sur ton sexe toute la soirée. Que tu te prépares à ce que je vais te faire quand je te ramènerai dans la chambre. »

Un frisson la traverse, et son délicieux parfum s'intensifie. Elle jette un coup d'œil à la porte. D'autres invités rient et discutent dans le couloir, mais le son est de plus en plus faible, comme s'ils s'éloignaient. Mon ouïe métamorphe m'avertira si quiconque risque de nous interrompre. Je ne laisserai personne nous surprendre, mais Sadie l'ignore. Et je ne le lui dis pas. Le frisson du danger est la moitié du plaisir.

« Tu ferais mieux de te dépêcher. Quelqu'un pourrait venir nous chercher, dis-je, taquin.

— Oh, Seigneur. » Elle retire son string. J'aperçois sa jambe nue, puis sa robe retombe à sa place. Ses joues sont rose vif, de la même couleur que son string.

J'ouvre la main pour le réclamer. Après une seconde d'hésitation, elle laisse tomber la minuscule pièce de dentelle dans ma grande paume. Mon sexe palpite. Je ferme le poing en luttant contre l'envie de faire davantage.

Elle lève la tête pour me regarder. Tant de confiance dans ses yeux. « Deke ?

— Allons-y, chérie. » Après avoir fourré son string dans ma poche, je lui prends la main et l'entraîne vers la fête.

Dans le couloir, elle ne cesse de se retourner et de baisser les yeux, comme pour s'assurer que sa robe ne remonte pas. Je m'arrête juste avant que nous sortions du couloir et passe la main sur ses fesses en faisant mine de lisser sa robe. « Oh, mon Dieu, murmure-t-elle.

— Ne t'inquiète pas. Je ne te laisserai les montrer à personne. » Mon loup se ferait un plaisir de dégommer tous les hommes qui ont déjà vu Sadie nue. Je monterai la garde toute la soirée pour m'assurer que personne ne s'approche d'elle.

Personne ne touche Sadie, sauf moi.

J'empoigne une fesse nue sous la robe et la serre entre mes doigts.

« Oh, mon Dieu, répète-t-elle.

— Sois sage, et je te donnerai ta récompense plus tard. »

Chapitre Deux

S adie

Je ne sais pas comment je survis au dîner. J'ai l'impression d'avoir un néon géant au-dessus de la tête. *SADIE DIAZ NE PORTE PAS DE CULOTTE.*

Deke est le seul à le savoir. Et plus le dîner et les festivités avancent, plus je vois qu'il meurt d'envie de reprendre ce que nous avons commencé.

C'est la première fois de ma vie que je me sens sexuellement puissante. Tout a commencé quand je l'ai vu atteindre l'orgasme pendant que je le suçais. Maintenant, il me lance des regards torrides en grondant à voix basse. Lorsque je me penche pour rire avec lui au commentaire d'un invité, ma poitrine effleure son bras. Son bras dur et musclé.

Mais j'en paie le prix. Mes mamelons durcissent sous ma robe.

Je frotte ensuite mon pied contre sa longue jambe. Il la

déplace juste en face de moi. Puis il pose la main sur mon genou et fait peu à peu remonter ses doigts sur ma cuisse. Mon bas-ventre frémit. Je redoute de crier s'il atteint sa cible ; je retiens son poignet juste à temps. Sa main est si grande que ses longs doigts ne se trouvent qu'à quelques centimètres de mon sexe. Mon sexe nu.

Ma respiration redevient fébrile. Je me sens fiévreuse.

À côté de moi, Deke hausse discrètement les sourcils, mais à part ça, rien ne laisse deviner qu'il s'apprêtait à me doigter au beau milieu du dîner. De mon côté, je ne tiens plus en place. À la différence de Deke, je n'ai pas de mode séduction discret.

« Ça va, Sadie ? me demande Brigit, assise en face de moi à la table. Tu as l'air d'avoir un peu chaud.

— Très bien. J'ai bu un peu trop de champagne, c'est tout. Je vais aller chercher de l'eau, dis-je sur un ton étranglé en levant ma flûte.

— Tu as de l'eau juste là. » Elana me montre mon verre.

Je le prends et me lève. « Oh. C'est vrai. De l'air, je voulais dire. J'ai besoin d'air. » Je prends mon cardigan sur le dossier de ma chaise et m'éloigne de la table. Je prends soin de tenir l'ourlet de ma robe pendant tout le chemin jusqu'au balcon pour être certaine qu'elle ne remonte pas.

La nuit est fraîche, ce qui est parfait. Mes talons claquent sur le plancher. Je ne suis pas assez couverte pour rester dehors longtemps, mais j'avais besoin de sentir l'air frais et de voir le ciel criblé d'étoiles. Je prends une profonde inspiration, puis une autre.

Une ombre s'allonge alors à côté de moi. Je ne sais comment, Deke m'a suivie sans que je l'entende. Ses grosses chaussures n'émettent aucun son sur la terrasse en bois. Une discrétion totale.

Je me retourne vers la salle, mais personne n'a remarqué

qu'il est sorti sur la terrasse avec moi. Tous les invités sont attablés dans la salle de restaurant et discutent joyeusement entre eux.

« Toi, dis-je sur un ton accusateur.

— Moi. » Il me fait reculer jusqu'à la rambarde du balcon, puis me renverse en arrière et m'embrasse.

Une puissante chaleur envahit tout mon corps et m'enivre comme si je venais de boire une pinte de whisky. Lorsque je m'écarte de lui, les étoiles tourbillonnent au-dessus de ma tête. « Deke, dis-je, à bout de souffle. Quelqu'un pourrait nous voir.

— Qu'ils nous voient », grogne-t-il. Son début de barbe me picote la joue. « Je ne suis pas là pour ça ? Pour jouer le petit ami ? »

J'éprouve un instant de déception. C'est vrai. Il n'est pas vraiment avec moi.

Mais, mince... Ça paraissait si vrai. Tout ça, c'est pour faire semblant, à ses yeux ?

« Tu as raison, dis-je avec tout le calme dont je suis capable. Tu ferais mieux de m'embrasser encore.

— Oh, je vais faire plus que ça. »

Il m'attire plus profondément dans l'ombre. Nous traversons la terrasse arrière, descendons l'escalier et débouchons sur un endroit dissimulé qui surplombe une vue magnifique de la chaîne de montagnes. Samedi, ces montagnes serviront d'arrière-plan au mariage de Jenn. Cette nuit, elles m'évoquent de sombres géants somnolents, leurs épaules rocheuses à demi recouvertes de sapins.

Je veux suivre Deke, parce qu'il a une idée derrière la tête, mais je m'arrête un moment pour contempler le paysage.

« C'est magnifique, ici », dis-je tout bas. Je frissonne. Le peu de chaleur que j'avais emporté dehors avec moi s'est dissipé. Je ne porte qu'un cardigan pour me protéger de la brise.

Deke retire sa chemise et la pose sur mes épaules. Je crains qu'il ait froid, mais il ignore mes protestations. Son T-shirt blanc brille dans l'obscurité. Il m'attire contre son grand torse.

Je suis à présent bien au chaud, enveloppée dans sa chemise et entre ses bras. Je finis pourtant par dire : « On devrait rentrer. Tu vas geler. »

Il rit à voix basse, comme si l'idée qu'il puisse avoir froid l'amusait. « Tu me tiendras chaud », dit-il en me faisant pivoter face aux montagnes. Il passe un bras autour de ma taille, et je colle le dos contre son torse.

« Je ne suis pas si chaude. Je porte une robe, et même pas de culotte. » À en juger par l'énorme érection qui se presse contre mes fesses, Deke n'avait pas oublié ce détail.

Il frotte son nez contre mon cou, puis ses lèvres effleurent mon oreille. « Mmmm. Tu dois être prête pour ta récompense. Pose les mains sur la rambarde. »

Je me penche pour obéir.

Il fait remonter ma robe. L'air frais tombe sur mes fesses nues, et tout mon corps se couvre de chair de poule. Il me caresse le derrière et explore ma peau froide de ses mains.

Sans changer de position, je déplace mon poids d'un pied sur l'autre. Je suis à la fois excitée et enthousiaste, mais aussi nerveuse. « Quelqu'un pourrait arriver et nous voir, dis-je à voix basse par-dessus mon épaule.

— Je ne laisserai personne te voir », me promet-il. Il serre sa grande main qui couvre et réchauffe ma fesse. « Et puis, tout le monde s'en fiche.

— Je garantis que Scott ne s'en fiche pas. » Je me maudis tout de suite d'avoir parlé de mon ex.

« Je vais t'aider à l'oublier. » On dirait un serment.

Du bout des doigts, il effleure mon entrejambe. « Il est déjà oublié. »

Il me penche en avant, et je me retrouve contre la rambarde pendant qu'il me pétrit les fesses. Il passe la main entre mes jambes. Ses longs doigts caressent les lèvres de mon sexe. Je me mets sur la pointe des pieds, mais il me tient les hanches de son autre main pour que je ne puisse pas m'échapper. Je suis penchée, le cul en l'air et exposé, offerte à ce *bad boy*.

« Tu fais de moi une vilaine fille », dis-je tout bas.

Il se fige. « Je ne pense pas. Je pense que tu en as toujours été une. »

Il écarte son bras entre mes jambes et me donne une tape sur les fesses. J'étouffe un cri surpris. Le son semble résonner dans le silence. Mon cœur manque un battement, et je me pétrifie en tendant l'oreille pour m'assurer que l'écho de mon cri ne se répercute pas dans les montagnes. Mais ce n'est pas le cas. Deke récompense ma bravoure en recommençant à me caresser.

« Tu m'as sucé la bite comme une star du porno. Je pense que tu es une vraie coquine. » Ses doigts continuent de tapoter entre mes grandes lèvres. Il modifie le rythme et me donne quelques tapes fermes qui me procurent des décharges de plaisir. Puis il recommence à me caresser jusqu'à ce que j'atteigne l'orgasme.

Sur la pointe des pieds, je me frotte contre ses doigts. La Voie lactée brumeuse s'étend au-dessus de nous, étirée entre les montagnes et l'horizon comme une écharpe criblée de diamants. Une brise froide me caresse le visage, mais je suis emmitouflée dans la chemise de Deke, entourée par son odeur. Le froid ne peut m'atteindre.

Tout en me caressant le clitoris du pouce, Deke glisse

un doigt épais en moi. « C'est bien, frotte-toi, m'ordonne-t-il. Prends ton plaisir, chérie. Prends-le. »

Je remue les hanches à la recherche du bon angle, de davantage de stimulation.

« Merde, j'ai besoin de te goûter », lâche Deke entre ses dents. Il tombe à genoux derrière moi, m'écarte les jambes et colle la bouche sur mon sexe. Les poils sur ses joues irritent l'intérieur de mes cuisses pendant que sa langue fouille mes replis les plus secrets. Je suis renversée en avant, mes ongles enfoncés dans le bois, et je cambre les fesses pour essayer de lui chevaucher le visage. Ce n'est pas le meilleur angle, la position est un peu ridicule, mais je n'en ai rien à faire.

Avec un grondement, il enfouit son visage entre mes jambes en me tenant les hanches. Il me soulève à moitié du sol. « Merde », répète-t-il lorsqu'il me retourne face à lui. Il me soulève et me pose sur la rambarde, puis sa tête sombre replonge entre mes cuisses. Ma robe est remontée sur mon ventre et rassemblée autour de mes hanches. Je m'accroche à la rambarde, mais Deke me tient fermement. Sans que je comprenne comment, il réussit à m'immobiliser les jambes tout en me léchant. Mes cuisses sont posées sur ses larges épaules, et sa langue est juste au bon endroit, et, oh, mince...

Je jouis. Le plaisir est si puissant que je me plie en deux. Deke secoue la tête et érafle la peau sensible de l'intérieur de mes cuisses de ses joues rêches avant de recommencer à me donner des coups de langue. La sensation de frottement est à la limite de la douleur. Une autre vague de plaisir contracte mes abdominaux. Puis je m'écroule, lessivée. Je tombe en avant, complètement molle. Bien sûr, Deke me rattrape et me soulève dans ses bras.

J'entends des pas et des voix sur la terrasse supérieure, mais la jouissance me fait trop planer pour que je m'en soucie. Ma tête roule sur l'épaule de Deke pendant qu'il me porte et remonte l'escalier en hâte, puis nous fait entrer dans l'hôtel par une entrée secondaire.

J'entends un gloussement choqué quand nous croisons quelqu'un. J'ignore de qui il s'agit.

« Trop de champagne », explique Deke par-dessus son épaule sans ralentir. Je secoue la main dans la direction de la personne et rit contre le T-shirt de Deke, qui me porte comme si j'étais une mariée.

* * *

Deke

Il m'est difficile de ne pas gronder sur tous ceux que nous croisons sur le chemin vers notre chambre. Mon loup est sacrément content d'avoir donné du plaisir à Sadie, mais le besoin de la revendiquer est encore plus fort, surtout avec toutes ces personnes présentes.

Sa tête est posée contre mon cou pendant que je la porte. Sa respiration est calme et régulière. Elle doit être détendue et avoir sommeil après son orgasme.

Dépose le colis et va-t'en. Cette pensée se présente sous la forme d'un aboiement alpha de Rafe.

La discipline est tout ce qui nous protège du mal de lune.

J'ouvre la porte de la chambre et pose Sadie sur ses pieds, puis lui donne une petite tape sur le derrière. « J'ai besoin de prendre l'air », dis-je.

Elle reste surprise, et un léger chagrin passe sur ses traits. « On en vient.

— Je sais. J'ai besoin d'aller courir. C'est, euh, à cause du stress post-traumatique. J'ai la bougeotte. Ça m'aide à dormir. »

Merde, j'ai l'impression d'être le dernier des enfoirés quand je lui raconte des bobards.

La compassion envahit son visage. Elle me touche la joue. Avant de pouvoir me retenir, je lui attrape la main et la porte à mes lèvres. Son expression s'adoucit encore plus. « Ça ne te dérange pas ? Tu es bien ici ?

— Oui, bien sûr. Je comprends. »

Merde, c'est une chance. J'enfile le short que j'ai emporté dans lequel j'avais prévu de dormir. En revanche, je n'ai pas de baskets, ce qui est un peu louche. Je finis par enlever mes chaussures.

Sadie sort de la salle de bains après s'être rincé le visage et brossé les dents. Elle écarquille les yeux en découvrant ma tenue pour courir. « Oh ! Tu es un adepte de la course pieds nus ? »

J'ignorais que ça existait, mais j'acquiesce de la tête. Ce n'est pas un mensonge.

« Ouah, c'est incroyable. J'en ai entendu parler et je comprends la théorie, mais ça me laisse perplexe. »

Comme j'ignore tout de la théorie qui sous-tend la course pieds nus, je m'approche pour lui déposer un petit baiser sur le front. « Ne m'attends pas.

— Oh ! Hum, d'accord. »

Je me tourne vers la porte.

« Tu peux dormir dans le lit avec moi à ton retour, dit-elle d'une voix presque timide.

— Chérie. » Je n'ai pas envie de lui dire non, mais dormir auprès d'elle n'est absolument pas une possibilité. Pas si je souhaite la protéger de moi-même.

En fait, je n'ai pas l'intention de revenir dans cette chambre avant que la nuit soit presque terminée. J'ai prévu de courir jusqu'à ce que je tombe d'épuisement.

Je quitte la pièce avant qu'elle ne me persuade de rester

plus longtemps. Je me dirige droit vers la sortie, trouve un chemin de randonnée et le suis pour sortir du domaine de l'hôtel jusqu'à ce que je sois assez loin pour me déshabiller et muter sans risque.

Puis je pars en courant dans la montagne pour m'éloigner de Sadie. De moi-même.

Je cours jusqu'à ce que je sois sûr que je pourrai rentrer sans risque.

Chapitre onze

Sadie

Je me réveille dans un lit douillet. C'est déjà le matin, mais l'autre moitié du lit, celle de Deke, est vide. Sur son oreiller, je trouve un message sur une feuille : « Je suis reparti courir. On se retrouve au yoga. »

J'avais espéré que nous pourrions continuer nos aventures sexuelles hier soir, mais je n'ai pas entendu Deke rentrer.

Dommage.

Je me lève et me prépare pour le yoga. Lorsque je tire les rideaux, un paysage sublime me salue. Après une bonne nuit de sommeil, je me sens bien et je déborde d'énergie. Je n'avais pas aussi bien dormi depuis des semaines. Nous n'avons peut-être pas eu l'occasion de nous amuser dans le lit, mais c'est merveilleux que Deke soit ici.

Aujourd'hui sera une bonne journée. Nous devons d'abord assister à la leçon de yoga, mais ensuite, nous aurons du temps libre avant le dîner de répétition. Je pourrais peut-être convaincre Deke de passer ce temps avec moi au lit.

Une demi-heure plus tard, je suis rassemblée avec la future mariée et d'autres femmes sur la terrasse devant l'hôtel. Je rougis quand je vois l'endroit où Deke et moi avons passé un certain temps hier soir. Ce lieu m'évoque de doux souvenirs.

Je déroule mon tapis de yoga à côté de Brigit. Elle est maquillée, et sa tenue de sport n'est composée que de vêtements de marque. Comme la plupart des femmes. « Bonjour, Sadie, me salue-t-elle. Tu as bien dormi ?

— Oui. C'est grâce au grand air.

— Tu iras randonner plus tard ? Nous y sommes allées ce matin avec April. C'était très agréable.

— Deke est déjà allé courir. Il s'est levé avant moi.

— Oh, il est matinal ?

— Hum, oui. » J'imagine. En fait, je n'en ai aucune idée. Ce n'est pas comme si je sortais vraiment avec lui.

« Demande-lui s'il a vu des animaux. Nous avons vu plusieurs faucons, et April pense avoir vu un loup.

— C'était un loup, un loup énorme, assure celle-ci, allongée sur le tapis de l'autre côté de Brigit. Je ne l'ai pas bien vu, mais j'ai vu quelque chose. Il avait une grosse queue.

— Sûrement un gros coyote. » Brigit a l'air sceptique. April tire la langue à sa cousine.

« Je parie qu'il y a des tas de loups dans la région, dis-je.

— Ouais, mais aucun ne s'approcherait autant de l'hôtel, me glisse Brigit avant que la professeure ne débute la leçon. Deke ne devait pas venir ? »

Jenn et Lacy, sa mère, se tournent sur leurs tapis pour me saluer de la main.

« Waouh », murmure l'une des femmes d'un ton appréciateur. Je me tourne vers l'escalier qui mène à la terrasse, où Deke vient d'apparaître. Il est déjà pieds nus. En guise de tenue de yoga, il a passé un jogging large. Mais ça n'a pas d'importance, parce qu'il ne porte rien d'autre. Il est torse nu, son T-shirt blanc posé sur ses larges épaules. Tous les muscles de son torse sont parfaitement dessinés. Il a dû avoir chaud pendant son footing.

« Je suis en retard, désolé », marmonne-t-il à l'adresse de la professeure de yoga. Elle a l'air d'avoir envie d'annuler notre cours pour lui donner une séance privée. Un chœur de murmures s'élève du groupe pendant que Deke se déplace entre nous. Deux femmes se précipitent pour lui tendre un matelas. Il ne reste plus beaucoup de place. Après m'avoir saluée de la tête, Deke s'installe près de notre professeure. Cette dernière finit par retrouver sa voix et débute la leçon. Tout le monde fait mine de suivre ses gestes, mais en réalité, tout le monde reluque Deke, qui n'a toujours pas remis son T-shirt. La terrasse est chauffée, mais il fait plutôt frais. Deke doit avoir le sang chaud. Que sainte Thérèse soit louée, ou quelle que soit la patronne du désir féminin.

Si j'avais su ce que Deke cachait sous ses T-shirts et ses vestes en cuir à la James Dean, j'aurais débarrassé le monde de tous les habits à sa taille pour veiller à ce qu'il se promène nu. Chaque posture de yoga fait ressortir ses muscles. Mais il est souple et gracieux, il n'a pas la raideur d'un bodybuilder accro à la salle de sport. C'est une œuvre d'art, et ce matin nous sommes toutes sœur Wendy, la religieuse critique d'art. Surtout au moment où Deke prend la posture du guerrier II, les pieds plantés dans le sol et les bras écartés. Avec la chaîne de montagnes en arrière-plan, on dirait un mannequin pour des vêtements de sport.

Jenn tourne la tête vers moi et articule en silence : « Waouh. » Même sa mère a l'air impressionnée.

À la fin de la leçon, Deke vient tout de suite me

rejoindre et dépose un baiser sur mes lèvres. Il joue le petit ami attentionné à la perfection.

« Beau travail », dis-je à voix basse. Il me regarde avec curiosité. « Je t'expliquerai plus tard. » Je lui donne une tape sur le torse, puis continue, parce qu'il est irrésistible.

« Vous voulez venir avec nous dans le jacuzzi ? On y va toutes, propose Jenn avant d'ajouter à voix basse : Mais Scott sera peut-être là. Il m'a demandé ce que tu avais prévu aujourd'hui.

— Dans ce cas, non, merci. » Je fais mine de grimacer. En vérité, Scott est le dernier de mes soucis, mais je sais que passer du temps en groupe est difficile pour Deke, et je suis contente d'avoir une excuse pour décliner. J'ai l'impression d'être une demoiselle d'honneur déloyale, mais aujourd'hui, je préfère de loin passer du temps avec Deke qu'avec les invités du mariage.

Lacy passe la tête dans notre cercle et demande avec curiosité : « Vous avez prévu quelque chose, aujourd'hui ?

— Euuuh... » Je me creuse la cervelle pour trouver une activité pour Deke et moi sans risque de croiser Scott.

« J'ai quelques idées », répond Deke en m'enlaçant la taille. Je m'appuie contre lui, soulagée.

« Alors, je te laisse décider. Deke est un vrai romantique, il prévoit les meilleurs rencards », dis-je au groupe. Jenn et Brigit sourient. « Mais d'abord, le brunch. Je meurs de faim. »

Tandis que nous entrons dans le restaurant, je murmure à Deke pour lui faire comprendre qu'il n'a aucune obligation : « On pourrait peut-être aller randonner. Enfin, ça m'est égal. Ça ne me dérange pas de ne pas rester avec les autres... Je sais que ce n'est pas ton truc.

— Je m'en occupe », répond-il en sortant son portable. Il me fait traverser la file de personnes devant le buffet, puis m'installe à une table dans le coin de la salle avant de ressortir pour passer un appel.

Malheureusement, ça me laisse vulnérable à une offensive.

« La place est libre ? » Lacy et George, le beau-père de Jenn, s'assoient avant que je puisse refuser. Ils font signe à un autre couple, Jim et John. Il s'agit du frère de Lacy et de son mari. Au retour de Deke, la table est pleine.

J'articule sans bruit : « Désolée. » Il me serre l'épaule et s'installe à côté de moi. Il laisse une main rassurante sur mon épaule.

Alors que je suis sur le point de manger une bouchée de pancakes, Lacy me réprimande : « Oh, Sadie, tu ne vas pas manger ça ! C'est si riche. » Des souvenirs me reviennent. Pendant des années, j'ai passé des journées à jouer chez Jenn durant notre enfance. Sa mère projetait tous ses complexes physiques sur nous deux. « Mais bon, j'imagine que tu brûleras vite les calories. Je suis sûre que tes jeunes élèves de maternelle ne te laissent pas un instant de répit. »

Je pose ma fourchette en soupirant.

« L'enseignement te plaît toujours ?

— Oui, j'adore ça. » Lacy est une version féminine de mon père. Impossible d'échapper à tant de jugement.

« Je sais que ton père espérait que tu suivrais ses traces dans le droit. Au moins, tu peux trouver un mari pour te soutenir », dit-elle en me tapotant la main.

Un rictus aux lèvres, je baisse le nez sur mon assiette et découpe ma saucisse en minuscules rondelles. C'est exactement comme un dîner avec mon père ; je découpe ma nourriture, mais suis incapable de l'ingurgiter. Mon corps est crispé. Il est prêt à se battre ou prendre la fuite, comme si les questions indiscrètes de Lacy représentaient une menace.

« Et vous, où avez-vous étudié ? demande George à Deke.

— Au lycée de Lakewood.

— Non, à l'université, je voulais dire.

— Je suis pas allé à la fac. J'ai rejoint l'armée à mes dix-huit ans. Ce n'était pas longtemps après le 11 septembre, et je voulais servir mon pays. Je l'aurais fait plus tôt si j'avais pu. »

Oh là là. Deke a l'étoffe d'un véritable héros.

Il est si différent de George, mon père ou Scott, qui ne se préoccupent que d'eux-mêmes. De faire progresser leur carrière. De faire bonne impression.

Deke avale une énorme bouchée de steak. Il n'a aucun mal à manger.

« Hmmm. Vous n'envisagez pas de passer un diplôme maintenant ? demande George.

— Pas besoin. L'armée m'a enseigné ce que je devais savoir. Je peux apprendre le reste par moi-même. » Deke adresse un sourire carnassier à George, qui en lâche sa fourchette.

« Tu faisais partie des forces spéciales, c'est ça ? » Je suis fascinée. Je sais que je ne devrais pas révéler le peu que je sais sur Deke. Lacy récolte des informations, comme un écureuil avec des glands. Je suis sûre que dès qu'elle croisera mon père à Taos, elle lui racontera tout ce qu'elle a pu apprendre pour l'humilier.

« Dans les forces spéciales ? Les *Night Stalkers* ? veut savoir George.

— Quelque chose comme ça », répond Deke.

C'en est trop pour moi. Il n'est même pas mon vrai petit ami. Il ne mérite pas de se faire cuisiner par ces gens qui n'ont aucun lien de parenté avec moi.

« Bon, l'interrogatoire de mon petit ami est terminé », dis-je de ma voix d'institutrice, douce, mais ferme.

Lacy semble choquée. Je ne me défends jamais. Du moins, je ne l'avais encore jamais fait.

Je dois dire que c'est agréable. Libérateur. Tant que Deke assure mes arrières, il m'est facile d'être forte.

« Tu as bientôt terminé, chérie ? me demande-t-il avec un petit coup de coude.

— Oui. » Je pose mes couverts. Je suis plus que prête à partir.

« Vous allez quelque part ? Une promenade, peut-être ?

— Non, pas une promenade. J'ai prévu quelque chose de particulier pour Sadie », répond Deke en se levant. Je l'imite.

Il m'aide à enfiler ma veste. « C'est une surprise pour moi aussi, dis-je à la tablée. Mais on dirait que j'ai besoin d'une veste.

— Il faut te couvrir, confirme Deke. Notre moyen de transport est presque là. »

Puis j'entends un bruit. Le son rythmique de pales tournoyant dans les airs. Un hélicoptère approche au-dessus de l'hôtel.

Des convives se retournent sur leurs sièges. « Qu'est-ce que c'est ?

— Oh, bonté divine. Est-ce une espèce d'exercice militaire ? demande Lacy tandis que l'hélicoptère vert reste en vol stationnaire au-dessus de l'immense pelouse.

— Non. C'est pour nous, dit Deke. J'ai demandé à un ami de me rendre un service.

— C'est légal ? » Derrière ses lunettes, George a les sourcils froncés. L'hélicoptère s'est posé, mais les gros rotors tournent toujours. Il est prêt à décoller à tout moment.

« Viens. » Deke me tend la main. Je la prends, et nous

sortons de la salle. Nous nous penchons et courons sur la pelouse pour rejoindre l'hélicoptère.

«Je n'arrive pas à y croire!» Mon exclamation est immédiatement balayée par le rugissement des rotors.

Le pilote est un type gigantesque à la barbe brune fournie. Ses muscles sont plus massifs que ceux de Deke, ce que je n'aurais pas cru possible.

« C'est Teddy, crie Deke contre mon oreille pour que je puisse l'entendre malgré le bruit de l'hélicoptère.

— Enchantée! » Teddy me sourit. Bien qu'il fasse froid, il ne porte pas de veste, seulement un vieux pantalon militaire et un T-shirt kaki qui met en valeur ses tatouages et ses biceps impressionnants. Un autre dur à cuire du monde de Deke.

Ce dernier me soulève pour me faire monter à bord de l'hélico, puis m'attache au siège. Mes cheveux emmêlés me couvrent les yeux. Il prend un moment pour me dégager le visage avant de me faire enfiler un casque et des lunettes.

« C'est dingue! Je n'arrive pas à y croire! Où va-t-on ? » Je doute qu'il puisse m'entendre avec le vacarme des pales.

Au lieu de répondre, il me touche le nez et s'installe sur le siège à côté de moi. Il fait signe à Teddy dès qu'il est attaché, et l'hélicoptère décolle de la pelouse. Je m'accroche à mon siège. Mon ventre se noue tandis que nous prenons de la hauteur en laissant l'hôtel en dessous de nous, puis nous partons en direction de la chaîne de montagnes. L'hélicoptère monte devant la montagne, puis la dépasse et se dirige vers le nord. En dessous de nous, les monts Sangre de Cristo forment une vue à couper le souffle. Et à l'avant, rien d'autre que le ciel bleu, les aigles et nous.

Je tends le bras vers Deke. Il me prend la main. Nous nous tenons fermement pendant que Teddy nous fait pencher d'un côté, puis de l'autre afin de nous permettre de voir à tour de rôle ce paysage du Nouveau-Mexique depuis ce point de vue aérien. Les bâtiments et les routes ont l'air de jouets d'enfants, de minuscules figurines égarées dans la nature environnante. Les routes laissent place à des kilomètres et des kilomètres de patchworks de couleurs : les lumineux feuillus d'un jaune chatoyant parmi le bleu-vert des épicéas et des sapins. De la neige couvre les sommets des plus hautes montagnes.

C'est si beau que j'ai la gorge nouée. Je serre la main de Deke plus fort. Il fait de même. L'hélicoptère est trop bruyant pour que nous puissions parler, mais nous n'avons pas besoin de mots pour partager ce moment.

Teddy finit par faire atterrir l'hélicoptère au sommet d'une colline dégagée. L'herbe s'aplatit en un vaste cercle et le souffle de l'appareil secoue les branches des arbres aux alentours.

« C'est notre arrêt ! » crie Deke. Il prend un panier de piquenique attaché à l'arrière que je n'avais pas remarqué et vient m'aider à me détacher. Des bourrasques me secouent, mais le grand air de la montagne vaut bien d'avoir un peu froid. Teddy se pose deux doigts sur le front et les tourne vers moi en un salut silencieux avant de faire redécoller l'hélicoptère.

« Il reviendra », me dit Deke. Il pose le panier, puis m'aide à enlever les lunettes et le casque avant de retirer les siens.

« C'est dingue ! » Je tourne sur moi-même en écartant les bras, comme Maria dans *La Mélodie du bonheur*. De l'herbe verte au sommet d'une montagne, les oiseaux qui chantent, les arbres qui nous entourent... La scène est assez belle pour appartenir à un film. « Je n'arrive pas à croire que tu as organisé ça !

— Je me suis dit que les autres invités ne pourraient pas

nous suivre ici, dit-il en étalant une couverture à carreaux rouge et blanc sur l'herbe.

— Alors tu as loué un hélicoptère ? C'est irréel. » Je secoue la tête et prends place sur la couverture.

« Teddy est un vieil ami. Il était content de le faire. C'est lui qui a préparé tout ça. » Il pose un panier de pique-nique garni à côté de moi. Il contient des sandwichs, du thé glacé en bouteille et toutes sortes de petites choses à manger : du raisin, des noix de cajou et même un plateau de fromages.

Deke s'allonge près de moi pendant que je commence à déballer notre repas. « Oh, miam. Teddy n'avait pas envie de rester pour le piquenique ?

— Si, il voulait rester. À la base, il avait prévu de nous jouer la sérénade.

— Oh, c'est adorable ! Tu as refusé ?

— Teddy joue de la cornemuse. Putain, bien sûr que j'ai refusé. »

J'éclate de rire et me couvre la bouche. « C'est incroyable. Mon Dieu, Deke, personne n'a jamais fait quelque chose d'aussi génial pour moi. Merci beaucoup. » Je me mords la lèvre. J'ai envie de me pencher pour l'embrasser, mais dès que nos lèvres se toucheront, je sais que j'en voudrai plus. Le sexe en plein air au mois d'octobre ne m'avait encore jamais attirée, mais je me lancerais sans hésiter si j'étais certaine que l'ami de Deke ne risquait pas de revenir et de profiter d'une vue aérienne de mes fesses.

Deke secoue la tête comme s'il devinait mes pensées, puis il me tend le plateau de fromages. « Si tu veux me remercier, mange un peu. Tu as à peine touché à ton petit-déjeuner. »

De la chaleur m'envahit. *Il a remarqué.*

Qui est cet homme ? Il est trop beau pour être vrai.

Mon estomac gargouille. « Pas besoin de me le répéter.

— J'ai dit à Teddy de prendre des trucs de fille. Je me suis dit que ça te plairait.

— Quels trucs de fille ? La tapenade ? » J'en étale sur une biscotte et l'approche de sa bouche. « Ouvre. »

Il secoue la tête, mais il obéit.

« Alors, Teddy est un ami de l'armée ?

— Quelque chose comme ça. » Comme toujours, Deke reste évasif sur son ancienne carrière.

« Je vois. Tu pourrais me le dire, mais tu devrais me tuer ensuite », dis-je pour le taquiner.

Sa bouche tressaille. « Quelque chose comme ça.

— Et il a organisé tout ça en, quoi, une heure ?

— Il est possible que je l'aie prévenu en avance, dit Deke en haussant les épaules.

— Opération Sauver Sadie. » Sa joue se soulève un instant en un sourire furtif.

Même si je sais qu'il ne me dira rien sur son passé militaire, le sujet me fascine. Après avoir dévoré le plateau de fromages, je lui demande : « Que faisais-tu dans l'armée, en fait ?

— Ce qu'on me disait de faire. »

Je lève les yeux au ciel. Il se rapproche de moi sur la couverture à carreaux. « Je vais te répondre, mais tu dois me donner quelque chose en échange.

— Tu n'auras pas ma culotte. » Il rejette la tête en arrière et éclate de rire. Le son me réchauffe de l'intérieur.

J'adore voir Deke joyeux. C'est si rare. Je mange un grain de raisin.

« Non, répond-il quand il retrouve son sérieux. Je pensais plutôt que tu pourrais me dire ce qui se passe entre ton père et toi.

— Je ne l'ai jamais rendu heureux, c'est tout. » Je détourne les yeux en me mordant la lèvre.

« C'est ton boulot ? Rendre ton père heureux ? » C'est typique de Deke de cibler le cœur du problème en aussi peu de mots que possible.

Je joue avec des noix de cajou sur l'assiette. « Il le pense. Depuis que ma mère est partie. Elle ne voulait pas me laisser. Elle en a enfin eu assez de mon père, mais elle n'avait pas les moyens de divorcer, alors elle a déménagé. Il ne l'a pas laissée m'emmener. Elle a essayé, mais elle n'avait pas assez d'argent pour engager des avocats. Et je n'étais qu'une petite fille. Je n'ai pas eu mon mot à dire. Sinon, je serais partie avec elle.

— Ça craint, chérie, résume Deke de sa façon caractéristique.

— Oui. Oui, ça craint. » Je jette les noix de cajou dans les bois pour un écureuil chanceux.

Deke me prend la main et entrelace nos doigts. « Ce mariage, ces gens, c'est plutôt le monde de ton père ?

— Oui. Totalement. J'ai grandi avec Jenn. Lacy et George sont des amis à lui.

— Tu n'as pas besoin d'impressionner ces gens.

— Je sais, je sais, mais...

— Non. Ce sont eux qui devraient s'efforcer de t'impressionner. »

Je laisse ces mots m'envelopper comme une autre couverture chaude.

Je finis par avouer : « Je me suis sentie plus courageuse parce que tu es là. Je suis gentille, mais je peux vraiment me laisser marcher sur les pieds. C'est plus facile pour moi de poser des limites quand j'ai mon propre garde du corps. »

Le soleil fait briller un éclat vert dans les yeux de Deke. Il pose la main sur ma nuque et approche ses lèvres des miennes. En gémissant, je l'attire contre moi et penche la tête pour lui offrir entièrement ma bouche. Nos langues s'entremêlent, et la température grimpe entre nous. J'ai envie d'enlever ma veste et de le chevaucher. De commencer quelque chose et de voir où ça nous mène...

Mais le téléphone de Deke émet un son entre nous. Quand je m'écarte, j'ai la tête qui tourne. « Tu ferais sans doute mieux de répondre. »

Deke regarde l'écran du portable, puis il détourne la tête et jure à voix basse.

« Quoi ? Il y a un problème ?

— Non. Aucune raison de s'inquiéter, chérie. Allez, viens. Rangeons tout ça avant que Teddy revienne. »

* * *

Deke

« Qu'est-ce que tu fous, putain ? » La rage dans la voix de mon alpha me fait grincer des dents. À notre retour à l'hôtel, j'ai pris congé auprès de Sadie et je suis sorti rappeler Rafe. Elle n'imagine pas les ennuis dans lesquels je me trouve. Et même si elle le savait, elle ne comprendrait pas. Elle est humaine. Pas moi.

Une autre raison pour laquelle nous ne sommes pas faits pour être ensemble.

« On essaie toujours de comprendre ce qui a mal tourné en Suisse, et tu décides de partir. Je pensais que ton loup avait besoin de chasser. Que tu voulais te dépenser parce que tu es sur les nerfs depuis que tu as rencontré cette humaine. Je croyais que tu étais seul et que tu avais besoin de temps. Aujourd'hui, je reçois un coup de fil de Teddy Medvedev et il me raconte qu'il est passé te prendre à Santa

Fe et que vous avez fait un tour en hélico avec cette femelle. »

Merde. J'aurais dû savoir que Ted Med contacterait ma meute. Je ne lui ai pas demandé de ne rien dire pour éviter d'éveiller ses soupçons.

Je tourne à l'angle de l'hôtel et me dirige vers la forêt, où je peux parler en toute liberté.

« Est-ce que c'est vrai ? Tu es avec Sadie Diaz en ce moment ?

— Ouais. C'est vrai. » En vérité, je suis surpris que Lance ne m'ait pas déjà balancé. J'attendais cet appel au moins vingt-quatre heures plus tôt.

Rafe jure si fort que je dois éloigner le portable de mon oreille qui siffle. « Putain, qu'est-ce qui te prend, Deke ? Après tout ce que je t'ai dit, tu fais tout l'inverse. Et maintenant, je dois t'ordonner de garder tes distances...

— C'est une mission de sécurité, pas un rencard, dis-je pour l'interrompre avant qu'il ne termine son ordre. Elle avait besoin que je me fasse passer pour son petit ami le temps d'un mariage. Pour que Sears lui lâche les basques. C'est tout. Et je ne vais pas l'abandonner maintenant. J'ai fait une promesse. »

Silence. Mon alpha est si énervé que je peux entendre ses dents grincer. « C'est une mauvaise idée, Adalwulf.

— Je sais. Merde, je sais bien.

— Ça va mal se terminer.

— Je peux le faire. » Je me frotte le front du pouce pour me retenir de prendre un ton suppliant. Si le ciel pouvait m'entendre, je tomberais à genoux pour prier. « Je peux garder le contrôle.

— Tu n'as pas le choix. Sinon, les risques sont trop grands. »

Il a raison. Si je perds le contrôle, je mettrai en danger la personne la plus précieuse au monde. « Je serai prudent.

— Ce n'est pas suffisant. » Rafe soupire, mais il ne m'ordonne pas de rentrer.

« Je garderai le contrôle », dis-je à nouveau. Je suis sincère. Je ferai n'importe quoi... même si je dois repousser Sadie.

« Tu as intérêt, grommelle Rafe. Tu es dangereux pour elle. Va-t'en dès que possible. Avant qu'il ne soit trop tard. »

* * *

Sadie

Vers cinq heures moins le quart, Adèle m'envoie un texto. *Comment ça se passe ?*

Génial. Même mieux que ça.

Il se tient bien ?

Deke, ou Scott ? Je me sens effrontée.

LES DEUX.

Scott est comme d'habitude. Deke est parfait. Trop parfait. C'était irréel, aujourd'hui. La balade en hélicoptère, le piquenique... mais il est sorti après que Teddy nous a ramenés à l'hôtel. Je ne l'ai pas revu depuis. « J'ai des trucs à faire », m'a-t-il dit. Je suis déçue. Après notre moment en tête à tête, j'espérais passer encore un peu de temps seule avec lui. Apprendre à le connaître en position horizontale. Au lit.

C'est râpé pour l'opération Séduire Deke.

Je précise à Adèle : *Il se comporte en parfait gentleman.*

Il a intérêt.

Je range mon téléphone dans ma pochette, le sourire

aux lèvres. Le dîner de répétition a lieu ce soir, et je viens de passer une heure à me pomponner.

Deke rentre pendant que je passe une dernière couche de rouge à lèvres. Il s'enferme dans la salle de bains, puis en ressort vêtu d'une tenue très correcte pour un dîner de répétition : un blazer sombre par-dessus les habituels jean et T-shirt noirs. Même avec ses bottes de moto usées, le résultat fonctionne. Je lui souris.

« Coucou. Tu es prêt ? »

Il hoche la tête et se penche pour m'embrasser la joue. Mais il est sérieux, renfermé sur lui-même. Isolé derrière ses lunettes miroir.

« Qu'est-ce qui se passe ? Il y a un problème ? »

Il secoue la tête, puis pose la main dans le creux de mon dos pour m'accompagner hors de la chambre. Nous descendons retrouver les autres invités dans le hall d'entrée. Je plaque un sourire sur mes lèvres tandis que j'embrasse toutes les demoiselles d'honneur sans leur toucher les joues pour protéger notre maquillage. Deke reste à mes côtés, une grande ombre silencieuse. Nous finissons par sortir pour répéter la cérémonie. Une certaine excitation règne dans l'air. À l'arrivée de la future mariée, tout le monde applaudit en poussant des cris de joie.

« Et voilà, me dis-je à voix basse. C'est pour ça que nous sommes là. » Pour le grand jour de mon amie.

Tout se passe sans accroc, mais je ne peux m'empêcher de me tourner toutes les deux minutes pour vérifier que Deke va bien. Assis dans le public du côté de la mariée, il a le regard dans le vague. Il joue le rôle du petit ami qui s'ennuie, mais je sais qu'il ne s'ennuie pas. Il broie du noir. Son humeur me rappelle sa façon de se comporter après notre baiser dans la ruelle, le soir où son ami est arrivé et nous a cassé notre coup.

Il devient plus attentif pendant que Scott m'escorte dans l'allée centrale jusqu'à l'autel, mais mon ex se tient bien. Je parie qu'il sent la menace qui émane de Deke, une promesse silencieuse de ce qui se passera s'il se comporte mal.

Je prends ma place et cherche Deke des yeux. Le soleil s'est presque couché derrière les montagnes, pourtant il porte toujours ses lunettes miroir. Elles lui donnent l'air d'un dur, mais m'empêchent de voir son regard. Je lui souris en me promettant de le taquiner plus tard parce qu'il porte des lunettes de soleil la nuit. En réponse, Deke lève le menton.

Je découvrirai ce qui l'a rendu si taciturne. Ce soir, Sadie la Séductrice fait ses débuts.

Une fois la répétition terminée, nous nous dirigeons vers la salle de restaurant pour dîner. Quelques personnes parlent de l'hélicoptère, et Deke se retrouve un bref instant au centre de l'attention. Je me tiens prête à intervenir pour répondre aux questions à sa place, mais il n'a pas besoin de mon aide. « Les Tours d'Hélicoptère de Teddy, dit-il en distribuant des cartes de visite. N'hésitez pas à les contacter.

— Ton homme fait bonne impression à tout le monde », me susurre Elana à l'oreille pendant que j'observe Deke discuter de tours en hélicoptère avec des personnes curieuses. Il se montre patient et calme, et se penche même pour converser avec la grand-mère de Jenn, assise dans un fauteuil roulant. Elle lui tapote la joue en lui souriant.

« C'est un mec bien », continue Elana. Elle a les yeux collés aux fesses de Deke tandis qu'il est penché. Quand il se redresse, il dépasse tout le monde d'une tête.

« Mmm. » Je garde les yeux baissés sur mon champagne.

Elana cesse de reluquer Deke pour me faire face. « Bien mieux que ton ex. Qu'est-ce que tu lui trouvais ?

— Je ne sais même pas. Merci. Je craignais que ce soit gênant que tu sois là.

— Oh, non, ma chérie. Je suis juste là pour le mettre en valeur. Il m'a bien récompensée pour mon temps, si tu vois ce que je veux dire, ajoute-t-elle avec un regard pétillant avant de boire une gorgée de vodka tonic. Mais je ne ferais jamais de mal à une sœur. On doit se serrer les coudes. »

Je trinque avec elle. Elle regarde aux alentours, puis se penche pour me murmurer : « Scott voulait te tendre une embuscade dans le jacuzzi. Mais à ce rythme, il va s'écrouler ce soir. Du moins, je l'espère. Il ronfle tout le temps ? » Elle plisse le nez.

« Oui. Désolée.

— Ce n'est pas grave, j'ai des bouchons d'oreille. »

Deke se retourne et me cherche par-dessus la foule.

« Va retrouver ton homme », m'encourage Elana avec un geste de la main.

Je me fraie un chemin parmi les invités et passe mon bras sous celui de Deke. « Viens, chéri, dis-je assez fort pour que tout le monde m'entende. J'aimerais te montrer quelque chose. »

* * *

Deke

Sadie me prend la main et m'entraîne à l'écart de la foule. Je la suis volontiers, soulagé qu'elle me fasse sortir de la salle.

« Tout va bien ? » Au lieu de répondre, elle me fait entrer dans un couloir, puis elle me pousse dans une alcôve après avoir regardé autour de nous. Elle lève la tête pour rencontrer mon regard.

« Tu avais l'air d'avoir besoin d'une pause. »

La tension dans ma colonne vertébrale commence à s'atténuer. Elle a raison. Pendant un instant, j'ai failli craquer. Trop de gens autour de moi. Mon loup était agité, mais ça m'aide d'être auprès de Sadie.

Je baisse la tête, appuie mon front contre le sien et inspire son odeur. Elle est mon calme dans la tempête.

Ce sera merdique de la quitter. Mon loup panique déjà à cette idée.

« J'ai envie de te remercier, murmure-t-elle.

— Sadie. » Je n'ai pas prévu de la toucher, pas après ma conversation avec Rafe, pourtant je me retrouve à frotter sa lèvre inférieure de mon pouce. J'ai envie d'enfouir à nouveau mon érection dans cette bouche sensuelle.

Mais je ne peux pas. Merde, ça craint.

Je baisse la main et me frotte la nuque. Les derniers mots de Rafe résonnent dans ma tête. *Tu es dangereux pour elle. Va-t'en dès que possible. Avant qu'il ne soit trop tard.*

Il a raison. Je suis un monstre. Je détruis tout ce que je touche.

Mon loup hurle dans ma poitrine. J'appuie sur mon torse en grognant. Merde, j'ai l'impression de faire une crise cardiaque. Mais ce n'est pas le cas. C'est mon loup, qui se désespère comme s'il avait perdu sa compagne.

Sadie pourrait-elle vraiment être ma compagne ?

Je suis un idiot de ne pas l'avoir compris plus tôt. J'ai eu envie de la marquer chaque fois que c'est devenu chaud entre nous, mais j'ai mis cette envie sur le compte de la folie de mon loup.

En général, un loup ne choisit pas une humaine pour compagne, mais je sais que la chose arrive. Surtout depuis que notre espèce devient moins nombreuse. J'entends dire que ça se produit de plus en plus ces temps-ci.

Sadie me ramène au moment présent en me touchant le bras. « Qu'est-ce qui se passe ? Qu'est-ce qui ne va pas ? »

Dès que j'imagine qu'elle pourrait être ma compagne, mon loup cherche à se libérer en rugissant. J'ai tellement envie de la marquer que mes dents me démangent. « Je ne devrais pas être là.

— Non, ne dis pas ça. Tu es là pour m'aider. Tu te débrouilles très bien. Je suis désolée de t'avoir entraîné là-dedans.

— Chérie. » Je pose la tête sur son épaule, dans le creux de son cou, et respire son parfum. Ça m'aide. Mon loup se calme. « Ce n'est pas ça. Je suis content d'être là. Je me battrais pour être à tes côtés. »

Elle prend une petite inspiration et pose sa petite main sur mon cou pour me garder contre elle. « Tu n'as pas besoin de te battre. Je suis juste là. »

Merde. Je ne peux plus lutter. Je lève la tête, prends son visage entre mes mains et l'embrasse sans retenue.

Un groupe bruyant de fêtards passe devant le couloir. Je l'entraîne dans le fond de l'alcôve.

Ils sont à l'angle du couloir. N'importe qui pourrait passer et nous voir, mais Sadie ne semble pas s'en inquiéter.

« J'ai envie de toi. J'ai besoin de toi », dit-elle en un souffle.

Qui suis-je pour lui refuser quoi que ce soit ?

* * *

Sadie

Deke tient ma tête entre ses grandes mains pour m'embrasser. Il me fait reculer contre le mur et se colle contre moi. Et je le sens... tout entier. Soit il a un énorme flingue dans le pantalon, soit il est très content de me voir.

Mon entrejambe se contracte. « Oui... »

Il m'embrasse le cou. Sa main droite est toujours serrée autour de mes cheveux. Il me déplace, prend le contrôle. De son autre main, il trouve l'ourlet de ma robe courte et commence à faire remonter le tissu.

C'est à ce moment que je prends conscience de mon erreur.

« Attends, dis-je, même si ça m'ennuie de le ralentir.

— Fini d'attendre, gronde Deke. Tu en as envie.

— Non, ce n'est pas ça. Oui, j'ai envie de toi, mais cette robe... Elle est très moulante, et... » Je suis réticente à terminer ma phrase. J'aimerais ne pas avoir à m'expliquer. « Je porte... une culotte gainante. »

Les sourcils froncés, il passe la main sous ma robe et rencontre ce dont j'essayais de lui parler.

Il palpe le sous-vêtement moulant à la recherche de ma peau. « Qu'est-ce que c'est ? grommelle-t-il. On dirait une armure.

— Ouais. Une armure de fille. Les hommes en mettent aussi. Je pense que Scott en a une, même s'il ne l'avouera jamais.

— Merde. » Il passe la main entre mes jambes. La culotte m'a rendue aussi lisse qu'une poupée Barbie. « C'est une foutue ceinture de chasteté.

— Oui. » Je laisse échapper un rire nerveux.

Le sien est chagrin.

« Zut, tant pis. Déchire-la. » Je me frotte contre sa paume. Je sens qu'il cherche à faire passer ses ongles sous le vêtement gainant ultramoulant pour déchirer ce fichu truc et me l'enlever. Pendant ce temps, la friction de ses caresses empressées est sur le point de me faire exploser.

« Merde, fait chier », grogne-t-il. Il m'empoigne les hanches et me soulève. Je me retrouve coincée entre le mur et lui, sa jambe entre mes cuisses.

« Frotte-toi, chérie. » J'obéis. Je m'accroche à ses épaules et chevauche sa cuisse épaisse pour frotter mon sexe avide de haut en bas. Son quadriceps proéminent est idéal pour me caresser. Je me déhanche et m'oriente de façon que le muscle dur me touche juste comme il faut.

J'entends un bruit de tissu qui se déchire, et Deke baisse le haut de ma robe. Il trouve mon soutien-gorge sans bretelles, qu'il fait descendre à son tour, puis il baisse la tête et me lèche le téton.

« Oh, mince. » Je griffe ses larges épaules, dures comme la pierre sous mes paumes, et remue les hanches plus vite. Deke grogne et me fait remonter contre le mur.

« Je vais jouir.

— Putain, heureusement. » Il me soulève plus haut. Un petit grondement monte dans ma gorge. Je me colle contre lui pour trouver la friction qu'il me faut.

« C'est ça, chérie. Prends ton pied. »

Mon orgasme torride se déploie et me brûle la cervelle. J'enfouis mon visage contre l'épaule de Deke et le mords pour m'empêcher de crier pendant que je jouis.

« Merde, grogne-t-il.

— Oh, mon Dieu. Oh, mon Dieu », dis-je en haletant. J'entends des voix dans le couloir. J'ai envie de leur hurler de tourner les talons. « On doit retourner à la fête.

— Rien à foutre. » Il m'enveloppe dans sa veste pour dissimuler ma robe déchirée et me soulève dans ses bras. « La chambre. Le lit. Maintenant. »

* * *

Sadie

À ma plus grande joie, Deke utilise ses superpouvoirs de furtivité pour nous ramener jusqu'à notre chambre sans qu'aucun invité ne nous remarque.

Une fois seuls, il pose mes pieds au sol et se tourne pour verrouiller la porte.

Je laisse la veste glisser de mes épaules pendant que je recule dans la chambre plongée dans l'obscurité. L'avant déchiré de ma robe bâille. Quand je veux rabattre les pans de tissu, Deke gronde. Il s'approche peu à peu de moi.

« Tes yeux », dis-je en un murmure. Je recule tout aussi lentement. Dans le noir, ses yeux brillent comme ceux d'un chat. Ils sont vert vif. Des frissons remontent le long de ma colonne vertébrale à cette vue. Il m'évoque un prédateur tapi dans la pénombre. Pour me traquer, moi.

« Déshabille-toi. »

Je me fige et lève le menton avec un air de défi, ravie de ce jeu.

Sur un ton joueur, je demande : « Ou sinon ?

— Sinon, c'est moi qui te déshabille.

— C'est promis ? » Ma voix est rauque. Je me sens essoufflée.

Il se déplace plus vite qu'un homme de sa taille ne devrait en être capable. Il pose les mains sur moi, déchire ma robe. Quelques rapides craquements de tissu, et ma robe et ma culotte gainante sont détruites. Je ne peux pas dire que je les regrette.

Je me débarrasse des derniers lambeaux de tissu. Je ne porte plus qu'un soutien-gorge et un minuscule string en dentelle.

« À toi. » Je pose des mains avides sur son corps.

Son T-shirt noir est aussi doux qu'il en a l'air. Je le lui ôte et révèle son large torse musclé.

« J'ai besoin de toi. Maintenant. » Je lutte pour ouvrir le bouton de son jean. Les choses ne vont pas assez vite.

« Je vais te donner ce dont tu as besoin », murmure-t-il.

Je le repousse sur le lit en faisant mine de gronder. Il me laisse faire, tombe à la renverse. Il me déshabille du regard tandis que je lui monte dessus. Je suis Sadie la coquine. Sadie la déchaînée.

« Tu as hâte, chérie ? demande-t-il avec un petit rire.

— La ferme. » Je souris, le chevauche et déboutonne son jean. Mes cuisses sont écartées autour de sa gigantesque carrure.

Il pose ses grandes mains sur mes fesses. « Tu es une vilaine fille.

— Oui. Oui, c'est vrai. »

Une flamme verte illumine son regard. Il tourne sur lui-même pour me placer en dessous de lui, puis m'allonge à plat ventre et me donne une tape sur le derrière. « Vilaine. Vilaine fille.

— Oui. » Je pétris la couverture entre mes mains et cambre les fesses, en attente de la tape suivante. « Oui, je suis vilaine.

— Vilaine fille », répète Deke en me fessant de nouveau. Il colle son bassin contre mon dos et frotte son membre contre la raie de mes fesses. Puis il s'écarte et me donne une tape plus forte.

J'inspire entre mes dents sous la piqûre de sa paume. La douleur subit une belle transformation en moi. À chaque tape, du plaisir se rassemble au creux de mon ventre. Je gémis et viens à la rencontre de sa main éprouvante.

« Merde, comme ça », marmonne-t-il. Il baisse soudain

mon string et pose la bouche sur mes fesses. Les poils de ses joues irritent ma peau rougie.

Je pousse un cri lorsqu'il donne un coup de langue entre mes fesses. La sensation est délicieuse et, oh, si tabou. J'incline les hanches pour l'inviter à me lécher plus bas. Sa langue passe sur mon sexe.

« Mince ! » Je halète. J'en veux plus.

Il me retourne sur le dos. J'adore à quel point il est fort et sûr de lui. Avec quelle facilité il prend les choses en main et me met en position. Je n'ai pas à m'inquiéter ou à me demander si je fais ce qu'il faut.

Il baisse entièrement les bonnets de mon soutien-gorge et pose les mains sur mes seins. Il les serre entre ses doigts, puis effleure mes mamelons durcis de ses pouces. Quand il baisse la tête pour en prendre un entre ses lèvres, je me cambre en gémissant. Il me suce le téton et le mordille avec douceur tout en malaxant mon autre sein.

Je me sens audacieuse — c'est toujours le cas avec Deke. Je pousse sa tête plus bas.

Il lève les yeux avec un sourire carnassier. Et baisse la tête.

Il m'écarte les genoux et me donne un coup de langue pour ouvrir mes grandes lèvres, puis il en suit l'intérieur de la pointe de la langue.

Une succession de délicieux frissons me traverse. J'enfouis les doigts dans ses cheveux sombres en gémissant. « Oui... »

Il me pénètre de sa langue, puis la fait tourner autour de mon clitoris.

« S'il te plaît... »

Il recommence, puis touche mon clitoris de la pointe de sa langue, encore et encore. Je lève les hanches pour pourchasser la sensation. Tout mon corps est électrisé. L'énergie qu'il contient le fait vibrer.

Deke glisse un doigt en moi. La sensation est merveilleuse, surtout lorsqu'il caresse mes parois internes. Mais j'en veux plus. « Deke... J'ai envie de toi. »

Il lève brusquement la tête et me regarde de ces brillants yeux verts. Il a presque l'air inquiet, et je crains un instant de m'être montrée trop entreprenante. Qu'il change de nouveau d'avis. Mais il se lève pour retirer son jean et son caleçon, puis il sort un préservatif de son portefeuille.

Je détache mon soutien-gorge et m'en libère en me trémoussant sur le lit, totalement nue. Prête.

Tellement prête.

Je n'ai jamais autant eu hâte de coucher avec quelqu'un. Avec Deke, tout est palpitant. Tout est possible.

Il me saute dessus, mais avec une légèreté qui jure avec son imposante carrure. Il frotte son nez contre mon cou, l'embrasse, le mord.

Je me cambre pour frotter mes seins contre son torse dur. Ma tête se renverse en arrière. Je m'accroche à ses énormes bras et tente de l'attirer sur moi. « J'ai besoin de toi », dis-je à nouveau. J'ai toujours un peu peur qu'il me laisse en plan.

« Je vais te donner ce que tu veux », me promet-il. Il s'aide de ses dents pour déchirer l'emballage du préservatif. Après l'avoir déroulé sur son érection, il approche son gland de mon sexe et le frotte dans mes sécrétions. J'écarte les pieds et les genoux pour l'accueillir. Je lève les hanches.

Il me pénètre avec lenteur, en grimaçant comme s'il souffrait. « Sadie... Merde, lâche-t-il entre ses dents.

— Oui ! » Oh, mince, oui. Je lève le bassin pour le prendre plus profondément. Il ne va pas assez vite. Il pousse un autre juron.

« Oui, Deke. » Je saisis ses fesses musclées et l'attire entièrement en moi. Je serre les jambes autour de ses fesses et joins les chevilles.

Un frisson de plaisir le traverse, puis il commence à faire onduler ses hanches sans se presser. J'ai l'impression de participer à un film porno artistique. Nos corps sont unis et nous nous mouvons comme un seul être. Lui qui donne, moi qui reçois. Je ne sais pas combien de temps dure cette jouissance parfaite, mais bientôt, elle ne suffit plus. Je lui mords l'épaule. J'écarte les chevilles et remonte les genoux au niveau de mes épaules pour m'ouvrir autant que possible.

Une expression de souffrance teinte de nouveau le visage de Deke. « Putain, Sadie. » Il me tient les genoux et accélère le rythme de ses coups de boutoir. Son bassin percute le mien en un rythme délicieux. Je le touche partout où j'y parviens. J'adore sentir sa peau et ses énormes muscles sous mes doigts.

Il me procure des sensations incroyables. Je l'encourage : « Oui. Deke !

— Sadie... » Il se redresse sur les genoux et lève mes hanches en l'air. Ses grandes mains serrent mes fesses tandis qu'il va et vient rapidement en moi.

« Oh, mon Dieu... » Je halète, j'ai l'impression d'être sur le point de perdre la tête. Je n'ai jamais couché avec un homme de cette façon, totalement primale et désinhibée. Si belle, facile et naturelle.

Il secoue la tête comme s'il essayait de reprendre ses esprits. Je vois un instant ses dents briller. Elles me paraissent presque plus pointues. Plus longues. Mais ce doit être à cause de la lueur de la lune qui passe par la fenêtre.

Après avoir secoué une dernière fois la tête, il s'écarte de moi, me retourne et me place à quatre pattes. Lorsqu'il me pénètre par-derrière, je monte au paradis. Il plonge profondément en moi. D'instinct, je prends appui sur les coudes pour redresser davantage le bassin. L'angle est encore meilleur.

Deke agrippe mes hanches plus fort et me lime sans faiblir. Il a l'air de perdre le contrôle. Il est essoufflé, et sa respiration est laborieuse. Ses hanches frappent contre mes fesses, et les sons merveilleux de notre union emplissent la chambre.

« Sadie ! » Son cri est un avertissement.

Je suis prête à jouir. Je n'attends que lui. « Oui, s'il te plaît...

— Sadie... » répète-t-il d'une voix étranglée. J'adore l'entendre prononcer mon prénom sur ce ton guttural. Comme s'il ne pouvait pas se retenir. Comme si je le rendais fou. C'est tellement différent des coïts rapides et ennuyeux avec Scott.

« Vas-y, Deke... »

Son cri évoque presque un rugissement. Ou un grondement animal. Il s'enfonce profondément en moi et me serre les hanches assez fort pour laisser des bleus.

Mes muscles se contractent autour de son sexe. Mon propre orgasme approche et déferle sur moi. « Oui ! Oui, Deke, oh, mon Dieu ! »

Il continue de remuer les hanches pour me donner encore plus de plaisir. Mes muscles internes se contractent de plus belle. Je suis emportée par de nouvelles vagues de jouissance.

Je t'aime. J'ai les mots en tête, mais par chance, je me retiens de les prononcer. Je ne sais pas ce que Deke pense de ce qui se passe entre nous. Quoi qu'il en soit, je sais qu'il ne faisait pas semblant.

Ce que nous venons de faire n'avait rien de faux.

Mais il ne s'agissait peut-être que de sexe.

Ce qui me convient.

Tout à fait.

Oh, mon Dieu, pas du tout. Je ne sais pas pourquoi j'ai cru que je pourrais me satisfaire de n'avoir Deke que le temps d'un weekend.

Maintenant, je le veux pour toujours. Et il a déjà exprimé sans ambages qu'il ne peut pas être mon petit ami.

* * *

Deke

Oh, merde, je l'ai presque marquée. Pendant que nous couchions ensemble, mes crocs se sont allongés et du sérum les a recouverts. Le sérum qui imprégnerait mon odeur sur sa peau de façon permanente. J'ai failli la revendiquer comme compagne, ce qui la lierait à moi pour toujours.

Non seulement j'ai réussi à me retenir, mais aussi à donner à Sadie ce dont elle avait besoin.

J'éprouve une intense satisfaction à cette pensée. J'ai fait preuve d'assez de discipline pour maîtriser mon loup. Pour Sadie, j'ai réussi.

Je pourrais faire n'importe quoi pour Sadie.

Je m'écarte d'elle et retire le préservatif. Mon loup s'agite. Il est agacé que je n'aie pas marqué Sadie, mais je le tiens sous contrôle. Dès qu'elle se sera endormie, je sortirai courir pour me défouler.

Mais je ne parviens pas à la quitter pour le moment. Merde, elle a l'air si vulnérable, appuyée sur un coude. Je reviens près du lit et baisse la couverture. J'attends que Sadie soit installée sous la couette avant de m'allonger auprès d'elle.

Elle vient tout de suite coller son corps soyeux contre le

mien. Elle pose la tête à la jointure entre mon épaule et mon bras, puis fait glisser ses doigts dans les poils sur mon torse. « Merci », murmure-t-elle.

Alors que je viens de jouir, mon sexe se dresse à ce son plus doux que du miel. Savoir que je l'ai comblée me motive à remettre le couvert.

J'envisage une dizaine de réponses différentes. Certaines désinvoltes, du genre : *À ton service.* Ou vantardes, comme : *Et ça ne fait que commencer.* Mais aucune n'est adéquate. Aucune ne convient à la beauté de ce qui vient de se passer entre nous... pourtant, je le jure sur le ciel, je n'avais encore jamais qualifié le sexe de beau.

Mais avec Sadie, ça l'était. Même lorsque mon loup a essayé de prendre le contrôle et désirait la marquer. Tout paraissait naturel. La protéger de mon loup me semblait normal. Avoir envie de la marquer aussi.

Je finis par grommeler mon approbation et dépose un baiser sur son front.

Quelques instants plus tard, sa respiration ralentit. Elle s'est endormie. J'attends encore une demi-heure en savourant la sensation de la tenir dans mes bras, puis je me lève. Il est temps de muter. Mon loup a besoin de courir.

Chapitre douze

Deke

Le lendemain matin, je reviens me coucher dans le lit dès que Sadie remue. Je ne me faisais pas assez confiance pour dormir avec elle quand je suis rentré après être allé courir. Je me suis assoupi dans le fauteuil près de la porte. Je trouvais normal de monter la garde, de la protéger.

« Deke. » Elle bâille et se blottit contre moi. Je serre les dents lorsqu'elle effleure mon sexe, qui devient dur comme la pierre.

« Bonjour, chérie. » Je penche la tête pour l'embrasser. De ma langue, j'éveille son désir secret en lui caressant l'intérieur de la bouche. Elle gémit et se cambre contre moi. Je sens sa chaleur mouillée.

Je m'écarte et m'éclaircis la gorge. « Il est presque neuf heures.

— C'est vrai ? Mince. » Elle s'assied.

Merde, c'est trop mignon. « Mince ? Tu dis des gros mots, des fois ?

— Oui, mais pas souvent, dit-elle en souriant. Je ne

voudrais surtout pas en prononcer devant mes élèves par inadvertance. » Elle dépose un autre petit baiser sur mes lèvres. « Je dois y aller. On passe la matinée au spa. On va se faire belles avec la future mariée. » Elle se mordille la lèvre. J'ai tant envie de la marquer que mes canines sont douloureuses. « Tu es invité à déjeuner avec le futur marié et les témoins. Ce sera un tas de mecs en costards. Scott sera là aussi. Tu pourrais le garder à l'œil. Je sais que c'est nul...

— Je passe. Ne t'inquiète pas, je saurai m'occuper. »

Je pose la main sur sa joue. Elle me prend le poignet et glisse l'un de mes doigts dans sa bouche. Elle l'entoure de ses lèvres et l'aspire avec force.

« Juste une promesse de ce qui t'attend », dit-elle avant de se lever en hâte. Mais pas assez vite. Je tends le bras et lui donne une forte tape sur les fesses. Elle sursaute, mais sourit. Je me retiens de justesse de la pourchasser. Elle gardera le souvenir de ma main sur sa peau toute la matinée.

* * *

Sadie

La journée du mariage passe en un clin d'œil. Nous passons la matinée au spa, puis nous préparons la future mariée. Pendant tout ce temps, je préférerais être avec Deke. Être de retour au sommet de la montagne pour piqueniquer. Ou randonner. Ou... refaire quelques galipettes.

Mais je fais ma part pour apporter mon soutien à Jenn. J'enfile ma robe de demoiselle d'honneur couleur prune. Jenn est mignonne comme tout dans sa robe de mariée courte qui souligne sa silhouette. Le col de la jolie robe moderne s'élargit en une ligne asymétrique qui la fait ressembler à un arum blanc.

Comme prévu, Scott m'escorte dans l'allée centrale pour rejoindre l'autel.

« Tu es sublime, murmure-t-il avant que nous commencions à marcher.

— Je sais. Deke me l'a dit. » En fait, je ne l'ai pas encore vu. Je balaie la salle des yeux à la recherche de sa tête sombre et ses larges épaules, qui doivent dépasser tous les invités assis sur leurs sièges. Lorsque je le trouve, il est en train de me regarder. Je le salue de la main en souriant, et suis récompensée d'un signe discret de la tête. Il ne s'agit pas vraiment d'une effusion d'émotions, mais c'est un bel encouragement dans la langue de Deke. *Tu peux le faire, chérie.*

Je soutiens son regard aussi longtemps que possible tandis que j'avance vers l'autel. Je remarque à peine la frustration qui émane de Scott. Au départ, j'avais besoin de Deke pour qu'il me protège de l'insistance de Scott, mais celle-ci rebondit désormais sur moi sans m'atteindre. Je me fiche de ce que souhaite l'homme à côté de moi. Je suis bien plus intéressée par ce que je désire et ce dont Deke a envie.

Pendant que Jenn et Geoff échangent leurs vœux, je cherche de nouveau Deke du regard. Il a dit qu'il ne se marierait jamais. Je me demande pourquoi. Nous nous sommes rapprochés ce weekend, mais pas assez pour que ses secrets ne forment plus un gouffre entre nous. Un gouffre que j'ai l'intention de traverser.

« Bien joué, chérie », me complimente-t-il après la cérémonie. Il tire avec douceur sur la fine bretelle qui retient mon corsage. « Tu portes une culotte gainante là-dessous ? »

Je me couvre la bouche pour étouffer un éclat de rire. « Non, dis-je à voix basse. J'ai retenu la leçon. » Il s'approche. Ses lèvres trouvent mon oreille, mais j'écarte la tête.

« Pas encore. Je dois prendre des photos avec les demoiselles d'honneur. Et ensuite, il y a la réception.

— Rien à foutre de la réception », murmure Deke. Mon sexe se contracte.

« J'adorerais coucher avec toi au lieu d'assister à la réception... » Son regard devient brûlant. « Mais on doit rester jusqu'à ce qu'ils coupent la pièce montée. Et danser sur quelques morceaux.

— O.K. » Il lisse l'avant de son smoking. Avec son nœud papillon et l'écharpe de soie autour de sa taille, il ressemble à James Bond, mais plus sexy et dangereux. « Mais tu le paieras.

— J'ai hâte », dis-je en un souffle avant de suivre Brigit, qui m'appelle pour me faire photographier avec les mariés. Je ne peux m'empêcher de jeter des coups d'œil à Deke. Il ne semble pas me quitter des yeux. Son regard brille de façon étrange à la lumière tamisée.

Plus tard, après le repas et les discours, Deke et moi dansons joue contre joue sur Frank Sinatra. Enfin, pas joue contre joue : il est trop grand. Mais j'ai la joue posée sur son torse, et le moment est parfait.

Je lève la tête pour rencontrer son regard chaleureux. « Merci d'être venu avec moi ce weekend. »

Des rides apparaissent au coin de ses yeux, mais il ne sourit pas vraiment. Ses sourires sont rares. C'est ce qui les rend si excitants lorsque j'en obtiens un.

« Je sais que ce n'est pas du tout ton délire. C'était te demander un énorme service... » J'imagine que je cherche à le faire parler. J'ai l'impression que ce qui s'est passé hier soir a prouvé que nous sommes au-delà d'un faux couple. Mais en toute franchise, je ne sais toujours pas vraiment où nous en sommes. Le fait qu'il ne souhaite ni se marier ni avoir des enfants aurait dû m'empêcher d'espérer davantage, pourtant il n'en est rien. Je suis déjà amoureuse de cet homme.

J'ai envie d'aller loin avec lui.

En dansant, nous passons devant la table où sont empilés les cadeaux. Il s'y trouve tout ce qu'un couple pourrait désirer pour commencer la vie à deux, y compris une batterie de cuisine complète Le Creuset.

« Sadie. » Deke a l'air mal à l'aise. Oh, mon Dieu, il s'apprête à me larguer en douceur. « Je ne peux pas être en couple. Je suis... dangereux. »

Je le regarde sans rien dire. Enfin, nous mettons les choses à plat. « C'est à propos, hum... de la plainte pour coups et blessures ?

— Ouais.

— Qu'est-ce qui s'est passé ? » Mon cœur bat à tout rompre, mais je veux connaître toute l'histoire, quelle qu'elle soit.

« J'ai une tendance... protectrice. Surprotectrice. J'étais dans un bar, et une femme avait l'air de se faire emmerder. Je suis intervenu, mais en gros, j'ai perdu le contrôle. Mon l... » Il s'interrompt et secoue la tête avec brusquerie. « J'y suis allé trop fort. Je n'en avais pas l'intention, mais j'ai fait plus de mal à ce mec que nécessaire.

— Tu n'as pas conscience de ta force », dis-je à voix basse.

Il me contredit avec fermeté. « Non, j'en ai conscience. C'est pour ça que ça n'aurait jamais dû arriver. J'aurais dû garder le contrôle. Surtout avec un civil.

— Deke, ça fait partie du stress post-traumatique, dis-je, la gorge nouée. Tu as été forcé de tuer dans l'exercice de tes fonctions, n'est-ce pas ? »

Il inspire, puis expire lentement. « Ouais. Je... C'est

encore parfois le cas. » Il observe mon visage, comme s'il cherchait des signes que je suis horrifiée.

Je le suis un peu, mais je prends soin de maîtriser mon expression. J'aurais dû le deviner lorsqu'il a parlé de contrats de plusieurs millions de dollars avec le gouvernement. Pas étonnant qu'ils n'aient pas le droit d'être en couple. Ils sont des espèces de... tueurs à gages du gouvernent. Ou un truc du genre.

Je retourne cette idée dans ma tête pour voir si elle me donne envie de prendre mes jambes à mon cou.

Non.

« Je m'en fiche. »

Il penche la tête de côté. « Vraiment... ? Je veux dire, tu ne devrais pas. Je suis dangereux, Sadie. »

Je cesse de danser et prends son visage entre mes mains. « Tu ne l'es pas pour moi.

— Je ne sais pas, Sadie. Ce mec dans le bar...

— Tu es devenu agressif parce que tu pensais y être obligé. Tu as commis une erreur. Personne n'est parfait, Deke.

— J'ai envie de l'être pour toi. »

Mon cœur manque un battement. Il a dit *pour toi*.

Il a envie d'être parfait pour moi.

Deke veut être à moi !

« On surestime la perfection. C'est ce que désirent Scott ou mon père. Ils se fichent de ce qu'il y a à l'intérieur, tant que l'extérieur a belle allure. »

Deke n'a pas l'air convaincu.

« Tu es quelqu'un de bien, Deke. Tu protèges ceux qui ne peuvent pas se défendre seuls. Tu as le sens de l'honneur. De l'engagement. Je n'ai pas envie que tu sois parfait. J'ai envie d'être avec toi, c'est tout. »

Deke prend une autre inspiration. Un éclat vert brille

un instant dans ses yeux. Il baisse la tête et écrase ses lèvres sur les miennes pour les revendiquer. Sa grande paume se pose sur ma nuque, et il glisse la langue dans ma bouche.

J'entends des gloussements et des murmures autour de nous. Nous nous embrassons au beau milieu de la piste de danse, tels deux adolescents rebelles.

La sensation est merveilleuse.

J'ai l'impression que le baiser dure toujours. Deke me soulève comme si j'étais la mariée et me porte hors de la salle de bal.

Une fois que nous nous trouvons dans la chambre d'hôtel sombre, j'ai l'impression que tout se déroule au ralenti. Deke me pose, puis il ouvre la fermeture éclair de ma robe avec des gestes lents. À travers la grande baie vitrée, la pleine lune nous éclaire de sa lueur argentée et baigne la terre plongée dans l'obscurité d'une aura magique. Mon désir se décuple. Je sens mon cœur tambouriner dans ma poitrine.

Je laisse la robe tomber à mes pieds et me tourne face à Deke. Je ne porte qu'un string. Il a reculé et se tient dans l'ombre. Il est si beau dans son smoking que j'ai envie de pleurer.

Il a de nouveau l'air de se retenir. Je fais un pas vers lui.

« Je te veux, toi. Toi, Deke. » Son odeur déferle sur moi, m'enivre et me fait tourner la tête. Je ne sais pas si c'est à cause des phéromones ou de la pleine lune, mais je me déchaîne.

« Sadie, ce n'est pas tout... » Je le coupe en plaquant ma bouche sur la sienne.

« Je m'en fiche, dis-je en marmonnant. Peu importe ce que c'est, je veux quand même être avec toi. »

Il gronde contre mes lèvres, puis se redresse. Il déchire son T-shirt et révèle son torse époustouflant. *Oh, oui.* Mes ovaires font du twerk. *C'est parti pour grimper jusqu'au septième ciel !*

* * *

Deke

« Sadie, ma belle. Je vais te baiser tellement fort. »

Ouah. Je ne sais pas d'où c'est sorti. Aucun doute, ce n'était pas très respectueux, mais ça n'a pas l'air de déranger Sadie. De ses doigts agiles, elle ouvre le bouton de mon pantalon de costume.

Cette femme est un cadeau du ciel. Un putain de cadeau.

Je caresse son dos nu et unis de nouveau ma bouche à la sienne. Je voulais lui parler de mon loup, lui révéler tous mes secrets, mais dès qu'elle m'a donné une occasion de ne pas le faire, je l'ai saisie.

Lui dire la vérité m'est interdit. Je sais ce qu'en dirait Rafe. Ce qu'il penserait de tout ça.

Mais je ne peux rien cacher à Sadie. Dès que ça la concerne, tout me semble naturel. Son odeur. Le fait que sa présence calme et excite mon loup à la fois. Sa douce, douce acceptation de mes côtés sombres.

Je l'aime.

Je ne suis même pas sûr que je savais ce qu'était l'amour jusqu'alors.

Les loups ne réfléchissent pas en ces termes. Nous nous basons sur l'odeur et le destin pour nous unir, pas sur des émotions humaines. Mais ce que j'éprouve pour Sadie est réel. Ces sentiments vont au-delà de son parfum ou du désir de la marquer. J'aime qui elle est. Comment je me sens avec elle. L'homme que j'ai envie d'être pour elle.

J'ai envie de garder Sadie Diaz auprès de moi pour toujours. De m'unir à elle. De l'épouser. La totale.

Elle fait descendre mon pantalon sur mes hanches. Je l'aide à le retirer, puis la fais reculer vers le lit. Lorsque l'arrière de ses genoux rencontre le matelas, elle tombe à la renverse. Je place une main derrière sa tête pour amortir sa chute.

Je commence à m'allonger sur elle, puis je me souviens que je dois prendre une capote. J'en profite pour me débarrasser de mon caleçon avant de revenir dans le lit.

Sadie ne porte qu'un string minuscule. Sa peau est bronzée sous la lumière de la lune. Je mords la ficelle du string pour le faire descendre le long de ses jambes. Son rire est doux et musical. Je lui embrasse la jambe. Je commence par la cheville, puis remonte vers l'intérieur de la cuisse, jusqu'à son entrejambe. Je dépose un petit baiser sur son mont de Vénus, puis lui écarte les jambes.

« Ouvre-toi pour moi, chérie. »

Elle se met à gémir doucement avant même que ma langue la touche. Je lui lèche le sexe, puis lui écarte les lèvres pour goûter son désir. Je fais tournoyer ma langue à l'entrée de son sexe, autour de son clitoris.

« Tu es vraiment doué. » Elle a l'air à bout de souffle. Déjà désespérée. J'ai envie qu'elle reste dans cet état toute la nuit.

« Je vais te faire jouir tellement fort », dis-je avant de glisser un doigt en elle.

Elle se tortille pour le prendre plus profondément. Je recule, puis la pénètre avec deux doigts et la caresse jusqu'à ce que je trouve son point G. Sa chair se contracte sous mes doigts.

Sadie se met à remuer les jambes et crie. J'aspire son

clitoris dans ma bouche et suce le petit bouton de chair sans cesser de caresser son point G.

« Deke ! Oh, mon Dieu, c'est si bon. »

Je fredonne contre sa peau. Ou peut-être qu'il s'agit d'un grondement. Ça n'a pas d'importance. Je garde le contrôle. Sa confiance en moi m'a donné de la force. Je ne la marquerai pas. Je vais la faire jouir comme ça ne lui est jamais arrivé.

Je fais aller et venir mes doigts en touchant son point G à chaque passage. Elle hurle et me tire les cheveux pour presser mon visage contre son sexe, mais je n'ai jamais cessé de sucer son joli petit clitoris.

Ses hanches tressautent de façon incontrôlable. Son sexe se contracte autour de mes doigts pendant qu'elle vole en éclats. Je m'immobilise pour lui laisser le temps de jouir, puis je ralentis mes caresses, ce qui provoque un deuxième orgasme. J'ouvre la bouche pour libérer son clitoris et lui donner un petit coup de langue. Une troisième onde de choc traverse Sadie.

« Oh, mon Dieu. Deke, c'est tellement bon. » Haletante, elle me tire par les oreilles pour m'obliger à lever la tête et à m'écarter de son sexe gonflé. « Viens ici, dit-elle sur un ton suppliant. J'ai besoin de te sentir en moi. »

Je souris. Son désir recouvre mes lèvres. « Je suis en toi. » Je caresse de nouveau son point G pour le lui rappeler. Un quatrième orgasme déferle sur elle.

« Et qu'en est-il de... hum... me baiser fort ? »

Un éclat de rire m'échappe. « Sadie Diaz, est-ce que tu viens de dire un gros mot ?

— Ça m'a paru approprié, répond-elle en riant à son tour.

— Mmm. » Je m'allonge sur elle. Elle a raison. En effet, c'est approprié. Je ramasse le préservatif que j'ai posé sur le lit et en déchire l'emballage. « C'est vrai que je t'ai promis une bonne baise, hein ?

— Hm-mm. » Elle écarte les genoux, et ses yeux se ferment à demi. Elle est peut-être douce, mais ce n'est pas une prude. Elle est tout simplement adorable.

Je déroule le préservatif sur mon érection et me redresse à genoux pour approcher mon gland de son sexe. « Putain, c'est un privilège de te faire jouir, Sadie Diaz. »

Merde, je n'ai aucun filtre ce soir. J'ai été si soulagé qu'elle m'accepte lorsque je lui ai révélé mon obscurité que je me sens transformé.

Un frisson la traverse. Elle entrouvre ses lèvres, enflées après nos baisers, et empoigne fermement mon sexe pour me guider. « J'ai besoin de toi », répète-t-elle.

Merde. Moi aussi, j'ai besoin d'elle.

Terriblement.

Je lui donne un coup de reins, et je suis perdu. La lune m'a déjà échauffé le sang. Mes canines s'allongent, mais je m'applique à garder la bouche fermée. Je ne perdrai pas le contrôle. Pour Sadie, je peux le faire.

Je la pilonne plus fort que je ne l'avais prévu, mais elle se cambre et pousse un gémissement satisfait, comme si c'était exactement ce dont elle avait besoin. « Je vais te baiser si fort que tu ne marcheras plus droit demain. »

Je recule, puis replonge en elle d'un coup de reins puissant et assuré. Sa tête remonte sur le matelas. Je dois la retenir par l'épaule pour l'empêcher de se cogner contre la tête de lit.

« B-baise-moi, Deke. »

J'ignore pourquoi l'entendre prononcer ce mot me fait perdre la tête. Parce que ça lui ressemble si peu. Parce que ça signifie qu'elle en a réellement envie.

J'accélère le rythme de mes coups de bassin et la prends

de plus en plus fort en observant son visage pour déceler le moindre signe que je suis trop brutal.

Mais je n'en vois aucun. Elle semble désirer et apprécier tout ce que je lui donne. Elle est sublime. Son épaisse chevelure sombre étalée sur l'oreiller forme un halo autour de sa tête. Sa belle poitrine est pointée vers le plafond, ses mamelons durs semblent inviter ma bouche. Je me penche pour en prendre un entre mes lèvres et le sucer.

Elle gémit de plaisir.

À ce son, je recommence à lui donner de brutaux coups de reins. De la tension se rassemble à la base de ma colonne vertébrale.

« Oui », m'encourage-t-elle.

Je suce son autre téton pour qu'il ne se sente pas laissé pour compte. Elle pince l'un des miens, ce qui me fait sourire.

« Tu as envie que je te prenne fort ? » C'est un peu tard pour lui poser la question, parce que c'est déjà ce que je fais. Peut-être que j'ai besoin d'en être sûr.

« Oui ! J'ai envie que tu me prennes fort. Tellement fort.

— Oh, merde. » Je me cramponne à la tête de lit et effectue de rapides allers-retours entre ses cuisses. À chaque passage, elle laisse échapper un cri guttural qui me rend complètement fou.

Je suis sûr que toutes les chambres de l'étage nous entendent. Mon loup ne pourrait pas être plus fier.

Je me tiens à deux mains et m'enfonce en elle encore plus vite. Encore plus fort.

Son regard torride ne quitte pas mon visage. Elle a la bouche ouverte tandis qu'elle pousse des cris de plaisir. Le lit remue et ne cesse de cogner contre le mur.

Mon loup gronde. Il souhaite que je le libère. Il meurt d'envie de la marquer. Mais je résiste.

Pour Sadie, je résiste.

« Oh, Deke. S'il te plaît... Pitié ! » Elle me supplie. D'arrêter ? De jouir ?

Il me suffit de penser à jouir pour atteindre l'orgasme. Je voulais la baiser toute la nuit, mais le plaisir est trop intense. Mon membre tressaute lorsque de la semence en jaillit. Sadie ceint ma taille de ses jambes pour m'attirer entièrement en elle. Elle me maintient là pendant que nous atteignons tous deux l'orgasme en une parfaite harmonie.

Je laisse échapper un cri étranglé. Mon loup me force à approcher la tête du creux de son cou. Mes canines sont prêtes à plonger dans sa chair, mais je recule au dernier moment, tel un homme hurlant à la lune. Un homme-loup proclamant au monde entier qu'il a trouvé sa femelle.

Sa compagne.

Marque-la, geint mon loup.

Pas encore.

Il semble sentir la promesse que contient mon avertissement. J'ai bien l'intention de la marquer, mais pas cette nuit. Mes canines se rétractent.

Sadie est en sécurité.

Sadie est à moi.

Quant à lui dire que je suis un loup, la marquer... Nous y viendrons. Une fois que je serai certain qu'elle sera toujours en sécurité auprès de moi.

Que mon loup et mon obscurité ne lui feront jamais courir de danger.

Chapitre treize

Sadie

Je me réveille dans un lit tiède. Je suis seule, mais un message se trouve sur l'oreiller de Deke.

Je suis allé courir.

Je souris en m'étirant. Je me sens bien, de ma tête décoiffée à mes orteils en éventail. L'opération Séduire Deke s'est bien passée.

Nous partons aujourd'hui. Notre mascarade pour se faire passer pour un couple sera terminée. Nous ne nous sommes rien promis pour la suite, mais je me sens optimiste après notre discussion hier soir. Nous trouverons une solution.

J'enfile mes chaussures de marche et sors de la chambre. L'hôtel est calme, ce matin. Presque personne n'est levé. Les autres invités feront la grasse matinée.

Dehors, l'air est frais et vivifiant. C'est une matinée parfaite pour une randonnée. Avec un peu de chance, je croiserai Deke et nous pourrons reprendre où nous en étions restés.

Je trottine sur le sentier. La pelouse de l'hôtel laisse rapidement place à un chemin caillouteux. Une brindille craque derrière moi.

Je me retourne. « Deke ?

— Sadie. » Scott apparaît derrière un pin Bristlecone touffu.

Beurk ! Quel type flippant ! Je m'arrête net. « Scott.

— Il faut qu'on parle. » Sa voix est enrouée. Il porte toujours le même smoking que la veille. Il a les yeux rouges, et son haleine sent la vodka.

Pouah.

« Tu n'as pas du tout dormi cette nuit ?

— Peux pas dormir. » Lorsqu'il me saisit les bras, je reçois une bouffée de son haleine fétide mélangée à des relents d'eau de Cologne. Prise d'un haut-le-cœur, j'essaie de le repousser.

J'y parviens. Il tente de me suivre et trébuche sur un caillou. « Va-t'en.

— Sadie, je veux être avec toi.

— Non. Quelqu'un d'autre s'amuse avec ton jouet, c'est tout. Tu n'as jamais tenu à moi. Ce sont les contacts de mon père qui t'intéressent. Sans son soutien, tu ne peux pas obtenir de contrats de construction avec le conseil municipal.

— Merde, non, Sadie. » Il titube et me tombe dessus. Son poids me fait chuter. Je hurle en essayant de lui faire lâcher ma veste, mais il la tient fermement entre ses poings.

« Scott, tu me fais mal... »

En amont, un grondement sauvage nous parvient. Tous mes poils se dressent en un avertissement.

Un prédateur !

Mes muscles se changent en pierre. Je cesse de lutter contre Scott, qui s'appuie sur moi pour se relever avec difficulté. Il se tourne vers le son avec un temps de retard. Un autre grondement résonne, puis une gigantesque silhouette noire descend à toute vitesse vers nous.

« Qu'est-ce... » La question de Scott est interrompue par une ombre énorme qui le percute. Il s'effondre en secouant les bras. Je hurle.

Scott est à terre, et au-dessus de lui se tient le plus gros et menaçant loup noir que j'aie jamais vu.

Je recule d'un pas tremblant, trébuche sur un caillou et manque de chuter. Au dernier moment, je parviens à conserver l'équilibre. Le loup tourne la tête vers moi. Je tressaille.

L'animal se retourne vers Scott. Il ouvre ses énormes mâchoires et pousse un grondement qui m'évoque un rugissement.

Cours ! me crie l'adrénaline dans mes veines.

Scott glapit. Mince, il est sur le point de se faire dévorer. Je dois faire quelque chose ! J'ai les jambes qui tremblent.

« Non ! » J'utilise ma plus ferme voix d'institutrice. Sans réfléchir, je m'empare d'une branche pour éloigner le loup en le frappant.

Mais celui-ci recule avant que je puisse prendre de l'élan. Scott réussit à se relever en dérapant.

« Hé ! » J'essaie de distraire le loup pour que Scott puisse s'enfuir. Et c'est ce qu'il fait. Il file vers l'hôtel, son smoking déchiré claquant dans son sillage. Il m'abandonne avec le loup.

Seule.

Quel con.

Je fais un pas en arrière et serre la branche plus fort entre mes doigts. *Zut.*

« Je ne pensais pas mourir comme ça », dis-je au loup.

À mon plus grand choc, il s'assied et commence à geindre.

Mince, comme un bon toutou !

« Hum... d'accord. Gentil loup. » Je recule à pas lents.

Il m'observe. Je ne vois plus ses crocs, mais je ne les oublierai jamais. Cet animal est un tueur. Et je ne peux pas le distancer — j'ai vu à quelle vitesse il a descendu le flanc de la montagne.

Que vais-je faire ?

Il commence à avancer vers moi, mais ne me saute pas dessus. Je dirais plutôt qu'il trotte. Je sursaute. Dès qu'il me voit tressaillir, il s'arrête et se rassied. Je discerne un éclat argenté dans l'épaisse fourrure autour de sa gorge. Lorsque le loup tourne la tête, le rectangle plat en argent reflète plus clairement la lumière.

« C-c'est à Deke ! Tu portes la plaque de Deke. » Qu'est-ce que ça signifie ? Mes bras se couvrent de chair de poule.

Je me couvre la bouche. De deux choses l'une. Soit le loup a dévoré Deke et porte ses plaques militaires en trophée, soit...

« Sherlock Holmes a dit : *Lorsque vous avez éliminé l'impossible, ce qui reste, si improbable soit-il, est nécessairement la vérité* », dis-je d'une voix tremblante.

Le loup penche la tête de côté comme s'il m'écoutait.

« Soit tu as mangé Deke, soit... tu es Deke. »

Le loup souffle. Il hoche la tête de haut en bas comme s'il acquiesçait.

Mais non. C'est impossible. J'éclate d'un rire larmoyant, à moitié hystérique. « Tu as intérêt à ne pas avoir mangé Deke. C'est mon petit ami, et il me plaît beaucoup. » Je lève la branche, préparée à venger mon amant.

Le loup s'aplatit sur le ventre et avance en rampant. On dirait qu'il me supplie.

« D-Deke ? » C'est si ridicule, si impossible, et pourtant… ces yeux verts. Je les ai déjà vus, c'est certain. Maintenant, je comprends pourquoi ils brillaient dans le noir.

Le loup se lève et part en trottant derrière des fourrés. Un grondement bas me donne la chair de poule, puis Deke, mon grand amant musclé, se lève et sort de la cachette du loup.

Je titube en arrière. Mes jambes sont déboussolées. *S'enfuir ou se battre ? Détaler ou serrer Deke dans mes bras ?*

Je décide de me lécher les lèvres. Et de dire tout haut l'évidence. L'impossible. « Tu es un loup. »

Deke hésite, comme s'il n'était pas sûr de devoir s'approcher. « N'aie pas peur », murmure-t-il en ouvrant les mains. Il sort lentement des fourrés. Sans les buissons entre nous, je prends conscience d'autre chose.

Mes lèvres tressaillent. « Hum, tu es nu. » Mis à part les plaques militaires. Elles brillent sur son torse impressionnant et attirent le regard sur sa rangée d'abdos. Puis plus bas, en suivant le joli chemin de poils vers…

D'accord. Tout porte à croire qu'il n'a pas changé de place avec le loup. Qu'ils sont en réalité un seul et même être.

« Tu es un… » Je ne peux pas le dire. C'est trop délirant.

Il hoche la tête. « C'est mon secret le plus sombre. »

Je force mon regard à remonter vers son visage. C'est difficile. Il y a tant de parties délicieuses à dévorer des yeux. « D'accord.

— D'accord ? C'est tout ce que tu vas dire ?

— Qu'est-ce que je devrais dire ? Tu t'attendais à ce que je m'enfuie en criant ?

— Plus ou moins, avoue-t-il avec un haussement d'épaules.

— Eh bien, je ne m'enfuis pas. À vrai dire, je ne suis pas

sûre de pouvoir courir. Excuse-moi. » Je m'assieds lourdement sur un rocher. Mes jambes ne me portent plus.

Deke s'accroupit avec des gestes lents jusqu'à ce que nos yeux soient au même niveau. Ses mouvements sont trop gracieux pour un humain. Comme ceux du loup.

Je répète : « Tu es un loup. »

Il acquiesce de la tête.

Je tends la main pour toucher son tatouage de loup. Puis je me passe une main tremblante sur le visage. J'ai bêtement envie de rire. « Mon Dieu. Oh, mon Dieu. C'est ton secret. »

Il est immobile, attend. Que je le juge, que je lui demande de partir, ou autre chose. Dans l'attente, tout simplement.

« Tu es un loup. » Émerveillée, je lui touche le visage. Il ferme les yeux et tourne la tête. Ma main se retrouve dans ses cheveux. Je les caresse. « Deke, dis-je à voix basse.

— Sadie... » Il grogne contre ma paume, puis me mordille.

Je l'enlace et l'embrasse. Il me rend mon baiser. Je me colle contre lui, puis le pousse en arrière pour lui chevaucher la taille. « Est-ce que ça va ? Je ne te fais pas mal ?

— Non, répond-il entre deux baisers brusques. Ça ne fait plus mal. »

Avant que je puisse lui demander ce qu'il veut dire par là, il passe le bras sur mon ventre et plonge la main dans mon legging. Je gémis pendant que ses doigts cherchent ma chaleur.

Je retire mes chaussures en une seconde. Deke est déjà nu.

« Sadie, ma douce. Je n'ai pas de capote, dit-il sur un ton chagrin.

— Oh. » Non, cette fois, je n'accepterai pas qu'on me casse mon coup. « Tu pourrais te retirer ?

— Ça marche. » Ses biceps se contractent lorsqu'il me soulève par la taille et me fait descendre sur son érection. Il est doté d'une force incroyable. Maintenant, je sais pourquoi il lui était si facile de me soulever et de me porter dès que l'envie le prenait.

Deke me fait aller et venir sur son membre, tout d'abord avec lenteur, mais il me fait bientôt presque rebondir. Mes seins se balancent en rythme. Je me sens aussi sexy qu'une star du porno. C'est délicieux. Je couche avec un loup. En plein air.

C'est parfait.

Son début de barbe m'irrite les joues pendant que nous nous embrassons. Alors que je crie, le danger, l'adrénaline et la menace se cristallisent en une émotion primale, un orgasme épique qui célèbre le fait que j'ai affronté le loup et survécu. Je suis vivante.

Deke grogne. Ses yeux deviennent verts. « Je ne peux pas. Je ne peux pas », marmonne-t-il. J'aperçois les canines luisantes du loup dans sa bouche.

Il ne peut pas quoi ? J'ai envie de lui poser la question, mais il me fait toujours rebondir sur son sexe et m'entraîne vers un nouvel orgasme. Cette fois, quand je vole en éclats, il me soulève entièrement en poussant un juron et éjacule sur la terre. Il respire fort contre ma veste. Pendant qu'il jouit, l'une de ses dents pointues lui entaille la lèvre. Du sang coule sur son menton.

Deke

« Merde, je suis désolé. » Je lui demande pardon, même si nous avions convenu que je me retirerais. Ça m'a tout de même paru irrespectueux. Décevant.

Tout, sauf naturel.

Le destin veut que nous nous unissions.

C'est la pensée qui me passe en tête. Cette fois, l'idée va au-delà de marquer Sadie. Elle concerne notre avenir. Vivre ensemble. Avoir des enfants. Fonder une famille. Tout ce que Sadie dit désirer, j'ai envie de le lui donner. J'en ai envie, moi aussi. La totale.

« Tu saignes ! » s'exclame-t-elle en approchant son pouce de mon menton.

Je me hâte d'essuyer les preuves. « Pardon, je... »

Elle m'observe. L'inquiétude et la curiosité font briller ses yeux à la chaude teinte brune. « Pourquoi est-ce que tu t'excuses ? »

Je déglutis. Je devrais tout lui expliquer. Mais est-elle prête ? En sommes-nous là ? Je n'ai même pas encore parlé à Rafe. Si mon alpha m'interdit de revendiquer Sadie, je ne sais pas ce que je ferai.

« Les loups, euh... on marque notre compagne.

— Comment ? » L'information ne semble pas la choquer. Seulement la dérouter.

« En la mordant. C'est pour ça que je suis parti courir si souvent et que je n'ai pas dormi dans le même lit que toi. J'ai... hum, je ressens le besoin de te revendiquer.

— De me revendiquer ? » Elle écarquille les yeux, mais n'est pas effrayée. C'est bien.

Je me passe la main sur le visage, puis ramasse son legging et le tiens ouvert pour qu'elle puisse l'enfiler. Et j'avoue l'amère vérité : « Ça ne marchera peut-être pas.

— Tu veux dire, de me transformer ? » s'écrie-t-elle.

Un rire surpris monte dans ma gorge. Je ne peux m'empêcher de sourire. Merde, elle est trop mignonne. « Non. On n'est pas des vampires. On forme une espèce entièrement différente des humains. D'habitude, on s'unit à des membres de notre espèce. »

Sa déception est palpable. Mon loup a envie de hurler, d'arranger les choses. Il veut la rendre heureuse pour le restant de nos jours. Tout comme moi.

Je l'attire sur mes genoux. « Je te veux pour compagne. » J'ai besoin que les choses soient claires.

« Moi aussi, j'en ai envie, dit-elle en me touchant le visage. Enfin, je crois que j'en ai envie. Je veux être avec toi, Deke.

— Alors, on trouvera une solution. Ensemble. D'accord ? »

Son sourire est plus lumineux que le soleil matinal. Elle m'embrasse avec douceur. « Je t'aime.

— Merde, Sadie. Moi aussi, je t'aime. »

Des voix se rapprochent sur le sentier. Après son étalage de lâcheté, Scott revient peut-être « secourir » Sadie.

« Quelqu'un arrive, ma douce.

— Ça m'est égal, affirme-t-elle en recommençant à m'embrasser.

— Je suis à poil.

— Oh ! » Elle éclate de rire et se lève.

« Je te retrouve à l'hôtel dans une vingtaine de minutes, d'accord ? Ça ira, toute seule ?

— Bien sûr », lâche-t-elle avec un léger dédain.

Bien sûr. Après tout, elle était prête à affronter un énorme loup avec une branche pour toute arme. Ma Sadie peut se débrouiller seule.

Je mute. Mon loup fait le beau lorsqu'elle pousse un petit cri admiratif. Elle enfouit les doigts dans ma fourrure. Je prends le risque de rester encore un moment pour la laisser me caresser les oreilles et la tête, puis je gravis la montagne en courant vers mes vêtements.

Lorsque j'arrive au sommet, je me tourne et baisse les yeux vers Sadie. Je suis incapable de lui tourner le dos trop longtemps.

Elle est toujours là. Elle me regarde avec une expression émerveillée. Je lève le museau quand elle me salue de la main. Mais Scott et deux employés de l'hôtel apparaissent à l'angle du sentier. Je quitte les lieux aussi vite que possible.

Chapitre quatorze

Sadie

« Bon, c'était marrant, dis-je tandis que l'hôtel rétrécit dans le rétroviseur de la Mercedes. Du sexe dans la forêt. Je peux rayer ça de ma liste de choses à faire une fois dans ma vie. Et coucher avec un loup, aussi. »

Les yeux de Deke se plissent, mais comme à son habitude, il ne dit rien.

Lorsqu'il m'a retrouvée à l'hôtel, nous sommes restés dans la chambre et nous avons remis le couvert en un moment de sexe interminable qui nous a fait manquer le déjeuner d'au revoir.

J'ai téléphoné à la réception pour les prévenir que je rendrai la clé de la chambre plus tard. Nous avons pris une douche à deux, puis un déjeuner très tardif avant de faire nos sacs et de quitter la chambre. Même si Deke n'aime pas ce genre d'hôtel ou les foules, j'ai eu l'impression qu'il n'avait pas envie de partir.

Comme s'il n'avait pas envie de retrouver le monde réel si vite. Il s'inquiète peut-être pour nous deux.

Une pensée me vient soudain. « Alors, le fait de ne pas se mélanger aux civils, en fait, c'est... ne pas se mélanger aux humains ? »

Il hésite. « Oui et non. Je t'ai dit que suis dangereux, Sadie. C'est réel. » Il plonge son regard dans le mien. Mon ventre se noue.

« On en a déjà parlé, dis-je sur un ton buté.

— Oui, mais quand on en a parlé, tu ne savais pas qu'un animal sauvage se trouve en moi. Et parfois, je perds le contrôle sur lui. »

J'ai soudain envie de pleurer. Pas pour moi, mais pour lui. Sa souffrance est palpable.

« Tu n'as pas perdu le contrôle, ce matin. Je veux dire, tu as plaqué Scott au sol, mais tu ne l'as pas attaqué. Et je suis sûre que tu ne m'aurais fait aucun mal. »

Il semble réfléchir, puis ses épaules se détendent quelque peu. « Ouais. Tu as raison. À mon avis, ma crainte de te blesser m'a permis de garder le contrôle.

— Donc, tu n'es pas dangereux. J'en suis sûre et certaine. »

C'est la vérité. J'en ai l'intime conviction. Il n'y a aucun autre homme avec qui je serais plus en sécurité. Ni aucun autre loup.

Dès que nous arrivons au bas de la montagne et retrouvons du réseau téléphonique, mon portable se met à vibrer. J'ai un appel en absence et un message vocal.

« C'est Scott ? » demande Deke à voix basse. Il serre tant le volant que les articulations de ses doigts blanchissent. Il m'a fallu un moment pour me débarrasser de mon ex quand il est venu me porter secours avec l'équipe de sécurité de l'hôtel, tel un preux chevalier (mon œil). Mais Deke est arrivé et sans prendre de gants, il a dit à Scott de me laisser tranquille, sinon il aurait des ennuis.

« Non. Mon père. » Je verrouille le portable en ignorant les messages. Il m'appelle sans doute pour me demander si je me suis remise avec Scott.

Nous arrivons devant chez moi dans la soirée. Le ciel sombre et alourdi par des nuages donne l'impression qu'il est plus tard qu'en réalité. Deke se gare, et je descends de la voiture. Sans me laisser le temps de le lui demander, il prend ma valise et m'accompagne jusqu'à la porte. Il pose le sac dans l'entrée, mais reste sur le perron. De sa grande main, il se tient au cadre de la porte et se penche vers moi. On dirait qu'il a envie d'entrer, mais qu'il a besoin de ma permission.

« Je ferais mieux de rentrer au QG. »

Je ne veux pas lui mettre la pression, mais j'éprouve une soudaine peur irrationnelle. Une fois qu'il retrouvera les siens, ils le persuaderont de me quitter.

« Tu pourrais dormir ici, juste cette nuit ? Rentrer demain ? »

Il se passe la main sur le visage. « J'en ai envie, chérie.

— S'il te plaît ? » Il est possible que je fasse des yeux de chien battu.

« Merde, c'est dur de te dire non. »

Je souris.

Il me suit à l'intérieur.

D'accord, tu l'as fait venir chez toi. Et maintenant ? Pour tenter d'être une bonne hôtesse, je lui propose du vin, mais il secoue la tête.

Puisque je suis déjà dans la cuisine, j'en profite pour brancher mon portable sur le chargeur. Le téléphone s'allume et se met à bourdonner comme un frelon furieux.

Je grogne en voyant qui m'appelle. « Ce n'est pas Scott », dis-je à Deke, qui rôde dans mon salon à la façon d'une gigantesque ombre lugubre. Je lève l'index. « Une seconde. »

Je rappelle mon père, mais tombe tout de suite sur sa boîte vocale.

Sans cesser de soutenir le regard de Deke, je laisse un message : « Allô, papa ? Je n'ai pas envie de te parler. Pas aujourd'hui, et probablement pas avant un moment. Scott et moi, on a rompu. C'est un pauvre type, et c'est terminé avec lui. Et si tu n'arrêtes pas d'essayer de me contrôler, je couperai le contact avec toi aussi. » Je raccroche.

« Qu'il aille se faire foutre », dis-je en marmonnant avant de jeter mon portable sur le comptoir de la cuisine.

Deke pousse un soupir qui ressemble à un rire.

Je m'approche lentement de lui, comme s'il était un animal sauvage prêt à s'enfuir. « Ça t'a plu ?

— Ouais. » De près, ses yeux scintillent.

J'avance pas à pas. « J'aurais dû poser des limites il y a des années. J'avais besoin d'aide, c'est tout. » Je suis assez proche pour le toucher. Il n'a pas bougé. Ses bras sont toujours contre ses flancs.

« Tu m'aides, Deke. Tu me rends courageuse.

— Tu n'as pas besoin de moi. Tu es courageuse toute seule. Ce matin, tu allais secourir Scott d'un loup sauvage. »

Je ris à ce souvenir. Je n'arrive toujours pas à croire que Deke est un loup. Enfin, si, ça paraît même tout à fait coller, mais c'est si bizarre.

« Mais ce loup sauvage m'aime bien », dis-je en battant des cils.

Son sourire fait de nouveau apparaître des pattes d'oie autour de ses yeux.

« Et tes amis ? Tu as peur qu'ils ne m'acceptent pas ? »

Il hésite. La tension revient dans ses épaules.

Je lui prends la main et l'entraîne vers la chambre. « On trouvera une solution », dis-je en un murmure. Il me suit, puis me soulève au moment de passer le seuil de la pièce et me porte jusqu'au lit.

« Ouais. On trouvera. »

* * *

Deke

Je ne sais comment, mais je réussis à y aller lentement avec Sadie. J'imagine que l'avoir déjà possédée trois fois au cours des dernières vingt-quatre heures a assez apaisé mon loup pour qu'il reste sous contrôle. Je chevauche ma belle femelle et la déshabille. Je lui embrasse le cou, entre les seins, le ventre. J'évite les zones les plus érotiques afin de les garder pour plus tard. De ma langue, je décris un cercle autour de son nombril. Puis je descends vers l'intérieur de sa cuisse et fais glisser ma langue en direction de son sexe, mais sans la toucher là où je sais qu'elle en a le plus besoin.

Elle frissonne et tremble en dessous de moi. Elle prononce mon prénom d'une magnifique voix rauque.

Je la prends en pitié. J'effleure ses mamelons de mes pouces en écoutant ses doux cris de plaisir. J'adore la voir serrer les cuisses l'une contre l'autre. Je prends l'une des pointes de chair dans ma bouche et la suce, fort. Sadie se cambre et se décolle du lit.

« Tu es si belle, Sadie. » Elle devrait l'entendre. Souvent.

« Où est-ce que tu me mordrais ? » demande-t-elle comme si elle n'avait cessé d'y penser.

Je me pétrifie. « Euh, eh bien… normalement, une morsure de revendication, c'est là. » J'approche les lèvres et l'embrasse là où son cou rencontre son épaule, puis je passe la bouche sur sa peau douce.

« Mais ça pourrait être dangereux sur une humaine. Les

métamorphes cicatrisent instantanément. Une louve ne court aucun risque à être marquée.

— Ohhh, murmure Sadie avec de grands yeux. Tu peux... le faire ailleurs ? À un endroit moins risqué ? »

Mon cœur se met à cogner contre mes côtes.

Sadie a envie que je la marque.

Elle désire être revendiquée.

Fais-le maintenant ! Mon loup se réveille en rugissant. Il refuse d'attendre plus longtemps.

Je m'écarte d'elle avec précipitation. Ma vision s'aiguise tandis que le loup s'approche de la surface.

Elle me caresse les avant-bras du bout des doigts. « Ce n'est rien. Tu gardes le contrôle », dit-elle d'une voix douce. Je parie qu'elle réconforte ses élèves en quelques secondes avec cette voix.

Elle me pousse le torse pour s'asseoir. Je m'écarte tout de suite, pensant qu'elle a besoin d'espace, mais elle m'allonge sur le dos. « Laisse-moi prendre soin de toi, Deke », susurre-t-elle en me chevauchant les jambes. Elle déboutonne mon jean.

Je serre la couverture dans mes poings pendant qu'elle libère mon érection et fait courir sa douce langue mouillée autour de mon gland.

Je pousse un grondement bas. Un grondement de plaisir. Tant de plaisir.

Sadie me lèche des testicules à l'extrémité de mon sexe, puis elle donne quelques coups de langue sur mon gland.

Je suis pris d'un violent frémissement. L'intense satisfaction de sentir la bouche de ma femelle autour de mon érection me transforme. « Sadie... » Je ne reconnais pas ma voix. Elle est grave et éraillée. Désespérée.

Elle soutient mon regard tandis qu'elle prend peu à peu mon sexe dans sa bouche aussi profondément que possible jusqu'à ce qu'il touche le fond de sa gorge. Elle serre la main autour de la base de mon érection pour compenser, puis elle commence à faire glisser de haut en bas son poing et sa bouche de concert.

Je tressaille. Mes cuisses tremblent déjà. La sensation est tellement incroyable.

Je me mets à psalmodier son prénom en perdant tous mes neurones. « Sadie, Sadie, Sadie, Sadie. »

Elle fredonne en réponse. La vibration créée me parcourt du haut de mon sexe jusqu'à mes bourses. Elles se contractent fermement en réaction.

« Sadie, ma douce petite humaine. Parfaite, magnifique, merveilleuse Sadie. »

Elle cesse un instant de m'aspirer entre ses lèvres pour sourire, puis reprend ses va-et-vient plus vite. J'ai envie que le moment dure toujours, mais je ne tiendrai pas une minute de plus.

Je bloque les genoux en joignant mes chevilles. Mes poings se crispent autour de la couverture.

« Je vais jouir... »

Au lieu d'arrêter, elle continue de me sucer assez fort pour me tuer de plaisir.

« Putain ! » Elle s'immobilise quand je jouis dans sa bouche. Puis elle avale et me sourit.

« Oh, merde, Sadie. Tu es la femme la plus incroyable au monde. »

Son sourire s'élargit.

Je l'allonge sur le dos. « À mon tour. »

J'ai encore de grands projets. D'ici à ce que nous nous endormions, je compte la faire hurler jusqu'à ce qu'elle en perde la voix.

* * *

Je suis entouré d'obscurité et d'humidité. Un linge tiède et mouillé me couvre le visage. La suffocation, la mort lente, l'odeur de décomposition. Je me trouve dans une cabane, ligoté avec des chaînes en argent qui brûlent ma peau de métamorphe. Derrière la porte, la jungle.

C'est un rêve. Seulement un rêve. Je lutte pour remonter à la surface, lutte bec et ongles pour me réveiller. Un rire lugubre s'infiltre dans mon rêve. Il couvre les sons de la jungle.

Je me réveille en sursaut. Je suis dans le lit de Sadie, entouré par son odeur. Son petit corps est couché à côté de moi. Mais quelqu'un d'autre se trouve ici. Quelque chose bouge dans son placard, et son ricanement résonne dans la chambre.

« Tu ne veux pas jouer ? » demande une voix moqueuse.

Je mute et bondis, prêt à tuer.

Chapitre quinze

Sadie

Je somnole lorsqu'un rire sinistre fait irruption dans mon rêve. À côté de moi, Deke se réveille en sursaut et bondit hors du lit.

Je me redresse à moitié. « Quoi ? »

Le rire préenregistré recommence.

Un grondement terrifiant secoue mes murs. Je comprends tout à coup ce qui se passe.

« Non ! Deke ! » Trop tard. Le loup noir saute sur mon placard, et ses griffes lacèrent les portes en bois. Il se dresse sur les pattes arrière pour défoncer les portes. Des grondements emplissent la chambre.

« Deke ! »

Oh, mince ! Il croit qu'un intrus se cache dans le placard. Il essaie de me protéger.

Je me lève pour l'arrêter, mais ses grondements sont trop effrayants. Je me souviens des avertissements de Deke et de sa crainte de me faire du mal. À cet instant, je serais idiote de m'interposer entre lui et ce qu'il perçoit comme un danger.

Un grand vacarme résonne contre les murs pendant que le loup affronte les portes de mon placard. Il sort victorieux du combat. Puis, j'entends un bruit horrible — celui d'un loup qui dévore une peluche.

« Deke. »

J'ai une montée d'adrénaline. Je tends le bras et appuie sur l'interrupteur. J'allume juste à temps pour voir le loup jeter le *jackalope* déchiré en l'air. Il l'achève d'un claquement de ses mâchoires. Lorsqu'il tourne sa grosse tête dans ma direction, il a l'air d'un animal enragé. Je ne discerne aucune humanité dans son regard d'un vert étincelant.

« Oh, mon Dieu... » Je tremble de tous mes membres. Des morceaux de fourrure synthétique et de rembourrage flottent dans la chambre, recouvrent le sol, mon lit, les murs.

L'une des portes du placard pend de travers, encore rattachée à un gond. L'autre est en pièces par terre. La moitié de mes cardigans classés par couleurs sont tombés de leurs cintres.

Il a fallu trente secondes à Deke, le loup, pour causer cette destruction.

Je pose la main sur mon cœur pour essayer de le faire rentrer dans ma poitrine.

Je t'ai dit que je suis dangereux, Sadie. C'est réel.

Je ne l'ai pas cru sur le moment, mais je le crois, maintenant. Un prédateur se trouve dans ma chambre. S'il se retournait contre moi pour une raison quelconque, je n'aurais pas la moindre chance. Je ne survivrais pas.

« Deke, dis-je en un murmure. Reviens-moi. »

Un grondement s'élève de la silhouette sombre dans le coin de la chambre. Le loup recule en secouant la tête comme s'il tentait de se libérer de quelque chose. Puis il pousse un long geignement. Le son est si triste qu'il me serre le cœur. L'homme à l'intérieur de l'animal a pris conscience de ce qu'il a fait.

J'entends grogner, puis Deke se lève, à nouveau sous sa forme humaine.

Il parcourt la pièce d'un regard horrifié. « Merde. Sadie. »

Je suis collée à la tête de lit, à tel point que ma colonne vertébrale y est fusionnée. Je tremble si fort que mes muscles sont douloureux. J'ai encore l'impression d'entendre ses grognements sauvages.

« Je t'ai fait du mal ? » Il fait un pas vers moi. Je sursaute. Il remarque ma réaction et tressaille à son tour.

Je m'empresse de le rassurer. « Ça va.

— Non. Non, ça ne va pas. J'aurais pu te tuer. Putain. Putain ! » Il rugit le dernier mot. Je ne peux retenir un gémissement craintif.

Il baisse les yeux sur les débris au sol, puis me regarde. « Je suis désolé, Sadie. » Sa voix se brise. « Maintenant, tu vois. Je ne peux pas faire ça. Je suis dangereux. »

Je ne réussis pas à quitter le lit, mais je parviens à empêcher ma voix de trembler. « Deke, regarde-moi. »

Il s'exécute. Un petit gémissement inhumain lui échappe. Il m'évoque un chien qui vient de recevoir un coup de pied. Ou un loup.

Je baisse mes mains, qui étaient plaquées sur mon cœur et ma bouche. Je ne risque rien. J'ai eu peur, c'est tout. Mon rythme cardiaque commence à ralentir.

« Deke. Non. Deke... ce n'est rien... »

Il se retourne et quitte la chambre. Je me lève en hâte et jette une couverture sur mes épaules. « Attends ! »

Ma porte d'entrée s'ouvre. Je sors de la chambre en courant, mais j'arrive trop tard.

« Deke ! » Le chien du voisin devient fou, mais je ne vois aucun signe de Deke.

Sa voiture est toujours garée contre le trottoir devant chez moi. Pas de Deke. Je traverse mon allée au pas de course. « Deke ! »

Un gigantesque loup noir s'éloigne dans ma rue en courant. Il saute par-dessus la clôture décorative d'un voisin et traverse la pelouse à folle allure. J'aperçois la forme sombre de sa queue et de ses oreilles pointues avant qu'il ne disparaisse en direction des collines.

* * *

Deke

J'aurais pu la tuer, bordel. Mes pattes s'abattent sur le sol en un rythme régulier. Je cours jusqu'à ce qu'elles soient ensanglantées et laissent des traces mouillées sur la terre, avant que la régénération métamorphe ne fasse effet. Le picotement cesse un petit moment, mais je m'entaille les pattes sur le sentier rocailleux deux kilomètres plus loin et saigne de nouveau.

C'est la fin. C'est ce que je mérite : de courir jusqu'au bout du monde. Quel dommage que la Terre ne soit pas plate. Je pourrais sauter par-dessus le bord. Je courrai jusqu'à ce que je meure ou trouve un meilleur châtiment.

Au lever du jour, je prends une pause dans ma quête. Je me trouve au sommet d'une montagne, entouré d'énormes rochers rouges. L'oxygène y est assez rare pour que je me sente légèrement étourdi. Je rejette la tête en arrière et savoure la brume mentale. Une sorte d'ivresse qui me sépare de la souffrance. Lorsque je retrouve mes esprits, je me souviens que je ne peux jamais retourner auprès de Sadie.

Mon loup hurle sans discontinuer jusqu'à ce que son cri soit l'unique son au monde.

* * *

Sadie

L'aube arrive et diffuse une lumière triste dans ma chambre ravagée. Je la nettoie du mieux que je peux, ne serait-ce que pour m'occuper. Je suis une institutrice de maternelle ; j'ai l'habitude de nettoyer de sacrés bazars. Au moins, celui-ci ne concerne ni du beurre de cacahuète ni une paire de ciseaux restée à la portée d'un enfant de six ans.

Mais je n'oublierai jamais la férocité, le grondement dans l'obscurité.

C'est un loup. Ça n'aurait jamais pu marcher entre nous.

Les portes du placard ne sont pas réparables. Je les sors près des poubelles. Même chose pour mes cardigans déchirés. Il ne reste plus que des lambeaux de tissu noir et le rembourrage en coton du fichu *jackalope*. Je passe l'aspirateur, puis m'habille avant de me rendre à l'école. Ce n'est pas idéal, mais je ne sais vraiment pas quoi faire d'autre. Et je ne sais pas où me lancer à la recherche de Deke. Dans le désert ? À la fourrière ? L'autre option, c'est rester pleurer chez moi.

Hors de question. Mais je renifle tout de même un peu quand je passe la porte. La Mercedes de Deke est toujours garée devant le trottoir. Toutes ses affaires sont chez moi. Ses clés et son téléphone. S'il revient, il ne pourra pas les récupérer avant mon retour.

Il reviendra les chercher, n'est-ce pas ? Je l'espère, mais je suis aussi terrifiée du contraire. Je redoute à moitié qu'il soit parti pour de bon.

* * *

Deke

Je cours jusqu'à la tombée de la nuit. Puis je cours encore.

Alors que je descends le flanc d'une montagne en trottinant, un loup gigantesque me barre la route. Sa fourrure est noire avec des reflets orangés. Mon alpha.

Je pile sur mes pattes endolories. Rafe baisse la tête et me renifle. Je reste immobile, les jambes raides. Je n'ai pas mangé de la journée. Mon loup m'a forcé à boire, mais je me sens faible. Mon corps tremble.

Un deuxième loup, puis un troisième sortent de la végétation et se placent de part et d'autre de moi. Je suis encerclé. Si je souhaite continuer ma quête, je devrai les affronter. Et dans mon état affaibli, je perdrai le combat.

Je n'ai pas envie de me battre. Je baisse la tête. Lance s'approche et me lèche le flanc. Il nettoie l'une des plaies ensanglantées que je me suis faites en m'entaillant sur des rochers. À ma droite, Channing appuie son épaule contre la mienne pour me soutenir.

La présence de la meute détend mon loup. Il s'agit de mes frères, pour le meilleur et pour le pire. Ils ont entendu mon appel et sont venus.

Nous levons le museau vers la lune et hurlons en chœur. Eux chantent pour un frère retrouvé ; je pleure ce que j'ai perdu.

* * *

Sadie

Deux jours passent sans un signe ni un mot de Deke. Je finis par craquer et appelle une amie. Pas toutes, seulement Adèle. Je ne supporterais pas l'Inquisition au complet.

Dès que je lui ouvre la porte, Adèle comprend que quelque chose ne va pas.

« Que s'est-il passé ? »

Je serre les lèvres pour retenir mes sanglots. Elle me prend dans ses bras. « Sadie, je suis vraiment désolée.

— Ça va, dis-je en reniflant.

— Non, ça ne va pas, proteste-t-elle en s'écartant pour m'examiner. Quel connard ! Je vais le tuer.

— Non, ne fais pas ça.

— Raconte-moi tout. »

C'est ce que je fais. J'omets de lui préciser que Deke est un loup, mais je lui raconte tout le reste. Le voyage, le jeu de séduction entre nous, le mariage. Le sexe. Sans entrer dans les détails, bien sûr. « On ne s'est pas lâchés, dis-je enfin pour résumer, les joues brûlantes.

— Hmm », murmure Adèle. Elle fait tourner son vin dans son verre avec un regard dénué de jugement. « Et il s'est comporté en gentleman ?

— Oui. Enfin, il est intense. » Je rougis autant que le vin d'Adèle. « Surtout au lit. Mais ça m'a plu. Ça se passait bien. Il m'a parlé de son passé et de son arrestation. On en a discuté. Il souffre de stress post-traumatique à cause de ses années dans l'armée. Parfois, ça se traduit par des accès de violence. J'étais d'accord pour travailler dessus avec lui. » Mince, maintenant, je dois lui raconter le pire.

« Mais ensuite, il a...

— Il a quoi ?

— C'était à cause de la peluche. Du fichu *jackalope*. Il

fonctionnait mal, et il s'est déclenché au milieu de la nuit. Deke... est devenu fou. »

Adèle se fige. Je déglutis. « Il ne m'a pas fait de mal. Mais il... il l'a pris pour une menace. Il a démoli mon placard. Et il a détruit la peluche avant que je puisse l'arrêter.

— Eh ben. » Adèle s'assied au fond de son siège.

« C'était lundi, un peu avant l'aube. Il était dévasté quand il a compris ce qu'il avait fait. Il m'a dit qu'il était trop dangereux et il est parti. Je ne l'ai pas vu depuis. J'ai laissé un message vocal à son bureau. » Personne n'a répondu. J'ai passé la nuit dernière à la fenêtre. À attendre, à me demander qui appeler d'autre. « Ça fait deux jours. Je suis inquiète. »

Adèle se frotte le front. Un geste inhabituel de sa part, elle qui est d'ordinaire si posée. Elle paraît fatiguée ce soir. Les cernes sous ses yeux sont aussi sombres que des bleus. « Ça fait beaucoup.

— Je sais. » Je me mords la lèvre. Je meurs d'envie de prendre la défense de Deke. Mais j'ai besoin de l'avis d'une personne extérieure qui garde la tête froide. Lorsqu'il s'agit des hommes, mon intuition se plante souvent.

« Tu tiens à lui. » Ce n'est pas tout à fait une question, mais presque.

« Oui. Il... il me rend forte. Il ne me dit jamais quoi faire. Il n'essaie jamais de me contrôler. » Pas comme Scott et mon père. « Il me laisse assez de place pour être moi-même. Je lui plais comme je suis. » Je cherche mes mots pour expliquer ce que Deke représente pour moi. C'est impossible. En seulement quelques jours, il a totalement changé ma vie. « Je me sens plus forte en sa présence. Mais cette violence en lui... Je suis sûre qu'il ne me fera pas de mal, mais si ça se trouve, je me trompe.

— Il souffre de troubles de stress post-traumatique. C'est courant chez les vétérans.

— Ouais.

— Il a quelqu'un pour en parler ? »

Je hausse les épaules.

« Il a besoin d'en parler, reprend Adèle d'une voix plus ferme. Il doit agir pour arranger les choses. Il est dangereux. Son premier réflexe devrait être de te protéger.

— Je pense que c'était le cas. C'est pour ça qu'il a détruit le jouet.

— Mais tu aurais pu être blessée. Il est prêt à affronter d'autres personnes pour toi, mais sera-t-il prêt à se battre contre ses démons ? »

À l'extérieur, j'entends le ronronnement du moteur d'un camion qui passe devant chez moi. Si le véhicule de Deke n'était pas garé devant la porte, j'aurais couru à la fenêtre pour voir si c'est lui.

Mais on toque alors à la porte.

« Mademoiselle Diaz ? » appelle une voix grave. Je m'approche de la porte en regardant par la fenêtre. C'est Rafe. Un Humvee kaki est garé dans l'impasse. Lance est assis derrière le volant.

Adèle me précède devant la porte et l'ouvre en l'arrachant presque de ses gonds. « Qu'est-ce que vous voulez ? » demande-t-elle sur un ton glacé. D'autres hommes seraient intimidés.

Mais pas Rafe. Il se redresse tout de même, comme s'il se trouvait en présence d'un supérieur. « Je suis venu chercher la caisse de Deke. »

Je demande d'une voix tremblante : « Est-ce qu'il va bien ?

— Il s'en remettra, Sadie. On l'a trouvé et ramené à la maison. »

Je vais chercher les clés de Deke, mais je les serre dans ma main au lieu de les rendre à Rafe. « Je veux le voir.

— Je sais, dit-il sur un ton patient. Mais ce n'est pas une bonne idée.

— Je veux juste être sûre qu'il va bien. » Ma voix se voile. Adèle me pose la main dans le dos pour me soutenir.

Rafe penche la tête de côté. Le geste m'évoque un loup. Ses yeux scintillent de façon étrange à la lumière tamisée. « Deke ne peut pas être avec toi. »

Adèle prend une inspiration. Je sais qu'elle s'apprête à protester, à prendre ma défense. Rafe lève la main et ajoute :

« Ce n'est pas toi, Sadie. Il ne peut être avec personne. Il n'est pas en mesure d'être en couple. » Il tend la main pour me réclamer les clés de Deke. Je les lui donne, les épaules voûtées. Des larmes me brûlent les yeux. Le tintement métallique est si final. *C'est vraiment terminé.*

« Je suis désolé, Sadie. C'est mieux comme ça », dit Rafe à voix basse. Il a pris une voix plus douce que je ne l'en pensais capable.

« Au revoir », lâche sèchement Adèle. Elle lui claque la porte au nez. J'attends en pleurant aussi silencieusement que possible jusqu'à ce que les deux véhicules se soient éloignés avant de tomber dans les bras de mon amie.

Chapitre seize

Rafe

« Merde, tu sais que c'est n'importe quoi, j'espère ? me demande mon frère.

— Pardon ? » Je garde une expression neutre, mais je jette la clé à molette dont je me servais dans la boîte à outils. Je suis allé chercher la Mercedes de Deke il y a une semaine, mais il n'y a pas touché. Ça ne lui ressemble pas. En temps normal, son véhicule est son bébé. Avec Lance, nous avons fait la vidange pour essayer de donner envie à Deke de revenir à la normale, mais sans succès.

Nous n'avons eu aucune mission pour nous distraire. Après l'échec de la dernière, le colonel Johnson a mis la surveillance de Gabriel Dieter en pause. Nous n'avons toujours pas réussi à comprendre comment il a su que nous étions là.

Lance s'essuie les mains sur un chiffon graisseux. « Deke ne tourne pas rond. Il est taré. Bien plus que d'habitude. »

C'est loin de le dire. Deke n'a pas mangé depuis que

nous l'avons retrouvé. Il a à peine dormi. Il passe la plupart de son temps sous sa forme de loup.

Je hausse les épaules. Je ne peux pas le contredire. « Je fais tout ce que je peux.

— Foutaises. » Les joues de Lance sont rouges. Il soutient mon regard avec courage, mais il déglutit, ce qui trahit combien il est difficile de tenir tête à son alpha. « Je pensais comme toi. J'ai suivi les ordres, je suis allé séparer Deke et Sadie. Mais ce n'est pas un coup d'un soir. Cette femme lui fait vraiment du bien.

— Deke est instable. Son loup ne peut pas rester trop longtemps en présence d'humains. C'est dangereux.

— Je ne l'ai jamais vu sourire comme quand il est avec elle. Et il s'est intéressé à elle dès qu'il a senti son odeur la première fois. C'est sa compagne, c'est évident. »

Sa remarque me laisse interdit. « Sa compagne », dis-je à mon tour pour essayer le terme. *Compagne.* Je n'aurais jamais imaginé que nous trouverions des compagnes. Ça ne m'avait jamais traversé l'esprit. « Deke a une compagne.

— Ouais. » Le ton de Lance est désinvolte, mais ses épaules se détendent. Il a réussi à faire passer son message.

Deke a une compagne. Incroyable. Mais mon loup confirme que c'est la vérité.

« Merde. » Si nous l'empêchons d'être avec sa compagne, il tombera victime du mal de lune à coup sûr. Il pourrait être mort d'ici la prochaine pleine lune. Mais que pouvons-nous faire ? Il ne peut pas revendiquer une humaine. Aucun d'entre nous ne le peut, mais Deke encore moins. C'est le plus féroce d'entre nous.

« Ça change tout, déclare Lance.

— Non. Mon frère, réfléchis. Sadie est une humaine. Même si Deke est lié à elle, on ne peut pas lui demander de s'enchaîner à lui. C'est un monstre.

— Il ne lui fera pas de mal, proteste Lance en secouant la tête.

— Tu n'en sais rien... »

Un rugissement m'interrompt. Je me précipite dehors et renverse la boîte à outils dans ma hâte. Lance est sur mes talons. Sur l'herbe devant notre chalet, je distingue un flou de blanc et de brun, suivi d'un éclair d'un noir d'encre. Sous leurs formes de loups, Channing se fait botter le cul par Deke.

« Ah, bordel », grommelle mon frère. Il ôte sa chemise, puis sa Rolex, qu'il pose avec soin avant de retirer son treillis et de se jeter dans la mêlée cul nu. Il mute, et son loup gris prend part au combat.

Je soupire. Les affrontements au sein d'une meute ne sont pas un problème, mais Deke déclenche des combats sans arrêt depuis des jours. À cet instant, son loup noir gronde et donne des coups de crocs. Il mord Channing avant de se tourner vers Lance. Channing s'écarte d'un bond de côté. La moitié de son oreille est déchiquetée. On dirait qu'il meurt d'envie de s'éloigner, mais il attend patiemment sur la touche que Lance se fatigue pour sauter de nouveau sur Deke. La seule façon de l'arrêter, c'est de le fatiguer. Ou que j'intervienne en tant qu'alpha.

Je n'ai pas pris part aux combats. Si Deke cherche à m'attaquer, mon loup le prendra comme un défi. Et un défi signifie un combat à mort.

De l'autre côté de la pelouse, Lance pousse Deke à le pourchasser comme un dératé. Le loup gris a la gueule ouverte. Il rit à moitié pendant qu'il zigzague entre nos voitures. Il apparaît derrière mon Humvee, ralentit et se met à trotter. Deke n'est nulle part en vue. Mais tout à coup...

Je crie : « Attention ! »

Lance se retourne juste à temps. Le loup noir bondit

par-dessus mon véhicule et le percute. Les deux loups se déplacent si vite que nous ne distinguons que de la fourrure. Leurs grognements retentissent. Puis un glapissement de douleur. Je grimace. Deke a plongé les crocs dans le museau de Lance. Une attaque aussi dangereuse qu'efficace. Si Deke ne lâche pas prise, Lance ne pourra bientôt plus respirer.

Le loup de Channing passe à toute vitesse à côté de moi. Il percute le flanc de Deke et lui mord l'arrière-train. Le loup noir lève la tête, puis il se plie en deux pour tenter d'atteindre Channing. Ce dernier campe ses pattes dans le sol. Il tient bon.

Lance recule. Il a l'air hébété et son museau saigne. À présent, Deke poursuit Channing. Il court en cercle pour essayer d'attraper la queue du loup brun et blanc.

C'est ridicule. Il est temps que l'alpha intervienne.

Je cours sur l'herbe au moment où Channing lâche Deke et s'écarte d'un bond.

« Ça suffit. » Mon ordre contient toute l'autorité d'un alpha. Le combat devrait prendre fin sur-le-champ.

Mais au lieu de se figer, le loup noir se tourne vers moi et se met à courir en grondant. La gueule ouverte, il se jette sur moi.

* * *

Deke

Je m'approche assez pour voir le blanc de l'œil de mon alpha, puis Rafe bondit pour se mettre hors de mon chemin. Je percute la façade du chalet et fendille un volet. L'impact fait chuter une portion de la gouttière, mais le mur de pierres tient bon. Dès que j'atterris, je me relève et secoue la tête pour reprendre mes esprits.

Je suis brisé et je saigne, mais il est hors de question que j'arrête. Je dois me battre. J'ai les tripes nouées et j'entends un rugissement constant dans mes oreilles. Nourri par la douleur, il m'encourage à continuer.

J'ai perdu Sadie. Il ne me reste plus rien. Mais je peux toujours me battre.

Je suis désorienté. Le temps que je retrouve mes repères, un loup noir aux reflets roux me percute le flanc. Je lui saute dessus en grondant et essaie de l'attraper, mais Rafe s'écarte de moi d'un pas dansant. Il recule sur la pelouse et me fait face en une attitude de défi. Un loup plus intelligent s'allongerait sur le ventre devant son alpha.

Mon loup ne l'est pas. Il souhaite mourir. Je montre les dents en un sourire meurtrier et me jette sur Rafe. Cette fois, il m'attend. Il ne prend pas la peine de s'éloigner. Il fait un pas de côté et me percute l'épaule de la sienne. Je perds l'équilibre. Dès que je suis de nouveau sur mes quatre pattes, je fonds sur lui. Rafe me fait de nouveau chuter. La troisième fois, il me mord l'arrière-train, un petit coup de crocs qui me fait saigner. Mon loup devient fou. Il attaque Rafe sans relâche pendant qu'il me met en pièces. Il est une seconde plus rapide, un cheveu plus fort, et un million de fois plus dangereux. Mon loup se montre à la hauteur de la situation, mais Rafe me saigne petit à petit. Il finit par me faire basculer sur le dos. Quand j'essaie de bouger, il me plaque au sol en pesant sur moi de tout son poids.

Ses crocs se posent sur ma gorge. Je me fige.

À l'est, le jour se lève. Ma dernière aube. Je ne redoute pas la mort. Je ne l'accueille pas avec plaisir, mais si je ne peux pas vivre avec Sadie, je n'ai plus aucune raison de rester en vie.

Rafe gronde contre moi. Il m'a plaqué au sol. Je remue les pattes. J'espère qu'il en finira vite.

« Arrête ! C'est une ruse ! » hurle Lance.

Rafe gronde de nouveau, mais ne bouge pas.

« C'est une ruse. Regarde-le, insiste son frère en me montrant du doigt. Réfléchis à sa façon d'agir. Il veut que tu l'achèves. »

Rafe se fige. Lorsqu'il s'écarte, tous mes espoirs sont réduits à néant. Je me relève et montre les crocs à Lance, mais il m'ignore. Il a compris.

Notre alpha reprend forme humaine. « Qu'est-ce que tu racontes, putain ?

— Il veut que tu le mordes, explique Lance en me désignant d'un geste. Il essaie de faire en sorte que tu le tues. Chaque fois qu'il avait l'avantage, il ne t'a pas blessé. Il a continué à attaquer jusqu'à ce que tu le plaques au sol. Il n'a pas perdu le contrôle. C'est ce qu'il a prévu.

— C'est vrai ? Un suicide par alpha ? » demande Rafe. Il s'accroupit pour me regarder dans les yeux. Je détourne la tête. « Si c'est vrai, alors tu te contrôles mieux que tu ne le penses. » Il me saisit par la peau du cou et me force à relever la tête. Je montre les crocs, mais sans conviction. Le combat est terminé.

« Mute », m'ordonne Rafe. Ma colonne vertébrale se cambre lorsque le loup libère mon corps.

Rafe recule pour me laisser de l'espace. Je saigne toujours sous ma forme humaine, mais mes blessures commencent à cicatriser.

Bien que j'insulte mon alpha entre mes dents, j'accepte la main qu'il me tend pour m'aider à me lever. Il me serre l'épaule. Je grimace. Ma peau est toujours sensible quand je viens de muter.

« Ça change tout, dit-il.

— Non. » Mais au fond de mon cœur, mon loup lève la tête. Il a désespérément envie d'y croire.

* * *

Sadie

C'est le coup de fil de mon père qui change tout. Nous sommes mercredi, il y a école demain et je fais les cent pas dans mon salon. J'ai annulé notre soirée entre filles. Je n'arrive ni à manger, ni à dormir, ni à réfléchir. J'ai passé quelques jours avec Deke, quelques jours au paradis, et maintenant, il ne me reste plus rien. Mes ovaires mangent de la glace au lit en broyant du noir. Mon cœur est brisé et saigne.

Mon portable vibre. Je le prends et réponds sans réfléchir. J'entends la voix nasillarde de mon père.

« Sadie, enfin. Je me demandais si tu étais toujours vivante. »

Je remarque à peine la pointe de sarcasme dans son ton. « Ouais.

— Ton dernier message, c'était quelque chose. » Il fait une pause. Je ne dis rien. S'il attend que je lui présente mes excuses, j'espère qu'il n'est pas pressé.

Il finit par s'éclaircir la gorge. « Maintenant que je t'ai en ligne, j'aimerais te parler de Scott. Je pense… »

Oh, mon Dieu ! Cet homme n'écoutera-t-il jamais ?

Je l'interromps. J'ai eu une subite et fulgurante révélation. « Je ne suis sortie avec lui que pour toi.

— Pardon ? » Mon père a l'air outré, mais je m'en fiche. C'est même un bonus.

« Je ne suis sortie avec lui que pour toi. Tu étais plus gentil avec moi quand j'étais avec Scott. » C'est la vérité.

Toutes les piques, les petites critiques, les insultes... Elles ont cessé quand je sortais avec Scott. Je me suis servi de lui comme d'un bouclier pour me protéger de mon père. Seul problème : Scott était pire.

« Vous vous êtes tous les deux mal comportés avec moi. » Je n'arrive pas à croire que je ne m'en étais jamais rendu compte.

« Écoute...

— Non, toi, écoute. Tu n'as pas le droit de me traiter comme si j'étais un enfant ou inférieure à toi. Cette époque est terminée. Je n'ai pas besoin de Scott. Et je n'ai pas besoin de toi. » Je raccroche.

Je me sens déjà plus légère. Mon intuition ne se trompe pas ; je ne l'avais encore jamais écoutée. Il est temps que je cesse de laisser les autres m'influencer. Ils ne savent pas ce qui est bon pour moi. Ils s'imaginent peut-être le savoir, et ont peut-être de bons conseils, mais ma vie m'appartient. Tout comme mes choix.

Et mon bonheur est là, juste sous mon nez. Il me suffit de tendre le bras pour le saisir. Personne ne me le donnera, et ça n'a pas d'importance. Je peux choisir d'être heureuse.

C'est ainsi que je me retrouve dans ma petite Hyundai à gravir péniblement la route de montagne. Le petit moteur peine à me faire avancer, mais nous prenons peu à peu de la hauteur. Je tourne pour entrer sur la route qui mène au chalet et j'accélère dans l'allée bordée d'arbres denses. Je m'arrête sur le parking devant un garage aussi grand qu'un hangar d'avions. La Mercedes G63 de Deke s'y trouve, ainsi que sa moto. Mon cœur se serre, puis se met à battre plus fort.

Advienne que pourra.

* * *

Deke

« Ça ne change rien », dis-je à mon alpha d'une voix rauque. Mais il continue de sourire.

« Tu es capable de te contrôler, Deke. Tu l'as toujours été. »

Je fais un pas en arrière pour m'éloigner de Rafe et jette un coup d'œil à Lance, puis Channing. Mes deux frères de meute hochent la tête.

« Mais qu'est-ce que ça veut dire ? » Je sais ce que j'espère, mais c'est trop beau pour être vrai.

Rafe doit comprendre que je suis sous le choc. Il me répond d'une voix douce : « Ça veut dire que tu as une compagne. »

Une compagne. Je me passe la main sur le visage pour tenter de reprendre mon souffle.

Le bruit d'un moteur en approche me fait lever la tête. Une petite Hyundai blanche descend l'allée jusqu'à notre chalet et s'arrête devant notre garage. Je ne connais qu'une seule personne qui conduit ce genre de voiture. J'ai les jambes coupées. Je tomberais bien à genoux si je n'étais pas si grièvement blessé, et si mon loup ne refusait pas de façon si catégorique de montrer la moindre faiblesse à cet instant.

Sadie est là.

* * *

Sadie

Je sors de la voiture, puis sursaute lorsque j'aperçois Deke. Il est juste là, sur l'herbe, à quelques mètres de mon véhicule.

« Sadie ? » Il est nu, et sa peau est maculée de sang.

Il est amoché de partout. S'est-il battu ? Derrière lui,

Rafe et Lance enfilent un jean. Je vois également du sang sur eux, et tous ont l'air honteux. J'ai interrompu plus d'une bagarre dans la cour de récréation. Je connais ces expressions coupables.

Un gigantesque loup brun et blanc se tient derrière eux, à la lisière des bois. Channing ? Mince, ces loups sont gros.

De ma meilleure voix d'institutrice, je demande : « Qui lui a fait ça ? » Je foudroie ses amis du regard. Ils deviennent encore plus penauds. J'ai les jambes qui tremblent, mais je ne me démonte pas.

Un grondement bas vibre dans la gorge de Deke. Il s'interpose entre son alpha et moi en me bloquant la vue. Je me reconcentre sur lui.

« Deke. Tu t'es battu ?

— Qu'est-ce que tu fais ici ? » Sa voix est rauque, comme si parler lui faisait mal. Je fais un pas vers lui. J'ai envie de soigner toutes ses blessures.

« Je suis là pour toi. Pour nous. »

Il penche la tête de côté à la façon d'un loup. Je n'arrive pas à interpréter son expression.

Je serre les poings. « Tu ne peux pas te débarrasser de moi si facilement. C'était bien, entre nous. Tu crois que tu es dangereux pour moi, mais je sais que c'est faux. Tu ne me ferais jamais de mal. Ça n'arrivera pas. » Je secoue la tête pour souligner mes mots.

La meute de Deke s'éloigne discrètement pour nous laisser de l'intimité.

« Deke, j'en ai envie. J'ai envie d'être avec toi. Et je découvrirai ce que je dois faire pour t'avoir. On n'est pas obligés d'aller trop vite. On peut progresser peu à peu, et... ouuf ! »

En deux pas, Deke me prend dans ses bras. J'enlace ses

épaules et m'accroche. Derrière nous, Rafe et les autres loups sourient. Rafe hoche la tête. Lance m'adresse un clin d'œil en levant le pouce. Puis Deke m'emporte dans le garage.

« Où est-ce que tu m'emmènes ? » L'adrénaline et l'anticipation font battre mon cœur à tout rompre. Normalement, je trouverais mal élevé qu'un homme me prenne dans ses bras et me porte dès que l'envie le prend, mais avec Deke, j'irai volontiers où il voudra. « Ça ne me dérange pas. Je suis curieuse, c'est tout.

— Ma chambre. Mon lit. Maintenant. »

Il monte une volée de marches sans me lâcher, et nous fait entrer dans une chambre caverneuse, avec des poutres en bois et un haut plafond voûté. Sous les immenses fenêtres, un lit king size est recouvert d'une grande couette blanche. La chambre est étonnamment rangée. Ou alors, ce n'est pas si surprenant ; il s'agit de Deke. Il prend soin de ses affaires.

Il me pose à côté du lit.

Puis il s'agenouille et m'enlace la taille. Ma chemise s'est relevée. Il presse son visage contre mon ventre.

« Je suis désolé, dit-il, ses mots étouffés contre ma peau. Je suis désolé. » *Mon doux loup sauvage.*

Je caresse ses cheveux bruns soyeux. « Deke, tu n'as pas de raison d'être désolé. Tu as eu une crise. Ça arrive... aux humains aussi. On peut passer au-delà. »

Il pousse un gros soupir et me serre plus fort dans ses bras.

Je passe ma main le long de sa mâchoire et lui fais lever la tête. « Tout va bien. Je suis là, maintenant. Je n'irai nulle part. »

Ses épaules musclées se soulèvent, puis retombent lorsqu'il soupire. Tout à coup, Deke se relève et me soulève. Il m'étend sur le grand lit. Je m'enfonce dans la grande couette moelleuse.

Il s'allonge sur moi et rassemble mes poignets dans sa main. Le geste est dominant, pourtant délicat. « Je veux que tu saches à quel point tu es importante pour moi. J'ai besoin que tu le saches. » Il m'embrasse le cou et lèche le même endroit plusieurs fois. Puis il tourne la tête de côté et grogne.

« Est-ce que tout va bien ?

— J'ai besoin de te marquer, Sadie. Si tu es vraiment certaine de vouloir de moi.

— Je te promets que je veux de toi.

— Tu dois en être sûre. Une fois que je t'aurai marquée, je ne te quitterai plus jamais.

— Marque-moi. » Je n'ai jamais été aussi sûre de ma vie.

Son grand corps frissonne au-dessus de moi. « Merde, lâche-t-il. Comment ai-je pu être aussi chanceux ? » Puis il se remet à m'embrasser. Il remonte ma chemise pour effleurer mes seins de ses dents. Étant donné ce qu'il vient de me dire, je suis nerveuse, mais ça ne m'empêche pas de succomber au plaisir.

Il descend le long de mon corps. Il embrasse mon ventre, puis baisse mon jean et frotte son visage contre mon sexe. Il écarte ma culotte et me maintient les cuisses ouvertes pour me lécher. Non que j'aie envie de les serrer. Je soulève les hanches et les remue pour offrir mon entre-jambe à sa langue. Les poils rêches sur ses joues irritent déli-cieusement ma peau lisse et m'envoient des signaux de plaisir mêlé de douleur. Mes neurones court-circuitent et prennent feu. Des étincelles jaillissent. Mon loup me dévore de la meilleure des façons.

Mais quelle grande langue tu as là...

Je jouis en criant et me plie en deux autour de la tête de

Deke. Quand il gronde, l'adrénaline fait naître des picote-
ments dans tout mon corps, jusqu'au bout des doigts. Deke
ouvre l'emballage d'un préservatif et le déroule sur son
membre. Puis il se redresse au-dessus de moi et enfouit son
gland entre les lèvres sensibles de mon sexe. Je suis trempée
pour lui, pourtant je siffle de douleur pendant qu'il m'étire,
avant de me cambrer de nouveau lorsqu'il plonge en moi, si
profond que j'ai l'impression qu'il m'emplit entièrement.

« Oui, oui, oui », dis-je en chantonnant tandis qu'il
avance le bassin. Les lents allers-retours de son membre illu-
minent le centre de plaisir dans mon cerveau. Mais la vraie
magie se produit quand sa massive érection vient frapper le
fond de mon bas-ventre et touche un point terriblement
érogène. Personne ne m'a jamais pénétrée si profondément.
Deke me fait grimper au septième ciel. J'ai gagné le jackpot.
Ding, ding, ding, tu remportes un orgasme ! De petites
lumières clignotent sous mes paupières. Je ne peux que
rester étendue en dessous de Deke. Chaque vague
constante de jouissance me fait frémir de la tête aux pieds
pendant qu'il continue ses va-et-vient. La tête de lit percute
le mur à chacun de ses coups de reins. Ce lit me paraissait
robuste, mais je n'aurais pas dû sous-estimer l'intensité
sexuelle d'un loup. Deke remue au-dessus de moi. Chaque
muscle de son torse est bandé tandis qu'il me pénètre
profondément en montrant les dents. Du feu danse dans ses
yeux, qui ont pris une sombre teinte émeraude.

« À moi. Rien qu'à moi », gronde-t-il. Il fait glisser sa
main sur ma poitrine jusqu'à ce que ses doigts entourent ma
gorge.

Oui ! j'ai envie de le crier à voix haute, mais j'ai la
bouche molle. La succession constante d'orgasmes est en
train de me détruire.

À travers mon émoi, je vois la bouche de Deke béer en

un rugissement. Ses dents n'ont jamais été si blanches et si longues. Ses canines sont pointues et allongées. Le temps ralentit. Tout mon corps se contracte dans l'attente de sa morsure.

Deke s'enfouit entièrement en moi en grognant. Ses crocs effleurent le sommet de mon épaule. Je le sens trembler, et comprends que c'est à cause de l'effort qu'il fournit pour se retenir.

« Fais-le », dis-je en un murmure. Le dangereux effleurement de ses dents éveille quelque chose de primal en moi. Je tends la main pour lui toucher la nuque. « Oui. »

Mais les muscles de son cou sont crispés sous ma paume. Il secoue la tête, en pleine lutte intérieure.

« Fais-le, fais-le maintenant. » Il continue ses coups de reins. La force de ses mouvements fait tambouriner la tête de lit contre le mur. Je lui griffe les épaules pour le marquer à ma façon. « Fais-le ! »

Deke se redresse tout à coup. Ses canines scintillent. En un éclair, il baisse la tête et plonge ses crocs dans mon épaule. La douleur et le plaisir me transpercent. Les sensations se décuplent, m'emplissent de lumière, de chaleur et de flammes.

« Oui... oui. » Une vive douleur à l'épaule me fait haleter.

Quand Deke s'écarte, la douleur s'atténue dans mon muscle qui proteste. De petites décharges brûlantes de plaisir font crépiter le creux de mes reins.

Ça y est. C'est pour toujours.

Chapitre dix-sept

Sadie

Le vent me soulève les cheveux pendant que je surveille la récréation dans la cour. J'ai mis de la gaze sur la morsure de Deke, mais elle cicatrise rapidement. Deke me couvre d'attention. À la moindre occasion, il essaie de me donner de l'ibuprofène et de nettoyer la plaie avec sa langue pour lui faire bénéficier des propriétés cicatrisantes de sa salive.

Mais je vois bien qu'il adore aussi la marque. Son regard s'adoucit chaque fois qu'il la regarde. Il dépose des baisers dans mon cou et sur ma clavicule, et me dit combien il m'aime. Qu'il prendra soin de moi et me protégera pour le restant de nos jours.

Il dit aussi que me marquer a calmé son loup de façon considérable. Il n'a plus besoin de passer ses nuits à courir dans la nature. Rester chez moi et me protéger d'éventuelles peluches féroces lui convient parfaitement.

« Maîtresse, regarde ! » Owen montre quelque chose du doigt. À côté de la cour de récréation, un gros camion de déménagement se gare sur une place de parking en marche arrière.

D'un signe, je demande à l'assistante de surveiller ma moitié de la classe et m'approche de la clôture pour voir ce qui se passe. Un groupe de mes élèves y est déjà rassemblé.

« Des militaires », annonce Jackson. Je retiens mon souffle lorsque je vois Deke sauter de la place passager, suivi de Rafe, qui était assis derrière le volant. L'alpha m'adresse un clin d'œil et se dirige vers l'arrière du camion. Deke se dirige vers moi.

Une fois qu'il arrive à ma hauteur, je lui demande : « Qu'est-ce que c'est ?

— Une livraison pour toi. Pour vous tous », ajoute-t-il en regardant les enfants qui ont le visage pressé contre la clôture.

Derrière lui, Rafe ouvre la porte du camion. Lance et Channing en sortent d'un bond. D'innombrables boîtes noires sont empilées à l'intérieur du véhicule.

« Des *jackalopes* ! » s'écrient Jackson et Owen. La meute de loups forme une chaîne pour décharger les boîtes noires du camion.

« Tu es d'accord ? » me demande Deke. Il attend mon hochement de tête avant de commencer à tendre une boîte à chaque enfant.

Il me faut un moment pour retrouver ma langue. « Vous en avez acheté un pour chaque élève de la classe ?

— Pour chaque élève de l'école, me répond Rafe.

— Y compris les piles, précise Channing.

— Génial », marmonne mon assistante. Elle tente de rétablir l'ordre, entourée d'une marée d'enfants qui tiennent une effrayante peluche aux yeux rouges à la main. La scène fiche la frousse, mais je suis incapable de bouger ou de parler.

« Ça va ? » s'enquiert Deke d'une voix douce. Le reste de la meute est entré dans l'école, sans doute pour trouver la directrice et lui demander comment distribuer un exemplaire du jouet le plus prisé au monde à chaque élève de mon école.

J'ai la gorge nouée. Ces derniers jours, j'ai appris tellement de choses à propos de Deke, ses années dans l'armée, ses cauchemars. Sa vie de métamorphe. J'ai même eu l'occasion de discuter avec un couple de lions métamorphes, Nash et Denali. Nash a été militaire. Deke le contacte chaque jour pour parler de son stress post-traumatique.

Mais ma conversation préférée a eu lieu avec Amber Green, une humaine qui s'est unie à un loup alpha de Tucson. Elle m'a prodigué de nombreux conseils sur les relations de couple avec un loup et m'a fait promettre de l'appeler chaque fois que j'avais besoin de discuter. « C'est difficile, mais ça en vaut la peine. »

Quand je regarde Deke, je comprends ce qu'elle veut dire. Il me regarde de ses yeux sombres, un peu inquiet, sur la réserve. Il s'efforce tant de bien faire les choses.

Je l'aime plus que jamais. Une petite décharge électrique me traverse. *J'aime Deke Adalwulf.*

Mes ovaires lèvent les yeux au ciel. *Ben, évidemment.*

« Sadie ? » Tous mes élèves sont occupés avec leurs jouets. Je sors de la cour et m'approche de mon loup.

J'éclate de rire, émue. « Je n'arrive pas à croire que tu as fait ça. Comment est-ce que tu as fait ?

— J'ai pensé que c'était la moindre des choses, vu que j'ai détruit le jouet de la classe », répond-il en haussant les épaules.

Le vent est froid. Je fais un pas vers lui. J'ai découvert que les métamorphes sont plus chauds que les humains.

Surtout quand ils se trouvent en présence de leur compagne.

En effet, lorsque je m'approche, la chaleur et l'odeur de Deke m'entourent. Il remonte le col de mon manteau pour me protéger du vent.

« Je vais aller mieux, me promet-il.

— Je sais.

— Je vais le faire pour toi. » Il appuie son front contre le mien.

« Je sais », dis-je à voix basse. Je me redresse pour l'embrasser. Même sur la pointe des pieds, je n'atteins que son menton. Il penche la tête et me soulève en passant un bras puissant autour de ma taille. Je me sens fondre contre lui. Je prends le temps de l'embrasser avant de reculer la tête et de murmurer : « Chéri, pense aux enfants. »

Il grogne, mais me pose par terre. Ma classe n'a pas remarqué notre démonstration d'affection publique. Chaque enfant est trop obnubilé par son *jackalope* personnel.

J'aimerais lui demander où il a réussi à trouver tous ces jouets, mais Deke relève soudain la tête. Ses narines s'évasent, et il grimace comme s'il avait senti une odeur de pourriture.

« Sadie », appelle une voix sèche. Mon père sort lentement de l'école. Par réflexe, je me rapproche de Deke.

« Qu'est-ce qui se passe, ici ? » La bouche pincée, mon père parcourt ma classe du regard avec répugnance. Dans la cour de récréation, Jackson pourchasse une fillette avec sa peluche. Les deux enfants hurlent, ravis. Je vais devoir procurer de l'aspirine à tous mes collègues et leurs assistants.

Mais ça en vaut la peine.

« Sadie ! » recommence mon père. Je sais que je devrais

lui présenter Deke. Mais j'en ai assez d'essayer d'obtenir son approbation, et je sais déjà que je ne l'obtiendrai pas en ce qui concerne Deke. Tout à coup, je vois mon père tel qu'il est : un homme chauve et bedonnant au sens de l'autorité surgonflé.

Je me tourne de nouveau vers Deke. « Tu sais quoi, on s'en fiche », dis-je avant de me recoller contre lui. À en juger par son cri offusqué, mon père comprend le message. Je peux m'égarer dans le baiser de mon compagnon.

* * *

« Et c'est comme ça que Deke a obtenu l'amour de tous les enfants de l'école, achève Charlie, sa *Fat Tire* levée.

— Eh bien, quel long toast », marmonne Tabitha.

Charlie lui adresse un doigt d'honneur. Ce faisant, elle fait pencher la bouteille et manque de renverser de la bière.

« Un toast à Sadie et Deke », dit Adèle d'une voix tranquille en levant son verre de vin. Elle met un terme à la dispute avant même qu'elle ne commence.

Je bois une gorgée de vin et souris. Nous sommes mercredi, le jour où on se plaint en buvant du vin, et nous nous trouvons dans un nouveau restaurant à l'extérieur de la ville, non loin du QG de la meute de Deke. Niché dans la montagne, il s'agit d'un établissement rustique qui sert principalement de la viande, avec une énorme cheminée et de gros fauteuils en cuir. Il nous a suffi de goûter une bouchée de leurs frites au parmesan et à la truffe pour décider à l'unanimité de nous retrouver ici au moins une fois par mois.

« Alors, qu'a dit ton père quand il a rencontré Deke ? me demande Charlie avant de manger une frite.

— Il n'a rien dit du tout. Je ne les ai pas présentés. Il ne fait pas partie de ma vie, en ce moment.

— C'est bien. Fais-le ramper, approuve Tabitha.

— Il n'a pas besoin de ramper. Seulement de me respecter, ainsi que mes choix. Sinon, eh bien, je ne perdrai plus mon temps avec lui.

— Bien dit ! m'encouragent Tabitha et Charlie en levant leurs bières.

— Bien d'accord », déclare une voix grave derrière moi. Je me retourne, mais ma peau fourmille déjà pour m'avertir de la présence d'un prédateur. De mon prédateur.

Debout près de notre table, Deke me regarde. Il a dû user de sa furtivité de loup. Je ne l'ai même pas entendu approcher.

« Deke ! » Je me lève d'un bond et me jette dans ses bras. Il me soulève pour m'embrasser. Lorsqu'il me repose, je suis essoufflée et la pièce tangue un peu. Il m'enlace. Je m'accroche à lui comme si j'avais bu trop de whisky.

« Qu'est-ce que vous faites là ? » demande Adèle, agacée. Je prends conscience que trois grandes ombres sont rassemblées au fond du restaurant. Toute la meute est présente.

« On est venus fêter le jour où on se plaint en buvant du vin », répond Lance en approchant une chaise. Il la place à côté d'Adèle. Elle le prend de haut, ce qui est amusant, parce qu'elle mesure une tête de moins que lui.

Rafe imite son frère et s'assied à la droite d'Adèle. « Nous sommes propriétaires des lieux. Et à vrai dire, on a besoin d'un chef. » Il s'adosse à la chaise en bois et regarde Adèle dans les yeux. « Quelqu'un qui sait faire tourner un restau. »

Je me fige. Adèle nous a confié qu'elle rencontre des

difficultés avec la gestion de la chocolaterie. Son associé se comporte de façon étrange. Il disparaît pendant des semaines et emprunte de l'argent sur les comptes professionnels sans la prévenir, puis lui promet vaguement de rembourser l'entreprise. La semaine dernière, Adèle a dû utiliser ses économies personnelles pour payer le loyer de la boutique.

Pour joindre les deux bouts, elle accepte même des contrats de traiteur pour des évènements privés. Ce poste pourrait être une aubaine. J'observe Adèle et Rafe tour à tour ; Adèle, belle et élégante dans sa robe vintage, Rafe décontracté et dangereux dans un pantalon militaire et un T-shirt vert délavé qui moule ses abdos. L'alpha de la meute balance sa chaise sur deux pieds. Je ne sais pas comment il parvient à avoir l'air détendu alors que tous ses muscles sont contractés.

« Si je pense à quelqu'un, je te le dirai », répond Adèle avec froideur.

Rafe soutient un instant son regard, puis il lève le menton et murmure de sa voix grave : « Entendu. On fait comme ça. »

Adèle renifle et tourne le dos à l'alpha.

« On était en train de porter un toast à Sadie », explique Tabitha à Channing et Lance. Ce dernier ne cesse de jeter des coups d'œil à Charlie, mais elle ne semble pas y prêter attention. Ce qui est intéressant.

« Pourquoi ? Elle est déjà en cloque ? » demande Channing. Il hausse les sourcils et fait mine d'examiner mon ventre.

Adèle s'étrangle sur son vin.

« Non, idiot. » Je sais qu'il plaisante, mais l'idée d'avoir un enfant avec Deke me comble de joie. Mes ovaires sont prêts. Je me blottis contre Deke, qui m'enlace les épaules.

« On célébrait le fait que j'ai enfin trouvé le courage de tenir tête à mon père.

— Tu as toujours eu du courage. Simplement, ton père et Scott ne l'ont jamais respecté », dit Adèle.

À la mention de Scott, un grondement vibre dans le torse de Deke. Je pose la main sur ses pectoraux.

« Ouais, qu'est devenu Scott, au fait ? demande Charlie.

— Il s'est barré, répond Tabitha en haussant les épaules. Aux dernières nouvelles, il a déménagé en Floride. Sûrement pour faire construire des appartements au bord de la plage.

— Bon débarras, lâche Adèle.

— Sortons d'ici », me murmure Deke. Sa langue touche le bord de mon oreille, suivie d'une minuscule morsure. Je sursaute.

« Avec Deke, on va aller... euh... prendre l'air. » Je l'entraîne vers la porte qui donne sur la grande terrasse extérieure.

« Amusez-vous bien ! » nous lance Tabitha.

Dans mon dos, j'entends Adèle grommeler dans sa barbe : « S'il lui fait du mal, je jure qu'on ne retrouvera jamais son corps.

— Je me porte garant de lui », déclare Rafe de sa voix rocailleuse. Avant de sortir, suivie de Deke, je me retourne et vois Adèle regarder l'alpha en plissant les yeux.

Nous prenons la direction du bord de la terrasse. Au-dessus de nos têtes, le ciel est d'un bleu sombre, la Voie lactée jette un voile scintillant au-dessus de la forme sombre des montagnes. « Qu'est-ce qui se passe entre ces deux-là ?

— Qui ça ? »

Je fronce les sourcils et me frotte les mains pour me réchauffer. « Adèle et Rafe. À qui est-ce que tu pensais ? » Je me remémore Charlie et sa façon d'ignorer Lance avec soin.

« Personne. » Deke répond sur un ton si neutre que je sais qu'il a remarqué quelque chose entre Charlie et Lance, lui aussi. « Mais Adèle est venue au chalet pour engueuler Rafe. Elle lui a dit que s'il n'envoyait pas toute son équipe chez un psy, elle nous briserait personnellement les jambes.

— Oh. » À vrai dire, ça ressemble bien à Adèle. Une vraie mère-ours. « Je ne lui ai pas parlé de... Tu sais. » Des loups. « Ton secret est bien gardé.

— Je sais, chérie. Je ne pense pas que tu devras garder le secret avec elle encore bien longtemps.

— Vraiment ?

— Vraiment. » Il remonte mon col autour de mon visage avant de me prendre dans ses bras et de m'envelopper dans sa chaleur. « Rafe s'intéresse à Adèle. Et pas seulement parce qu'il se passe un truc louche avec son entreprise. »

Je fronce les sourcils. J'ai envie de lui demander ce qui se passe avec son entreprise, mais ce ne sont vraiment pas mes affaires. Je me promets de poser la question directement à Adèle. « Tu penses qu'elle est sa compagne ?

— J'sais pas. Rafe pense qu'il ne mérite pas de compagne. Qu'aucun de nous n'en méritait. Tu étais inattendue. Un cadeau.

— Deke... » Tant d'amour emplit mon cœur qu'il est aussi gros que la lune, qui déverse sa lumière sur le monde.

Deke me soulève sur la rambarde et me serre contre lui, sa tête près de la mienne. « Je dois le mettre en garde sur le plus gros problème quand on sort avec une humaine.

— Qu'est-ce que c'est ? » Son odeur m'enivre.

« Les culottes gainantes », répond-il contre ma bouche. Je pouffe avant de l'embrasser tandis que nous nous tenons chaud dans la nuit glaciale.

Épilogue

S *adie*

Personne ne fait de cunnilingus aussi bien qu'un loup métamorphe. Quand je me tourne pour répondre à mon portable, j'ai la gorge enrouée à force de crier. Mon compagnon me satisfait plus que je n'aurais jamais pu l'imaginer. Il m'a aussi épousée. Même si la morsure d'union est tout ce qui compte pour les loups, il comprend que les humains ont leurs propres traditions. Je lui ai assuré que ça n'avait pas d'importance pour moi, mais Deke a insisté pour que j'obtienne tout ce dont j'ai rêvé.

Il me précède et s'empare de mon téléphone, immédiatement sur ses gardes.

« C'est Charlie, dit-il en me tendant l'appareil.

— Allô ? » Ma voix est râpeuse. Je déglutis plusieurs fois et me lève.

« Sadie ?

— Charlie, comment ça va, ma belle ? Je ne t'ai pas vue depuis un moment.

— J'ai été... occupée. Mais...

— Est-ce que tu pleures ?

— Quoi ? Non. Bien sûr que non.

— Ça n'a pas l'air d'aller.

— Ouais, j'ai besoin de parler, dit-elle sur un ton étranglé.

— D'accord.

— J'ai un tout petit problème. Tu connais le pote de Deke, le beau mec blond ?

— Lance, tu veux dire ? » Je plisse le nez. Lance est beau, j'imagine, mais je ne pense pas à lui de cette manière.

« Celui qui pourrait faire partie d'un boys band.

— Il est un peu plus musclé que ça.

— Bon, celui qui pourrait jouer dans un remake d'*Alerte à Malibu,* alors.

— J'admets que Lance a l'air d'un surfeur. Pourquoi est-ce que tu me parles de lui ?

— Il est possible qu'on ait couché ensemble.

— Oh. Oh, ouah. Vous deux ?

— Ouais. Je sais. C'était sur un coup de tête.

— Tant mieux pour toi. Enfin, c'était bien, pas vrai ?

— Mieux que bien.

— Je suis contente. Alors, quel est le problème ? »

Charlie pousse un gros soupir. On dirait qu'un vent violent souffle dans le téléphone. « C'était censé être un coup d'un soir.

— D'accord.

— Même si c'était vraiment bien.

— D'accord...

— Et maintenant, on a un problème. » Elle fait une pause. Je me retiens de lui demander de cracher le morceau.

« Je suis enceinte. »

Deuxième épilogue

Sadie

Ma meilleure sortie en amoureux a commencé avec une promenade en hélicoptère et s'est terminée par un pique-nique intime sur une colline. Le meilleur jour de ma vie débute de la même manière. Cette fois, mes meilleures amies et moi arrivons sur la colline où Deke, la meute et quelques invités nous attendent déjà. Un piquenique aura lieu ensuite. Mais d'abord, une brève cérémonie.

C'est une journée magnifique. Le ciel est bleu, les papillons volent. Le fond de l'air est frais parce que nous ne sommes pas encore tout à fait en été, mais le paysage est digne d'une carte postale. Des millions de fleurs blanches recouvrent le sommet de la colline. Elles drapent l'herbe verte comme le voile d'une mariée. La nature m'a fait don d'une journée parfaite pour mon mariage.

Mes amies et moi sommes rassemblées sous un pavillon. Elles me couvrent de compliments. Adèle a tressé mes cheveux et les a réunis en couronne sur mon crâne. Charlie a eu l'idée de cueillir quelques fleurs blanches pour que Tabitha puisse les glisser dans ma chevelure. Elles portent toutes les trois de simples robes d'été de différentes couleurs pastel. C'est Tabitha qui a conçu et réalisé le modèle.

« On dirait la princesse des fées », dit celle-ci avec satisfaction. Avec Adèle, elle a comploté pour me trouver la robe

173

parfaite : une robe de mariée vintage blanche avec une bordure à œillets. Tabitha l'a raccourcie juste au-dessous du genou. Comme il fait frais, je porte un de mes cardigans, même si j'ai bien l'intention de m'en séparer avant de commencer la cérémonie.

La robe représente un objet ancien, selon la tradition. Le cardigan, un objet nouveau. Adèle m'a prêté son collier et ses boucles d'oreilles en perles, et mes ballerines sont mon objet bleu.

« Tu es nerveuse ? » me demande Charlie, la main posée sur son ventre arrondi. Elle est rayonnante, mais a l'air sur le point d'accoucher. Dans environ un mois, nous aurons une autre bonne nouvelle à fêter.

« Pas vraiment. » C'est la vérité. Je me sens calme et heureuse. Je suis unie à Deke depuis le jour où il m'a marquée, et nous avons prononcé nos vœux en tête à tête hier soir. En guise d'enterrement de vie de garçon, il est allé courir dans les bois avec sa meute et quelques loups d'une autre meute de Tucson. Quand il est rentré ensuite, il m'a trouvée dans son lit. Je m'étais endormie en écoutant les hurlements joyeux des loups chantant à la lune. « J'ai l'impression que nous étions faits pour être ensemble.

— Je n'ai jamais vu une mariée aussi détendue, remarque Adèle.

— C'est parce que c'est vous qui avez fait tout le boulot. Je sais que ce n'est pas facile d'organiser un mariage en plein air, dis-je en plaçant une fleur blanche dans sa coiffure.

— Tout le monde a donné un coup de main, m'assure Tabitha. Et il n'y avait pas grand-chose à organiser. » D'un signe de tête, elle montre les invités rassemblés. Deke et la meute ont apporté quelques chaises, mais la plupart des gens sont debout. « Tout le monde a l'air en place. Tu es prête à commencer ?

— Bien sûr, pourquoi pas ? » Je souris.

Charlie lève les yeux au ciel. « L'absence d'organisation et d'emploi du temps me rend chèvre.

— Je trouve ça sympa », rétorque Tabitha. Adèle leur serre l'épaule pour empêcher une dispute, puis elle propose : « Charlie, puisque tu veux que les choses soient organisées, si tu décidais dans quel ordre on entre ?

— On aurait pu décider tout ça pendant une répétition.

— Eh bien, il n'y en a pas eu. Ils vont prononcer leurs vœux, on fera un grand piquenique, et c'est tout, déclare Tabitha. Ce n'est pas un mariage tape-à-l'œil, mais ça leur correspond.

— C'est ce qu'on voulait, dis-je d'une voix douce.

— Bon, bon, ça va ! lâche Charlie. Adèle, tu passes en premier, puis moi, et Tabitha. Comme ça, on sera dans le bon ordre par rapport à nos cavaliers. »

Nous commençons à monter la colline vers l'endroit où aura lieu la cérémonie. Mon père nous retrouve à mi-chemin pour m'escorter. Il m'offre son bras. « Ma chérie, tu es magnifique.

— Merci, papa. Toi aussi, tu es très beau. » Je le serre un instant dans mes bras. Au départ, il n'approuvait pas ma relation avec Deke, mais il a fini par se rendre compte que j'étais sérieuse et que Deke me rend heureuse. Je pense qu'il apprécie aussi le fait que Deke et la meute aient de l'argent. Dans son monde, ce n'est pas rien.

Nous n'avons pas attribué de places aux invités, mais ils ont suivi la tradition d'eux-mêmes : ma famille élargie et mes collègues se trouvent d'un côté. Au premier rang, ma mère a déjà fondu en larmes. Sur une chaise de la rangée à côté, le père de Deke lui tend une boîte de mouchoirs. La mère de Deke s'essuie les yeux, elle aussi.

Le colonel Johnson est assis à côté des parents de Deke.

Un grand homme noir aux cheveux poivre et sel et au sombre regard perçant en uniforme de cérémonie. J'imaginais quelqu'un de plus âgé avec une bedaine, un croisement entre Churchill et le général Patton, mais le colonel est aussi musclé et agile que les autres métamorphes. Il a l'air en mesure de participer à des missions lui-même. Nadia, la fille de Denali, me précède pour semer des pétales de rose. Elle n'a que deux ans, et est aidée par son grand frère Nolan. Denali et Nash sont installés dans le public, à côté de Garrett et d'Amber. D'autres membres de la meute de Tucson sont également présents. Lorsque Rafe leur a transmis l'invitation, je pense qu'ils ont adoré l'idée de quitter la chaleur de Tucson : tous sont venus. Je les reconnais, parce que les mâles sont tous des mecs baraqués, avec des vestes en cuir qui leur donnent l'air d'appartenir à un club de moto. Les femmes ont toutes l'air normales, à part celle avec des cheveux bleu vif.

Puis je vois Deke, et je ne peux plus regarder ailleurs. Il est entouré de ses témoins vêtus de costumes blancs, mais le sien est noir, bien sûr. L'air plus ténébreux que jamais, il se tient à côté du maître de cérémonie, qu'il dépasse de plus d'une tête.

« Regarde-moi ça. Le marié sourit, chuchote Charlie à Tabitha.

— Il sourit toujours, dis-je.

— Il te sourit, à toi, précise Adèle. Aujourd'hui, il sourit à tout le monde. »

Lorsque Deke regarde dans ma direction, un frisson me traverse. Il a l'air prêt à se jeter sur moi. Rafe le retient d'une main. Lance lui donne une claque dans le dos. Une fois qu'ils sont sûrs que Deke ne va pas courir le long de l'allée improvisée, ils s'alignent du côté du marié. C'était gentil de leur part de suivre les traditions humaines pour ce mariage. Je sais que pour les métamorphes, la morsure d'union suffit pour former un lien éternel. Mais j'ai imaginé épouser Deke de cette manière quand nous avons assisté au mariage de Jenn, et Deke souhaitait que mon rêve se réalise.

« Ils sont si beaux dans leurs costumes, dit Tabitha. Tu sais, ils n'étaient pas obligés de se mettre sur leur trente-et-un, puisque vous avez opté pour un mariage décontracté.

— Oh, si, ils l'étaient », murmure Adèle. Rafe et elle ne se quittent pas des yeux.

Charlie lui secoue la main devant le visage, sans le moindre effet. « Beurk, arrêtez vos regards cochons.

— Bon, que le mariage commence », dit Tabitha. Elle donne un coup de coude à Charlie.

« Attends, quel est le signal ? Il n'y a pas de musique ?

— Non, dis-je. Teddy a proposé de jouer de la corne-muse, mais Deke a posé son veto.

— Bonne idée, murmure Tabitha.

— Ah, vous me tuez ! D'accord, voilà ta musique. » Charlie se met à chantonner à voix basse. Elle fait signe à Adèle de commencer à avancer.

On dirait qu'elle flotte tandis qu'elle gravit la colline. Ses cheveux, eux aussi tressés et rassemblés en couronne sur sa tête, lui donnent un air royal.

Face à la colline, Charlie carre les épaules et expire, tel un alpiniste au pied du mont Everest. Tabitha lui prend le bras.

« Tu as besoin d'aide ?

— Nan, ça ira. » En dépit de son ventre rond, elle se dandine à peine. Quand elle arrive au bout de l'allée, Lance lui propose une chaise, mais elle secoue la tête et reste debout.

« On se voit là-haut. » Après un clin d'œil, Tabitha

commence à marcher. Elle trottine et exécute une petite danse à la fin. Les invités rient.

J'ai mal aux joues à force de sourire. Quelqu'un a-t-il déjà été si heureux ?

« Je suis fier de toi », me murmure mon père.

Waouh. Je marque un temps d'arrêt. Je ne suis pas sûre qu'il me l'ait déjà dit. « Merci, papa. »

Je suis à mi-chemin des autres lorsque je m'aperçois que j'ai oublié d'enlever mon cardigan. Avec mes ballerines et ma petite robe mignonne, je porte ma tenue d'institutrice habituelle. Bah, on ne me refera pas. Et à voir comment Deke me dévore du regard, il a l'intention de déchirer tous mes habits dès que nous serons seuls.

Mes ovaires se tapent dans la main.

Ainsi, sans fanfare ni musique, à part les oiseaux qui chantent dans les arbres, j'épouse Deke. En plus de l'alliance, il me donne ses plaques militaires. « Toute mon existence, j'ai cherché une raison de vivre, une raison de croire, ajoute-t-il après avoir prononcé ses vœux. Je suis fier de servir mon pays, mais si j'existe sur cette terre, c'était pour te trouver et t'aimer. »

Je lâche mon bouquet et me dresse sur la pointe des pieds pour l'embrasser pendant que ma mère et celle de Deke pleurent de joie. Il unit ses lèvres aux miennes en un baiser brûlant. Je remarque à peine le maître de cérémonie, qui abandonne ses efforts pour que je prononce mes vœux et finit par nous déclarer mariés.

« Eh bien, je n'ai jamais vu une cérémonie aussi brève », dit Charlie pendant qu'elle distribue des couvertures et des paniers de piquenique avec Tabitha. Toutes mes amies ont préparé le repas. C'est leur cadeau de mariage. La chocolaterie a offert les cadeaux pour les invités, de petites boîtes blanches entourées d'un ruban doré. Nolan et Nadia, ainsi que Jaylin, une autre fillette, ont chipé quelques boîtes et ont dévoré leur contenu chocolaté avant que leurs mères ne s'en rendent compte.

« C'était parfait, déclare Adèle. Quelques déclarations d'amour devant tous tes amis, que te faut-il de plus ? »

Lorsque Teddy fait atterrir l'hélicoptère, j'ai des crampes aux joues, mais Deke sourit toujours. Nous courons parmi les invités qui applaudissent pour rejoindre notre moyen de transport. Nous montons à bord et saluons tout le monde. Sur la colline, les invités rapetissent, puis Teddy penche l'hélicoptère, et nous nous envolons vers le coucher de soleil et notre bonheur éternel.

Fin

Merci d'avoir lu *La Lune de l'Alpha* ! Si vous avez aimé ce livre, nous vous serions reconnaissantes de laisser une évaluation ; elles sont très importantes pour les auteurs indépendants. Découvrez bientôt le prochain livre de la série *Alpha Bad Boys* : *Le Serment de l'Alpha* !

Le Serment de l'Alpha ~ Extrait

Charlie

Ce qu'il y a de génial quand on randonne jusqu'aux sources chaudes le matin à six heures et demie, c'est qu'il n'y a personne. Les sources chaudes de Manby — trois bassins en pierre près des ruines d'un bain public bâti à côté d'un arrêt de diligence — attirent parfois une foule de hippies, mais pas en semaine. Pas à cette heure-ci. Et certainement pas lorsqu'il neige.

Le soleil commence à peine à se lever derrière les montagnes de Taos. Il teinte le ciel de rose, de violet et d'orange. Avec les petits flocons de neige en prime, on dirait un cadeau d'anniversaire parfait de la nature.

Cette randonnée est un cadeau que je me fais. Je dois travailler dans quelques heures, mais je n'ai pas envie de passer ma journée d'anniversaire à distribuer du courrier. Je souhaite faire quelque chose pour que ce jour se démarque des autres. Je retrouverai mes amies pour boire un verre sur la place ce soir, mais me baigner dans les sources chaudes au lever du soleil me paraît une excellente façon de rendre la journée particulière.

Et une excellente façon de ne pas penser à Chad.

Mon petit frère est déployé en Afghanistan, et je n'ai pas de nouvelles depuis des mois. Même nos parents, tous deux officiers de l'armée de l'air à la retraite, n'ont pas réussi à communiquer avec lui.

Dans l'armée de l'air, l'adage officiel est « pas de nouvelles, bonnes nouvelles », mais je m'inquiète pour mon frère depuis le jour où il est entré dans l'armée, et cette peur commence à prendre de plus en plus de place. Elle n'a sans doute aucune raison d'être. J'ai tendance à me faire du souci. Il est probable que je fasse une fixette là-dessus, mais je me sentirais mieux s'il nous informait qu'il est toujours vivant.

J'atteins la fin de la randonnée d'un peu plus d'un kilomètre à travers le canyon. Le sentier se termine au bord du Rio Grande, où je me déshabille. Je cache mes vêtements derrière un rocher. C'est mon côté maniaque : je n'ai pas envie de les voir pendant que je me prélasse dans la nature. C'est aussi pour ça que je préfère venir seule ici. Les autres ne m'aident pas à communier avec la nature, et ils jurent avec le paysage.

La neige tombe doucement, ce qui signifie qu'il fait plus chaud que d'habitude, et il n'y a pas de vent froid. L'eau chaude sera divine. Je prends mon temps pour entrer dans l'eau. Je savoure le contraste entre l'eau chaude autour de mes jambes et le froid qui me picote partout ailleurs.

Je me baisse dans la vapeur et pose mes fesses nues sur le doux sable noir pour m'immerger complètement les épaules.

De l'autre côté de la rivière, un mouvement attire mon

regard vers la pente de la paroi opposée du canyon. Je pousse un petit cri ravi.

Un gros mouflon canadien tourne la tête pour me regarder.

Je le salue de la main en souriant. « Salut, mon grand. Merci d'être passé. »

Il baisse la tête pour brouter.

Je me délecte de la tranquillité et laisse la satisfaction m'emplir. Je me baisse dans l'eau jusqu'à ce qu'elle couvre mes oreilles et mon menton, puis ferme les yeux. J'ai l'impression que la chaleur pénètre dans mes os. J'adore cette sensation.

Puis je frôle l'arrêt cardiaque quand quelque chose plonge dans le bassin peu profond depuis les rochers qui le surplombent. J'essaie de comprendre à quoi correspond le fouillis de membres dans l'eau qui bouillonne. Ce chaos finit par prendre la forme d'un homme, bien que ça paraisse impossible. Un homme nu extrêmement musclé. Il se lève et me regarde à son tour. Il a l'air aussi choqué que moi de ne pas être seul.

Mon cerveau court-circuite un moment. Il a un corps incroyable. C'est comme si Dieu avait inventé des muscles supplémentaires pour lui. Ou alors, il en a plus que la normale. Des personnes se baladent peut-être sur Terre avec des muscles en moins parce que ce mec les a tous pris. Dans ce cas, je suis l'une de ces personnes.

Je m'immerge un peu plus dans l'eau.

« Salut. »

C'est la seule chose que je trouve à dire à ce sublime spécimen du genre masculin. Je suis fille de militaire. J'ai vu assez de torses nus pour avoir été vaccinée contre leur effet. Mais les magnifiques pectoraux tatoués de ce mec pourraient faire exception.

« Salut. » Il recule en tentant de couvrir son sexe de ses mains. Je le reconnais. Il s'agit d'un des collègues du petit ami de Sadie. Les anciens militaires. Les mercenaires. Des types gigantesques. Costauds. Dangereux.

Super sexy.

Sa tentative de courtoisie me fait sourire. Je pense qu'il est encore plus surpris par ma présence que moi par la sienne. « Tu peux entrer dans l'eau. Et tu n'as pas besoin de te cacher. La nudité, c'est normal ici. »

Il esquisse un sourire en coin qui plisse la commissure de ses yeux, puis se détourne à demi pour m'épargner la vue de son entrejambe. Bien sûr, ça me donne une vue de ses incroyables fesses musclées. « Ouais, désolé, mais j'ai la trique depuis que je t'ai vue. »

Oh. « Hum, merci ? »

Il rit à voix basse et s'approche de moi. Il tombe à genoux pour dissimuler ladite trique dans la vapeur. Maintenant, j'éprouve une étrange déception de ne pas avoir eu l'occasion de la voir.

« Je m'excuse. Si j'avais su qu'il y avait quelqu'un, je n'aurais jamais plongé. Je m'appelle Lance, dit-il en me tendant la main.

— Charlotte. Mes amis m'appellent Charlie. » Mes épaules sortent de l'eau lorsque je tends le bras pour le saluer. Son regard descend vers l'endroit où mes seins émergent de l'eau fumante. Il prend une inspiration brusque, et ses narines s'évasent. Ses yeux remontent se poser sur mon visage. Leur teinte m'évoque le bleu de l'océan, et leur chaleur nonchalante me réchauffe de partout.

Merde, qu'il est beau. Et sa façon de me regarder... Son appréciation évidente réveille ma libido. Elle était en berne depuis que j'ai constaté à quel point les options sont limitées à Taos sur le plan sentimental... Après m'être aperçue que mon Grand Projet de vie ne se réaliserait peut-être jamais.

« Pas de souci. Tu m'as surprise, c'est tout. »

Il a une petite fossette quand il sourit. *Waouh.* Il possède le visage d'un mannequin, le charme d'une star de cinéma et les épaules musclées d'un nageur olympique. Le danger est triple. « Que fais-tu ici toute seule au lever du soleil, Charlie ? » demande-t-il d'une voix sensuelle. La question ne devrait pas me donner l'impression qu'il vient de me faire des avances, pourtant c'est l'effet qu'elle me fait. Il s'approche de moi en nageant, presque jusqu'à pouvoir me toucher.

Je lève la tête pour lui sourire. Je suis prête à flirter, même si je ne devrais pas. Ce mec a *séducteur* écrit sur son torse musclé. J'ai rencontré un million de types comme lui sur la base militaire où j'ai grandi. Des soldats qui baisent tout ce qui respire sans la moindre arrière-pensée.

Je ne veux pas porter de jugement hâtif, mais je connais ce genre d'homme. C'est sympa pour s'amuser, mais il disparaît d'un jour à l'autre. Tout l'inverse de l'homme dont j'ai besoin pour le Grand Projet.

Je savoure pourtant son charme comme s'il s'agissait de mon milkshake au moka préféré, avec de la sauce chocolat et de la crème fouettée surmontée de copeaux de chocolat noir.

Alors que je n'avais pas l'intention d'en parler à quiconque qui ne le sait pas déjà, je m'entends dire : « C'est mon anniversaire.

— Bon anniversaire, Charlie », répond Lance avec un irrésistible sourire. Il murmure mon prénom comme s'il le savourait.

S'il s'agissait de n'importe quel autre mec, je lèverais les yeux au ciel et resterais sur la défensive, comme d'habitude. Je pourrais toujours choisir d'ignorer le charme de Lance. Si je lui demandais de me laisser tranquille, il le ferait. Mais il flotte dans l'eau, nu, si proche, si magnifique. Toute son attention est focalisée sur moi. J'ai l'impression que le destin nous a réunis.

« Si on était dans un bar, je t'offrirais un verre. Mais vu qu'on est à poil dans une source chaude, tu accepterais que je te masse le dos ? » Ses fossettes réapparaissent. Avec ses longs cils, ses pommettes sculptées et ses yeux d'un bleu intense, ce beau gosse a un charme mortel. « Un massage d'anniversaire ? »

Ha. Nous y sommes. Il joue si parfaitement son rôle de séducteur qu'il pourrait avoir un script. Mais, merde, j'ai envie de laisser la chose se produire.

Je propose sur un ton de défi : « Pourquoi pas un massage des pieds ? » Je sors un pied de l'eau et le laisse flotter entre nous.

Sans hésiter, il le saisit, le maintient sous l'eau et en masse l'arche de ses pouces. Il est bon. Infiniment doué. Il applique juste la bonne pression entre les longs métatarses, puis étire chaque orteil comme s'il débouchait une bouteille de bon vin. Il passe ensuite les doigts entre mes orteils.

Mon plan s'est retourné contre moi. Chaque pression sur mon pied fait naître du plaisir entre mes cuisses. Il s'agit de préliminaires.

Ah, merde. Ce mec est tellement sexy qu'il va faire bouillir l'eau de ce bassin. Si je ne savais pas qu'il ne faut pas coucher avec des militaires, je me laisserais tenter. Pas pour l'incorporer au Grand Projet. Bon Dieu, non. Pour m'amuser, c'est tout. Simplement pour moi.

Je sais qu'il serait bon au lit.

« Tu es amie avec Sadie », dit-il.

Je reste interdite. Je ne devrais pas être surprise qu'il s'en souvienne. Nous nous sommes déjà rencontrés une fois, rapidement, dans un restaurant. Mais il a l'air du genre de mec qui ne remarque une fille que quand elle est nue et juste sous son nez.

« Tu es ami avec Deke. »

Son amusement semble s'accroître tandis qu'il m'observe. Ses fossettes se creusent. « Tu portes des T-shirts mignons. »

Qu'il l'ait remarqué ne devrait pas me faire plaisir à ce point. Il m'a bien reconnue. Et il aime mes T-shirts. Enfin, il les trouve mignons... Est-ce la même chose ?

« Tu conduis une Harley.

— Ducati », répond-il en secouant la tête. Puis il hausse les épaules comme s'il avait pris conscience que je me fiche sans doute de savoir en quoi c'est différent. « Ouais. »

Bon, ce mec me plaît. Je n'en ai pas envie, mais il est vraiment difficile de ne pas l'apprécier. Surtout pendant qu'il me masse les orteils comme s'il avait deviné qu'il s'agit du chemin secret qui mène droit entre mes cuisses.

L'espace d'un instant de folie, j'envisage de lui sauter dessus dans le bassin de la source chaude. Mais je n'agis pas sur des coups de tête. Jamais. Rien ne se produit dans ma vie sans avoir été soigneusement planifié. J'ai toujours un plan.

« J'ai entendu dire que tu fais partie des forces spéciales. »

Une trace de méfiance s'insinue dans son regard. Il se renfrogne quelque peu. C'est logique. Les forces spéciales, c'est du sérieux. Il a dû faire et voir des choses qui l'ont changé pour toujours. C'est ce que je redoute pour Chad.

Mais j'imagine que c'est ce qu'il souhaitait... Chad, je

veux dire, pas Lance. Il savait dans quoi il mettait les pieds lorsqu'il s'est engagé.

« J'en ai fait partie. » Sa voix grave et sérieuse me fait un effet qui rivalise avec le plaisir procuré par ses caresses. « Maintenant, on travaille dans la sécurité. »

Ah, oui. Ça aussi, je le savais. Je ne suis pas sûre de ce que j'en pense. Dans le secteur privé, les membres des forces spéciales travaillent souvent comme mercenaires. En tout cas, le danger rapporte bien. J'ai vu leurs voitures et leurs motos hors de prix. Ils sont pétés de fric. Les contrats privés sont lucratifs, mais aussi sacrément dangereux. Et j'ai l'impression que les activités de Lance et ses amis ne sont pas tout à fait légales.

Quoi qu'il en soit, Lance est un accro à l'adrénaline de première classe. Il a quitté l'armée, mais il n'a pas pu renoncer à ce mode de vie. Ce n'est pas un problème en soi, mais je ne m'imagine pas avec ce genre d'homme.

Je me montre du doigt. Il suit le mouvement des yeux, comme un tigre surveillant sa proie. « Fille de militaire. Mes deux parents étaient souvent déployés. »

Son expression s'adoucit. « Désolé ?

— Oui, merci, dis-je en riant. Aucun doute, ça m'a traumatisée. »

Il me masse le talon, le pince sur toute la circonférence, puis caresse mon tendon d'Achille. Malgré l'eau chaude, mes tétons durcissent. Je prends soin de ne pas sortir les épaules de l'eau pour dissimuler à Lance l'effet qu'il me fait.

« Les déménagements, ou les déploiements ? Quelle branche ? »

Il réussit à me désarmer un peu plus à chaque instant que je passe avec lui. Sa question montre qu'il comprend, et sa façon de m'observer en attendant ma réponse semble indiquer qu'il s'y intéresse vraiment.

Ce qui l'intéresse, c'est de baiser, me rappelle mon côté narquois.

« Les deux. Mes parents étaient tous les deux dans l'armée de l'air. On a beaucoup bougé. Quand mes parents étaient déployés en même temps, on restait avec mes grands-parents. Une école différente presque tous les ans. »

Le regard de Lance est compatissant.

« Mais, non, je n'ai pas de problème avec la culture militaire en soi. »

Il arque un sourcil et caresse de façon sensuelle le mollet de mon autre jambe jusqu'à ce qu'il atteigne le talon. Il passe à l'autre pied. Mon entrejambe se contracte. Ce mec sait vraiment y faire. Quand il commence à caresser mon autre pied, j'étouffe un gémissement de plaisir.

« Tu habites à Taos. La culture d'ici, ce n'est pas aux antipodes ?

— Tu n'as pas tort, dis-je en riant. Pourquoi est-ce que vous avez choisi de vivre ici ?

— Je t'ai posé la question en premier. »

Je le jure devant Dieu, mes mamelons vibrent de plaisir. Toutes mes terminaisons nerveuses sont émoustillées par cet homme. « D'accord, tu as raison. J'ai choisi Taos parce que je voulais l'inverse de ce que j'ai connu dans mon enfance. J'avais envie de m'enraciner quelque part et d'y rester pour toujours. Et j'adore Taos. C'est magnifique, et j'aime l'ouverture d'esprit qui règne ici. Mais je ne suis pas une hippie. Ni une opportuniste qui ne fait que passer jusqu'à ce que les esprits m'envoient ailleurs.

— Non. » Son regard est chaleureux. « Tu as l'air d'avoir les pieds sur terre. »

Les compliments. Une autre technique dans le manuel du séducteur. Je dois reconnaître que Lance est plus doué que la plupart des hommes. Je dois m'échapper avant qu'il ne me reste aucune défense. De toute manière, je dois partir si je veux arriver au travail à l'heure. Je suis déjà restée plus longtemps que je l'avais prévu.

« Oui, bon, je m'amuse bien, mais je dois y aller. Il faut que je sois au travail à huit heures. »

Lance lâche mon pied et se lève d'un coup. De l'eau ruisselle sur son corps. Il se tourne pour éloigner ses hanches de moi. Est-il toujours en érection ?

« Ça marche. » Il sort déjà du bassin, ce qui me permet de me rincer l'œil avec son beau derrière. Des filets d'eau glissent entre les muscles puissants de ses épaules et de son dos.

Je ne peux plus parler pendant un moment. C'est comme regarder une œuvre d'art, la sculpture en marbre d'un dieu grec. Je n'ai pas les mots.

« Donne-moi un peu d'avance, et je te laisserai sortir et t'habiller tranquille. »

Quel gentleman. Quelqu'un de moins charmant s'attarderait pour essayer de jeter quelques coups d'œil. Proposerait de me raccompagner jusqu'en haut du canyon.

Sa joue se soulève lorsqu'il lance par-dessus son épaule : « Joyeux anniversaire, Charlie. J'espère te revoir bientôt. »

Il disparaît derrière les ruines des vieux bains publics, loin du sentier qui permet de sortir du canyon. Puis je pourrais jurer que je l'entends se mettre à courir.

Ma curiosité l'emporte sur la crainte qu'il me voie nue. Je sors du bassin, mais il a disparu. Je le cherche des yeux sur le sentier qui remonte sur le flanc du canyon.

Aucune trace de lui.

Qu'est-ce que…

Où est-il allé ? Et pourquoi était-il si pressé ? Ça n'a pas de sens, mais je n'ai pas le temps d'y réfléchir. Si je ne me rhabille pas et ne file pas d'ici en vitesse, je serai en retard pour le travail.

* * *

Lance

Rafe me tuerait s'il apprenait ma bourde.

Et je ne parle pas de mon énorme érection après avoir vu la sublime humaine.

Charlie.

Je penserai à son visage tous les soirs de cette semaine quand je me masturberai.

Je fonce le long de la rivière sous ma forme de loup pour prendre de la distance avec la source chaude avant que Charlie n'en sorte et découvre que je n'ai pas de vêtements à enfiler. Oh, et que j'ai nagé ici depuis le pont John Dunn. *Sous ma forme de loup.*

Plonger dans la rivière glacée entourée de neige, puis me baigner dans la source chaude est mon petit plaisir le plus récent. Ce matin, c'était la troisième fois que je me rendais jusqu'au pont bas avec ma Ducati. Je me suis déshabillé et j'ai descendu le courant glacé en nageant à quatre pattes pour réveiller mon corps avant le plaisir de la source chaude. Il s'agit d'une activité totalement interdite, puisque nos loups n'ont pas le droit d'approcher les humains.

Mais merde, c'est si bon. Le contraste entre le froid glacial et l'eau fumante. L'exaltation et le plaisir de faire de l'exercice au petit matin.

Je ne peux pourtant plus prendre ce risque. Je ne sais pas pourquoi mon loup n'a pas remarqué la présence de Charlie avant que je me jette dans ce bassin.

Merde !

J'étais sous ma forme de loup lorsque j'ai plongé. J'ai littéralement dû muter dans les airs lorsque je l'ai remarquée.

Je suis foutrement chanceux ; elle avait les yeux fermés et n'a pas vu mon loup.

J'ai été déstabilisé par mon erreur. Puis par son odeur. Elle était attirante, mais difficile à saisir dans l'eau. Essayer d'en identifier toutes les notes m'a rendu fou. Comme un mélange harmonieux de pin et de pêches.

J'ai déjà vu Charlie en ville. Elle fait partie du groupe d'amies de Sadie, la compagne de Deke. Mais c'était la première fois que je me trouvais assez près d'elle pour la sentir. Et maintenant, je désire plus. Beaucoup plus.

Peut-être parce qu'elle était nue et que je venais de muter, mais mon sexe s'est dressé et il a refusé de retomber tant que j'étais dans le bassin avec elle. Je veux dire, je suis du genre à apprécier une femme nue, peu importe son odeur. N'importe quelle femme nue.

Ça fait peut-être trop longtemps que je n'ai pas réussi à mettre une femme dans mon lit, voilà tout. Parce que, bien que je n'aie pas beaucoup vu le corps de Charlie, imaginer ce qu'elle dissimulait sous toute cette vapeur et cette eau fumante m'a presque fait perdre la tête.

Merde, aucun doute, j'ai envie d'en voir davantage.

De la voir en entier. De préférence, tandis qu'elle se tord entre mes bras et crie mon prénom pendant que je la fais jouir.

Peut-être cette nuit. C'est son anniversaire, après tout. Il serait dommage de laisser une femme insatisfaite pour son anniversaire. Mais Rafe me castrerait si je la pourchassais pour lui donner une nuit de plaisir. Nous ne sommes pas censés fraterniser avec les civils... c'est-à-dire les humains. Charlie est amie avec Sadie, ce qui signifie que la situation pourrait devenir compliquée. Quand on vit dans une petite ville, baiser à droite à gauche est presque impossible.

J'arrive au pont bas où j'ai laissé ma Ducati. Après avoir levé le nez pour renifler et détecter d'éventuels humains, je reprends forme humaine. Je sors des buissons et enfile mes habits, restés près de la moto.

Ce que Rafe ne sait pas ne peut pas le déranger.

Lisez maintenant: https://geni.us/vowfr

Le Serment de l'Alpha ~ Prochainement

La douce humaine est enceinte de mon petit.

Nous avons passé une nuit ensemble, puis elle a rompu tout contact. Je ne fais pas partie de son grand projet de vie, semble-t-il.

On s'en fout, mon ange. Les projets changent.

Elle me prend pour un mec volage. Elle croit que je ne serai pas là pour elle. Elle pense que je n'ai pas les épaules pour être un père.

Que je ne serai pas prêt à tout lâcher pour dévouer ma vie à notre bébé. À notre famille. À elle.

Elle se trompe. Elle s'imagine que je vais m'en aller ?

Elle n'a pas idée de ce qui l'attend. Un loup n'abandonne jamais sa compagne. Il protège toujours ses petits.

Je ne l'ai peut-être pas encore marquée, mais je le ferai.

Si elle essaie de fuir, je la suivrai.

Je pourchasserai ma belle humaine jusqu'au bout du monde.

https://geni.us/vowfr

Livre gratuit - La Vierge et le Vampire

Abonnez-vous à la newsletter de Renee e Lee

Abonnez-vous à la newsletter de Midnight Romance pour recevoir livre gratuit, des scènes bonus gratuites et pour être avertie de ses nouvelles parutions ! https://dl.book funnel.com/5p8orhhczq

Livre gratuit de Renee Rose

Abonnez-vous à la newsletter de Renee

Abonnez-vous à la newsletter de Renee pour recevoir livre gratuit, des scènes bonus gratuites et pour être averti·e de ses nouvelles parutions !

Ouvrages de Renee Rose parus en français

www.reneeroseromance.com/francaise/

Alpha Bad Boys

La Tentation de l'Alpha

Le Danger de l'Alpha

Le Trophée de l'Alpha

Le Défi de l'Alpha

L'Obsession de l'Alpha

L'Amour dans l'ascenseur (Histoire bonus de La Tentation de l'Alpha)

Le Désir de l'Alpha

La Guerre de l'Alpha

La Mission de l'Alpha

Le Fleau de l'Alpha

Le Secret de l'Alpha

La Proie de l'Alpha

Le Sang de l'Alpha

Le Soleil de l'Alpha

La Lune de l'Alpha

Cartes sur Table
Bonne pioche

Alpha des montagnes

Le héros
Rebel
Le guerrier

Le Ranch des Loups

Brut
Fauve
Féral
Sauvage
Féroce
Impitoyable

Deux Marques

Indomptée (libre)
Tentée
Désirée
Séduite

Maîtres Zandiens

Son Esclave Humaine
Sa Prisonnière Humaine
Le Dressage de Son Humaine
Sa Rebelle Humaine
Sa Vassale Humaine
Son Compagnon et Maître
Animal de Compagnie Zandien
Sa Possession Humaine

Toujours par Lee Savino

Romance paranormale

La Saga des Berserkers

Vendue aux Berserkers

Rien ne pourra empêcher ces féroces guerriers de revendiquer leur compagne.

Alpha Bad Boys

Le Tentation de l'Alpha avec Renee Rose

Mon loup veut la marquer et en faire sa compagne, mais elle est humaine et délicate : elle ne survivrait pas à une morsure de métamorphe.

* * *

Romance et science-fiction

Exilés sur la Planète-Prison

La Compagne des Draekons avec Lili Zander

Une romance extrarrestre à trois

Un vaisseau spatial écrasé. Une planète-prison. Deux imposants extraterrestres bronzés qui se transforment en dragons. Le mieux dans tout ça ? Les dragons prétendent que je suis leur compagne.

* * *

Romance contemporaine

Bad Boy Royal

Je ne suis pas du tout en train de tomber amoureuse de mon arrogant et agaçant dieu du sexe de patron. Non. Absolument pas.

Royally Fake Fiancé

Le duc de Nouvelle-Arcadie a un problème d'image que seule une fiancée peut régler. Et je suis la petite veinarde qu'il a choisie pour jouer les Cendrillons.

La belle & les bûcherons

Après cette saison au camp des bûcherons, j'arrête complètement de baiser. Parce que : j'ai mes raisons.

Papa à moi

Mon héros marin sexy veut que je l'appelle « papa »...

L'innocence brisée

Innocence avec Stasia Black
Une romance sombre de mafia

Je suis le roi des bas-fonds du crime.
Elle est à moi, et je ne la laisserai jamais partir.

Captive du milliardaire

La Belle et sa Bête avec Stasia Black
Une romance interdite

Elle expiera les péchés de sa famille... pour toujours.

Elle est la Belle, et je suis la Bête.

À propos de Renee Rose

RENEE ROSE, AUTEURE DE BEST-SELLERS D'APRÈS USA TODAY, adore les héros alpha dominants qui ne mâchent pas leurs mots ! Elle a vendu plus d'un million d'exemplaires de romans d'amour torrides, plus ou moins coquins (surtout plus). Ses livres ont figuré dans les catégories « Happily Ever After » et « Popsugar » de USA Today. Nommée *Meilleur nouvel auteur érotique* par Eroticon USA en 2013, elle a aussi remporté le prix d'*Auteur favori de science-fiction et d'anthologie* de Spunky and Sassy, e celui de *Meilleur roman historique* de The Romance Reviews. Elle a fait partie de la liste des meilleures ventes de USA Today sept fois avec ses livres Wolf Ranch et plusieurs anthologies.

Abonnez-vous à la newsletter de Renee pour recevoir des scènes bonus gratuites et pour être avertie de ses nouvelles parutions!

https://www.subscribepage.com/reneerosefr

À propos de Lee Savino

Lee Savino a l'intention de conquérir le monde, mais la plupart du temps, elle n'arrive même pas à trouver ses clés ou son téléphone, alors elle préfère encore rester chez elle et écrire des romances smexy (smart + sexy). Elle adore le chocolat, passe sa vie en pantalon de yoga et porte les chapeaux comme personne.

Pour de bonnes tranches de rigolade, rejoignez son groupe sur Facebook en anglais, Goddess Group, ou rendez-vous sur **https://geni.us/BredBerserkerFR** pour vous inscrire à sa news-letter et recevoir un livre gratuit.

Site web : www.leesavino.com
Facebook Goddess Group :
https://www.facebook.com/groups/LeeSavino/